पेंगुइन स्वदेश

अब न बनेगी देहरी

पद्मा सचदेव प्रख्यात भारतीय कवयित्री और उपन्यासकार हैं। वे डोगरी भाषा की पहली आधुनिक कवयित्री हैं। वे हिन्दी में भी लिखती हैं। उनके कतिपय कविता संग्रह प्रकाशित हैं, किन्तु *मेरी कविता मेरे गीत* के लिए उन्हें 1971 में साहित्य अकादमी पुरस्कार प्राप्त हुआ। उन्हें वर्ष 2001 में पद्म श्री और वर्ष 2007-08 में मध्य प्रदेश सरकार द्वारा कबीर सम्मान प्रदान किया गया। वर्तमान में वे नई दिल्ली में रहती हैं।

अब न बनेगी देहरी

पद्मा सचदेव

पेंगुइन स्वदेश
पेंगुइन रैंडम हाउस इम्प्रिंट

पेंगुइन स्वदेश

यूएसए। कनाडा। यूके। आयरलैंड। ऑस्ट्रेलिया। सिंगापुर
न्यू ज़ीलैंड। भारत। दक्षिण अफ्रीका। चीन

पेंगुइन स्वदेश, पेंगुइन रैंडम हाउस ग्रुप ऑफ़ कम्पनीज़ का हिस्सा है,
जिसका पता global.penguinrandomhouse.com पर मिलेगा

पेंगुइन रैंडम हाउस इंडिया प्रा. लि.,
चौथी मंजिल, कैपिटल टावर-1, एम जी रोड,
गुड़गांव 122 002, हरियाणा, भारत

पेंगुइन
रैंडम हाउस
इंडिया

प्रथम हिन्दी संस्करण हिन्द पॉकेट बुक्स द्वारा 1993 में प्रकाशित
प्रथम हिन्दी संस्करण हिन्द पॉकेट बुक्स में पेंगुइन रैंडम हाउस द्वारा 2022 में प्रकाशित
यह संस्करण पेंगुइन स्वदेश में, पेंगुइन रैंडम हाउस द्वारा 2023 में प्रकाशित

10 9 8 7 6 5 4 3 2

ISBN 9789353493660

मुद्रकः रेप्रो इंडिया लिमिटेड

www.penguin.co.in

FSC www.fsc.org MIX Paper from responsible sources FSC® C047271

This is a legitimate digitally printed version of the book and therefore might not
have certain extra finishing on the cover.

समर्पण

इस्मत चुग़ताई को

इस्मत चुग़ताई सिर्फ़ उर्दू की मायानाज़ लेखिका ही नहीं, एक मुकम्मिल इन्सान भी थीं। अपनी 'रेवती' और 'गिरिबाबा' के बारे में सबसे पहले मैंने उन्हीं को बताया था। मुझे उनकी आंखों की चमक आज भी याद है। उन्होंने बेहद ख़ुश होकर 'रेवती' और 'गिरिबाबा' को अपने मिलने-जुलने वालों में शामिल कर लिया था। फिर जब भी, हम मिलते 'रेवती' की बात अकसर होती। उनके इस प्रोत्साहन ने ही मुझे यह कहानी कहने पर आमादा किया। इसलिए यह उन्हीं की पावन स्मृति को समर्पित है।

पद्मा सचदेव

जेठ की धूप अपनी गरम सांसों के साथ दोपहर की भट्ठी जलाने का यत्न कर रही थी। सुबह सवेरे ओस से भीगे मस्त फूलों की हिलोरें खाती टहनियाँ अब सुस्त होकर हाँफ रही थीं। सुबह के फूल तोड़े जा चुके थे। शाम को खिलने वाली कलियां अपने बदन पर अपनी ही पत्तियों की चादर डाले धूप से बचाव कर रही थीं। बड़े-बड़े वृक्ष नीचे उगे छोटे पौधों को अपनी छाया से ढंक कर संतुष्ट थे। बावड़ियों के जल में कोई हलचल न थी। घर-घर में लोग काम निबटा कर भीतर ताजा गोबर से लिपे ठंडे फ़र्शों पर नंगे पांव चलने का सुख प्राप्त कर रहे थे। चौपाल ख़ाली घड़े की तरह मुंह बाए पड़ी थी। दोपहर को कौन टाल सका है। न दोपहर को, न होनी को!

इसी गांव के एक घर में मरणासन्न प्राणी के चारों ओर मुर्झाए हुए उत्सुक चेहरे अनहोनी घटने की प्रतीक्षा में थे। गांव के खाते-पीते परिवार का इकलौता जवान बेटा मौत को अपने कमज़ोर कांपते हाथों से रोकने का यत्न कर रहा था। आस-पास घबराए प्राणी उससे नज़रें चुरा रहे थे। मौत कमरे के भीतर आने का रास्ता खोज रही थी। यहां समय ठहर गया था। कोई आवाज़ कहीं से न आती थी। सुन्दर की नज़रें अपनी बूह की आंखों का सामना करने में असमर्थ थीं। यह लम्हा ऐसा था जो तस्वीर में जड़े चित्र की तरह ठहरा हुआ था।

सुन्दर ने दरवाजे की तरफ देखा, दरवाजा खुला था। मौत कभी भी आ सकती थी। उसे लगा कोई काली-सी परछाई द्वार पर खड़ी उसे देख रही हैं। उसने आँखें बन्द कर लीं।उसका सिर एक और लुढ़क गया।पसार वाली ताई उसी ओर बैठी थी। सुन्दर की

आंखें बन्द होते ही उसने महसूस किया, सुन्दर की नाड़ी थामे उसका हाथ भी मर गया है। नब्ज़ बन्द हो चुकी थी। पसार वाली ताई दहाड़ मार कर चारपाई की पाटी पर सिर मारने लगी। सारे गांव में यह अकेली औरत थी, जिसमें डूबती-उतराती नब्ज़ को पकड़ कर बीमार के साथ बैठने का हौसला था। उसे देखते ही सब औरतें, जो अब तक खड़ी थीं, बैठ गईं। सुन्दर का बाप सुबह से घोड़ी लेकर डॉक्टर को बुलाने शहर गया था, पर अब तक उसका अता-पता न था। सुबह से अब तक पगडंडी पर लगी नज़रें झुक गईं। घोड़ी की टापों को सुनने के लिए आतुर कान सहज हो गए। अब तक जो उम्मीद थी, वह भी चुक गई। सुन्दर मर चुका था। कमरा एकदम निस्तब्ध था।

सुन्दर की जवान ख़ूबसूरत बहू रेवती रसोई में से गाय का दूध गर्म करके ला रही थी। जब उसने पसार वाली ताई की दहाड़ सुनी, उसके पांव वहीं रुक गए। उसने डर कर गर्म गिलास को कलेजे से लगा लिया, जैसे पति से संबंधित रिश्ते की यह अन्तिम डोर हो। उसके पांव जड़ हो गए। तपती दोपहरी में आंगन आग उगल रहा था। गर्म धरती में उसके पांव पिघलने लगे। उसे देख कर भीतर से समवेत स्वरों में रुदन उमड़ पड़ा।

भीतर से भागती एक अधेड़ औरत आई। उसने रेवती को देख कर मत्थे पर दुहत्थड़ मार कर कहा,

"बेटी, तू लुट गई। अब किसके लिए यह दूध लाई है?"

इसके साथ ही भीतर की रुलाई और ऊंची हो गई।

रेवती वैसे ही मूर्तिवत खड़ी थीं। उसके करीब आकर उस स्त्री ने रेवती के कंधे पर हाथ रखा। रेवती यूं गिरी, जैसे पत्थर का कोई बुत हिलाने पर गिर जाए।

रेवती की सास ने गला फाड़कर रोते हुए कहा,

"रेवती, मेरा सुन्दर मर गया। मैं निपूती हो गई।

बाहर अंगारों पर खड़े होने की हिम्मत किसी में भी न थी। रेवती की सहेली निक्की बहू उसे लगभग घसीट कर भीतर ले आई। बड़े पसार वाली ताई अब होश में थी। रेवती को देख कर उसने चिल्लाते हुए कहा, "अरी, नाज़ो तेरा नाज़ सहने वालो चला गया। हाय मेरे सुन्दर तेरी इस बननी के नाज़ अब कौन उठाएगा?"

सुन्दर का शव ज़मीन पर रखा जा चुका था। वहीं एक तरफ़ रेवती भी गुच्छ-मुच्छ पड़ी थी।

रेवती की सहेली ने पसार वाली ताई से कहा, "ताई, संसार लुट जाने पर कोई नख़रे नहीं दिखाता। ज़रा, इसकी नब्ज़ तो देखो। इसकी तो पुतलियां भी उलट रही हैं।"

ताई झटके से उठ कर आई। उसने किसी अनुभवी डॉक्टर की तरह कहा, "पानी लाओ," रेवती की आँखों पर उसने पानी के छीटें डाले और निक्की बहू को कासे की कटोरी से रेवती के तलुवे सहलाने को कहा। रोती हुई औरतें अब पल्लुओं से आंखें पोंछती इधर आ गई थीं। रेवती ने आंखें खोलीं। उसकी लाल अंगारों जैसी आँखें इधर-उधर घूमीं। सुन्दर का शव देख कर फिर बन्द हो गईं।

रेवती की सास रोते-रोते बोली, "लोगो, मेरा न्याय कौन करेगा मेरा जवान बंगला भगवान ने गिरा दिया। इसे कौन चढ़ा सकेगा। मेरी जवान बहू सहम बनकर मेरे सामने पड़ी है। मैं क्या करूं।" सुन्दर की मां पछाड़ें खा रही थी, पर वहां न्याय करने कौन बैठा था।

तभी आंगन में घोड़ी आकर रुकी। डॉक्टर को लेकर सुन्दर का बाप आ गया था।

डॉक्टर के आते ही औरतों का रोना थम गया। आशा की एक क्षीण ज्योति से कमरा भर उठा। डॉक्टर ने सब को एक तरफ हटा कर सुन्दर का मुआयना किया। उसकी छाती मसली। एक इंजेक्शन भी दिया। फिर छाती मसली। सभी की आंखें उसी पर लगी थीं। डॉक्टर ने स्टेथस्कोप गले से उतार कर गर्दन हिला दी। कमरे में एक बार फिर रोना-धोना शुरू हो गया। सुन्दर का बाप दीवार से सर लगाकर सुबकने लगा।

डॉक्टर भीड़ से निकल कर दरवाज़े तक आया, तो निक्की बहू सामने आकर खड़ी हो गई। सुन्दर के बाप ने पूछा, "क्या है, बहू?"

निक्की बहू ने घूंघट काढ़े-काढ़े ही कोठरी की तरफ इशारा किया। सुन्दर का बाप फिर पूछने लगा कि क्या हुआ है? तभी बड़े पसार वाली ताई रोना रोककर ऊंचे स्वर में बोली, "भाऊ जी! बहू बेहोश है। अब डॉक्टर आ ही गया है, तो इसे दिखा दो।"

डॉक्टर निक्की बहू के पीछे-पीछे जाने लगा। रेवती बेहोशी की हालत में निढ़ाल पड़ी थी। डॉक्टर ने टूटी लगा कर मुआयना किया। फिर सुन्दर के बाप से बोला, "इसे गहरा सदमा लगा है। बड़ा ध्यान रखना पड़ेगा।" यह कह कर उसने एक इन्जेक्शन रेवती की बांह पर लगाया। वह ज़रा-सा कसमसाई, फिर सो गई।

"डॉक्टर ने कहा, "यह सोने वाला इंजेक्शन है। इसे कोई जगाए नहीं।"

रेवती की हालत उतनी खराब न थी, पर डॉक्टर गांव वालों को जानता था। पुत्र के न रहने पर बहू को कौन पूछने वाला है। निक्की बहू उसके पास बैठ कर उसका कपड़ा

सीधा करने लगी। मन में सोच रही थी, जिसका भाग्य फूट गया है, उसका कपड़ा संवारने से क्या होगा?

सुन्दर को कब श्मशान ले गए, कब घर रिश्तेदारों से भर गया, रेवती को कुछ पता न चला। वह इंजेक्शन की बेहोशी में बेख़बर थी। घर में कुहराम मचा था। शाम तक सब हो गया। जब औरतें नहा कर आईं, तो रेवती की पुकार मची। गिरती-पड़ती रेवती गोबर लिपे उस स्थान पर लौटती-लौटती बावरी हो गई। सिर मार-मार कर जब खून बहा लिया, तो निक्की बहू ने उसे पकड़ा। रेवती उससे लिपट कर रोने लगी, "मुझ अभागिन को जाती बार कुछ नहीं कह गए। मुझे दर्शन तो करवा देते।"

पसार वाली ताई बोली, "दर्शन भी कर लेती, तो क्या हो जाता? वह तो कब से पता ही था, यही होगा।" रेवती की सास को आते देख वह चुप लगा गई।

निक्की बहू ने बात पलटते हुए कहा, "अगर कोई मेरे साथ चले, तो मैं इसे भी नहलवा लाऊं। बाद में अंधेरा हो जाएगा।"

दो औरतें आनन-फ़ानन आ जुटीं। उन्होंने बेरहमी से उसकी कांच की चूड़ियां पत्थर से फ़ोड़ कर उसे चलने लायक कर दिया। रेवती ने दोनों हाथ सिर पर मारे और गले में पहनी हंसुली उतार कर पटक दी। उसके गले में खराश आने से खून की बूंदें निकल आईं। निक्की बहू ने उसके कानों से चिपके झुमके निकाले और उस की सास को दे दिए। सुहाग की अब कोई निशानी रेवती के बदन पर न थी। उसे पूरी तरह विधवा करने में अब सिर्फ़ एक सफ़ेद दुपट्टा चाहिए था। सर पर लहू और आंसुओं से चिपकी हरी चुनरी उसे सफ़ेद से भी ज्यादा विधवा बना रही थी।

निक्की बहू ने कहा, "इसे बावड़ी पर ही सफ़ेद कपड़ा पहना दूंगी।" निक्की बहू के साथ दो औरतें और आ जुटीं। उसे बावड़ी पर नहाने ले गईं।

स्त्री को स्त्री विधवा बनाने में जुटी हुई थी।

बावड़ी बूढ़े शिंव के मन्दिर की पिछली सीढ़ियों के ठीक नीचे थी। वहां एक पत्थर पर रेवती को बिठाकर निक्की बहू ने उसे अच्छी तरह नहला दिया। ठंडे पानी से रेवती के शरीर में मानो प्राण लौटे। अंधेरा घिर रहा था। काले पत्थरों पर रेवती की देह चांदनी की तरह बिखरी पड़ी थी। निक्की बहू ने सोचा, यह फिर अचेत हो गई है। उसने और पानी डाला। फिर गीले में ही इसे सफ़ेद चद्दर से लपेट दिया।

रेवती विधवा हो गई थी। वह कुछ सफ़ेद चद्दर से, कुछ अपने दुर्भाग्य की जानकारी खुलने से, वहीं बैठा कर रोने लगी। बाकी औरतें भी ठंडी शिलाओं पर बैठी-बैठी सद्यस्नाता विधवा को दिलासा देने लगीं।

बावड़ी के ऊपर बासठ सीढ़ियों के बाद गिरीबाबा का कमरा था। गिरीबाबा नये-नये महन्त हुए थे। संकोची स्वभाव के थे। न गांजे का शौक़, न चरस का रस, न हुक्क़ा, न झारी। सारा दिन वेद-मंत्र पढ़ते और शाम को बेमन से मन्दिर का हिसाब-किताब सुनते। शाम होते ही मन्दिर के दूसरे लोग बाहर सिल लोढ़ा से उलझते, तो गिरीबाबा की सांस घुटती। कभी कमरे में बैठ कर, कभी मन्दिर के विशाल प्रांगण में घूम-घूम कर वह समय काटते। बूटी की घिसाई के वक्त, जो अंट-संट बूटी के सौदाई बोलते, गिरीबाबा को उससे बड़ी घृणा होती। ऐसे समय कभी कभी वह बाहर शिव-पर्वती के बड़े मन्दिर के आगे चटाई बिछा कर लेटे रहते या भजन करते रहते। काफ़ी देर बाद ही वह अपने कमरे में आते थे।

आज थोड़ा अस्वस्थ होने की वजह से वह जल्दी ही अपने कमरे में विश्राम करना चाहते थे। कमरे में आकर उन्होंने खिड़की के पास रखी सुमिरनी ज्यों ही उठाई, खिड़की की दरार में उनकी दृष्टि जड़ हो गई। उस समय अचेत रेवती पर निक्की बहू पानी डाल रही थी।

गिरीबाबा ने ऐसा दृश्य कभी न देखा था। वह स्तब्ध हो गए। हाथ जहां का तहां रह गया। शरीर जड़ हो गया। अपनी ही सांस की आवाज़ उन्हें खटकने लगी। उन्हें ध्यान आया, मन्दिर में संगमरमर की कई मूर्तियां हैं, पर ऐसी मूर्ति तो कोई नहीं। वह टकटकी लगाए अचेत से खड़े थे। तभी मूर्ति हिली और पत्थरों पर सर पटकने लगी। खून माथे से बह कर चेहरे से होता हुआ गले की ढलान से बह चला। गिरी बाबा डर गए, पर वहां से हटे नहीं।

औरतों ने रेवती को पकड़ लिया था।

रेवती रोते हुए चिल्ला रही थी, "तुम झूठे हो ···। भगवान, तुम झूठे हो ···। सुनो, सुन लो, झूठे हो तुम···।"

निक्की बहू ने अपना दुपट्टा फाड़कर उसके ज़ख्म पर बांध दिया। कपड़ा लहू से भीग गया।

गिरीबाबा जड़वत वहीं खड़े रहे।

रेवती के रोने की आवाज़ें गांव के हर घर की दहलीज पर सर पटक रही थीं। उसका विलाप सुन कर ही भांग में धुत्त संकटमोचन का नशा गड़बड़ाने लगा। वह गिरीबाबा के कमरे में आया। गिरीबाबा वैसे ही खड़े थे। संकटमोचन ने घबरा कर कहा, "महन्त जी,

किस सोच में डूबे हो? यह संसारी लोगों की दुनियां है। सुन्दर की बहू का विलाप है। वही सुन्दर जो आज गोलोक सिधार गए। अभी कुछ महीने पहले ही तो शादी हुई थी। क्या भोज था, माई ने बैहन्गी भर कर सारे पदार्थ भिजवाए थे। पर भगवन् सुन्दर को तो शुरू से ही 'हार्ट फेल' की बीमारी थी। हमने तो उसके बाप से कहा था, इसकी शादी न करो, पर ये संसारी जीव कहां मानते हैं। वंशवृद्धि करने चली थी बुढ़िया! तुलसी का पौधा घर में लगाया था, अब समझो उखड़ गया। बच नहीं सकता।"

संकटमोचन ने सर पकड़ा। दोनों हाथों से भींचा और रोने लगे। गिरीबाबा घबरा गए। नशाई आदमी रोए, तो क्या करना चाहिए, यह वह न जानते थे। उन्हें याद आया, जब बड़े महन्त नशे में एक बार रो रहे थे, तो सूबेदारनी ने उन्हें बादाम खाने को दिए थे और आंसू अपने आंचल से बड़े प्यार के साथ पोंछे थे। गीरीबाबा क्या करें, संकटमोचन अब एक ऐसे बालक की तरह रो रहा हो, जिसका मिट्टी का नया खिलौना हाथ में लेते ही टूट जाए? गिरीबाबा को याद आया, सुबह एक भक्त देसी घी में तले हुए बादाम दे गया था। वे अभी तक भीतर दोने में पड़े थे। गिरीबाबा उठे। भीतर जाकर बादामों का दोना ले आए। संकटमोचन के आगे रखा, तो उसकी आंखें चमक उठीं। आख़िरी विलाप गले के भीतर ही घुट गया। उसने मुट्ठी-भर बादाम मुंह में भर लिए , फिर चबाते-चबाते रेवती की कहानी कहने लगा, जैसे बीच में कोई नाटक ही न हुआ हो,

"तो गिरीबाबा, ये नाले पार के गांव के शाह कौ इकलौती बिटिया है। इसी साले मंगल पंडित ने जुगत भिड़ाई थी। शिव! शिव! सतरह बरस और आठ महीने भी कोई उम्र होती है। ब्याह सतरह में ही हुआ था। कन्या तो रत्न-जोत है, दिव्य सुन्दरी! अये, सत्यानास हो हरामी का!"

संकटमोचन के गले में कड़वा बादाम आ गया था, पर उसने थूका नहीं। पानी से गटक कर बोला, "कड़वा बादाम सारा सुर कड़वा कर गया। त्रिपुरसुन्दरी, महिष मर्दनी, जय हो काली।" कह कर संकटमोचन ने एक डकार ली, फिर बोला, "एक कश चिलम का लगा लूं। पहला नशा तो खोटा हो गया।"

गिरीबाबा ने सोचा, एक मनुष्य की व्यथा कहते-कहते कोई नशे की बात कैसे सोच सकता है? गिरीबाबा को घृणा हो आई। वह बाहर निकल गए।

भोलेनाथ की मूर्ति के नीचे चटाई बिछा कर वह अंधेरे में जल-धारा को गिरती बूंदें गिनने लगे। चटाई के नीचे बर्फ़-सा ठंडा फर्श सुख देने लगा। जल-धारा के साथ-साथ उन्हें और आवाज़ें भी सुनाई देने लगीं··।

'तुम झूठे हो, भगवान! तुम झूठे हो।' एक बार उन्हें लगा, ये आवाज़ उनके सिरहाने से आई है। पसीने में तर गिरीबाबा घबरा कर उठ बैठे। आस-पास नज़र दौड़ाई, कुछ न था। सिर्फ़ कोने में जल रहे दीये की रोशनी में शिव का लटकता संगमरमरी पांव चमक रहा था। पालथी मार कर बैठे शिव की गोदी में गौरी थी। सर लाल किनारी लगी ओढ़नी में चमक रहा था। मां गौरी गिरीबाबा की ओर देख कर मुस्कराईं। शिव की तेजवान आँखों में दीये की रोशनी के हिलने से जैसे अश्रु बह रहे थे। सर पर काले स्याह जूड़े में चमकती गंगा का प्रवाह रुकते रुकते फिर चलने लगा था। शिव के तीसरे नेत्र के स्थान पर दीये की ज्योति का अक्स पूरा-का-पूरा जल रहा था। अद्भुत क्षण था। गिरीबाबा ने भोलेनाथ के चरण पकड़ लिए। रात को निस्तब्धता में सारा मन्दिर सांय-सांय कर रहा था। मन्दिर के बीचों-बीच बनी शिव की पिण्डी पर काफी अंतराल के बाद जल-धारा से टपकती दूध मिश्रित बूंद अपनी आवाज़ से खौफ़ पैदा कर रही थी,

टप! …टप! … टप!

रात की निस्तब्धता में यह आवाज़ मारु बाजे की तरह लग रही थी।

गिरीबाबा ने सामने दीवार के बीचों-बीच शिव की भव्य मूर्ति को देखा। अपनी एक जंघा पर गौरी को बिठाए वो दोनों प्रसन्नचित्त सामने पीपल के वृक्ष में जैसे कुछ खोज रहे थे। उनके गले में पड़ा काला भयंकर नाग दीये की रोशनी में चमक उठता। लाल रंग की उसकी जिव्हा पर पीली रोशनी लोट-पोट जाती। दीये की बाती मानो किसी शराबी की पत्नी की तरह दहलीज पर खड़ी-खड़ी जल रही थी। मंदिर के बीचों बीच लटक रहे घंटे की परछाईं पीपल के पत्तों की थरथराहट से कांप रही थी। बाहर शिव का संगमरमर का बना प्रहरी नंदी भयभीत-सा दम साधे बैठा था। गिरीबाबा को फिर सुनाई दिया,

'तुम झुठे हो, भगवान! तुम झूठे हो।

झूठे हो तुम…!

सुनते हो, तुम झूठे हो!'

गिरीबाबा ने घबरा कर दोनों हाथों से शिवजी का नीचे लटकता संगमरमरी पांव पकड़ लिया। उसमें से निकलता आस्था का शक्ति-स्रोत उनकी शिरा-शिरा में बहने लगा। हाथों को ठंडा संगमरमर मानो धीरे-धीरे जीवन देने लगा। उनकी पलकें मुंद गईं। उन्होंने देखा,

काले पत्थरों पर लुढ़की वह संगमरमरी देह अचानक उठकर बासठ सीढ़ियां चढ़ रही है। हर सीढ़ी पर वह दीवार से लगकर सुस्ताती है। मानो हर सीढ़ी के ऊपर बने शिवलिंग को सिर नवाती आ रही हो। पत्थर की सीढ़ी पर पड़ता उसका संगमरमरी पांव 'ठक्क' से

आवाज़ करता है। उस बुत की सांस नहीं, स्पंदन नहीं, गढ़ी हुईं सुकुमार बांह उठते वक्त लचकती नहीं। उंगलियों में बांकपन नहीं। बस, सौन्दर्य!

उन्होंने देखा, कठोर निर्जीव बुत अब अन्तिम सीढ़ी चढ़ रहा है। उसकी पलकें भी झपकती नहीं, ज़िन्दा व्यक्ति की तरह घूमती हैं। फिर भी देख सकती हैं। अपलक, एकटक उन्हीं की ओर। दरवाज़े पर जाकर उन्होंने बुत को सहारा देना चाहा है। वह आगे बढ़े, उसे छुआ है, पर छूते ही वह संगमरमर का बुत टुकड़े-टुकड़े होकर सीढ़ियों पर कांच की तरह बिखर गया। जैसे बरसातों में पहाड़ों से पत्थर लुढ़क कर बिखर जाते हैं।

गिरीबाबा ने ज़ोर से कहा,

'तुम झूठे हो ऽ ऽ ऽ ···'!

'तुम झूठे हो ऽ ऽ ऽ ··· ।'

और वो हांफने लगे।

शोर सुन कर बूढ़ा मुकद्दम हाथ में लालटेन लिए घबराया-सा आकर खड़ा हो गया। उसने देखा, गिरीबाबा शिव जी का पांव कस कर पकड़े हुए हैं और स्वयं मानो वहां हैं ही नहीं। उनकी आंखें बन्द हैं, मुंह खुला हुआ है, और सिवाय हाथों के और कहीं मानो जान हीं नहीं है।

मुकद्दम ने बचपन से गिरीबाबा को देखा है! उन्हें पुत्रवत प्यार किया है। कभी-कभी घर लाकर उन्हें प्यार से खिलाया भी है। जब गिरीबाबा काशी पढ़ने गए थे, तब मुकद्दम ही उन्हें छोड़ने गया था। निसंतान बूढ़े ने बचपन में इन्हें कई बार बड़े महन्त के गुस्से से बचाया है। मुकद्दम की ऊपर की सांस ऊपर और नीचे की नीचे हो गई। लालटेन नीचे रख कर वह चिल्लाया "दौड़ो ऽ ऽ ऽ ···। दौड़ो ऽ ऽ ऽ···। गिरीबाबा गए ··· ।"

भंग की तरंग में स्वर्ग के झूलों पंर झूलते संकटमोचन और उसके साथी दौड़े। किसी का लंगोट उलझा है। किसी के बाल अस्त-व्यस्त हैं। किसी की आंखें कपाल छू रही हैं। सभी गिरीबाबा के इर्द-गिर्द खड़े हो गए. तब तक मुकद्दम पड़ोस में गुसाइयों के घर ख़बर कर आया था। आनन-फ़ानन में सब जान गए। आधी रात मन्दिर में हलचल हुई, तो दुकानों पर जो सोए थे वे भी आ गए। मठ में मेला-सा लग गया।

गिरीबाबा को कोई होश न था। उन्हें चटाई पर लिटा दिया गया। उनके हाथ अभी भी कसे हुए थे, जैसे शिवजी के चरण पकड़े बैठे हों।

मठ में इतनी हलचल देख चार बजे उठ कर नहाने वाले जल्दी ही उठ गए थे। पसार वाली ताई जिसके कान काफी कच्चे थे, मठ में मोमबत्तियों और लालटेन को देखकर आ गई थीं। औरतें घूंघट काढ़े एक ओर बैठी थीं। गिरीबाबा के पांव में लोग बादाम के तेल की मालिश कर रहे थे। कोई भीगे कपड़े से उनका माथा सहला रहा था। ताई ने आते ही गिरीबाबा का पैर पकड़ा और ज़ोर से रोने लगी, "छोड़ कर मत जाना महाराज, गांव यतीम हो जाएगा।" दहाड़ने में ताई को कोई पछाड़ नहीं सकता था। उसकी दहाड़ से गिरीबाबा की बंद आंखों में हरकत हुई।

ताई ने उनका अंगूठा ज़ोर से मरोड़ दिया। गिरीबाबा ने दर्द से बिलबिला कर आंख खोलने की कोशिश की, तो उन्हें लगा, बहुत से सर सीढ़ियों से नीचे फुटबाल की तरह फिसल रहे हैं। उन्होंने फिर आंख ज़रा-सी खोली और घबरा कर बोले, "कहां है वह? कहां ऽ ऽ ऽ···"

कोई उत्तर न मिला। सब की गर्दनें उधर झुक गईं। गिरीबाबा को होश आया। वह हैरानी से सब को देखने लगे जैसे किसी और दुनिया में हों। अब सब को यकीन हो गया कि गिरीबाबा ने साक्षात शिव के दर्शन किए हैं। उनके शिष्य मूर्खों की तरह एक तरफ खड़े थे। संकटमोचक नींद में खलल पड़ने पर काफ़ी दुखी थे। मुकद्दम बावड़ी से ठंडा पानी खींच कर लाया। गिरीबाबा ने अपनी ओक से सारा पानी पी लिया। सब चुप थे। गिरीबाबा धीरे से मन्दिर से उठे और अपने कमरे मे चले गए।

अब अटकलों ने सिर उठाया। पसार वाली ताई अपनी सारी बुद्धि खर्च करके बोली, "पानी की बालंटी से नीलकंठ का जहर कम होता है क्या? इन्होंने साक्षात शिव को देखा है। उनकी झाल कौन झेल सकता है?"

सब ने 'हां' में गर्दन दिलाई।

पसार वाली ताई सोच कर बोली, "जब मुकद्दम यहां पहुंचा, तो शिवजी का यही संगमरमरी चरण थामे गिरीबाबा उनसे बातें कर रहे थे। आज तक हमने तो अपनी उम्र में नहीं सुना कि किसी महंत को शिव के दर्शन हुए हैं··· और हों भी क्यों न? तीस बरस के होने को आए। आज तक कभी किसी स्त्री को आंख उठाकर नहीं देखा। शिव! शिव! धन्य हो महाराज! गांव में मंगल ही मंगल कर दिया।" फिर ताई भक्ति-भाव में डूबी ध्यान लगाकर बोली, "ओन्ग नमः शिवाय!"

दूसरे दिन सारा गांव गिरीबाबा के दर्शनों को उमड़ पड़ा। दोपहर में जो आंगन कांव-कांव करता था, वह यज्ञ में पक रहे मालपूए व खीर में पड़े केसर की सुगंध से महमहा उठा। पास के सभी गांव में इस लीला का पता चल गया था। सुबह सवेरे से ही लोग दूध की मटकियां, घी से भरे बर्तन,आटा आदि लिए आ रहे थे। सारे गांव में उत्साह और खुशी की हवा चल रही थी।

गिरीबाबा हैरान परेशान से लोगों को टकटकी बांधे देखते। संकटमोचन सुस्त से पड़े गिरीबाबा का हाथ आशीर्वाद की मुद्रा में उठा देते। भीड़ भक्ति-भाव से लौट पोट हो रही थी। हर गांव से लोग एक नदी की शक्ल में आते और मठ में आकर समन्दर हो जाते। मन्दिर में रहने वाले साधु महन्त और पुराने दमदार बाशिन्दे भी इस चमत्कार को समझ न पा रहे थे। ऐसा पहले कभी न हुआ था। गिरीबाबा अभी भी मानो चमत्कृत थे। लोग कहते, "भगवान के दर्शनों के बाद जो बच जाए, उसका यही तो हाल होगा।"

गिरीबाबा का नाम चारों ओर फैल गया। वह सारा दिन दर्शन देते-देते थकने लगे। संकटमोचन व अन्य साथियों को भी असुविधा होने लगी। शाम की विजया के समय पूजा-कीर्तन में बीत जाता। उसके बाद किसी ने गोली गटकी न गटकी, क्या फायदा? जब तक गोली के साथ थोड़ा बादाम मलाई न उड़े, तो भंग का रंग कहां चढ़ सकता है। बड़ा गुस्सा आता भोले भंडारी पर। भोले तो हैं, पर इतने भी क्यों भोले कि नशा-पत्ती के समय का ध्यान न रखें। खुद तो वहां कैलाश पर्वत पर भोग लगा रहे होंगे, यहां भक्तों का समय खोटा कर रहे हैं। अब क्या ज़रूरत थी गिरीबाबा को दर्शन देने की। मूर्ख लोग आते हैं तो जाने का नाम नहीं लेते। न जाने कब तक गिरीबाबा को देखते रहैंगे! कोई हल नज़र आता ही न था।

एक दिन संकटमोचन दोपहर के समय सब का अगुआ बन कर गिरीबाबा के पास गया। उम्र में बहुत छोटा होने पर गिरीबाबा संकटमोचन से दबते भी थे। उन्हें जब से याद पड़ता है, संकटमोचन हमेशा ऐसे ही रहे हैं। मुंहफट, लम्ब-तड़ंग, नशा-पत्ती में उलझे हुए और घोर दुनियादार। मठ में रहते हुए भी उन्हें न सिर्फ़ अपने गांव की, बल्कि आप-पास के गांव की ख़बरें भी मालूम रहती थीं। गिरीबाबा ने उनकी बातें ध्यान से सुनी, और कहा, "जैसे ठीक समझो, करो।"

संकटमोचन ने चैन की सांस ली और गांव-भर में मुनादी करवा दी कि गिरीबाबा सवेरे पांच बजे से दस बजे तक पूजा करेंगे। साढ़े दस से साढ़े बाहर बजे तक दो घंटा सब को दर्शन देंगे। शाम को फिर चार से छः तक दर्शन हो सकता है। आनन-फ़ानन में ख़बर आम हो गई।

आज-कल शंकर भगवान से ज्यादा उनके गण गिरीबाबा का दर्शन हो रहा था। समय की हेरा-फ़ेरी से दफ्तर वाले तो साफ़ बच गए। दफ्तर पहुंचने वाले सवेरे आठ बजे वाली बस से शहर जांते थे। उसे सब 'दफ्तरी वाली' कहते थे। आते-आते भी आठ बजता था। सो उनमें से जो दर्शनाभिलाषी थे, वे सिर्फ़ छुट्टी वाले दिन हीं आ सकते थे। लिहाजा भीड़ छटने लगी। सिर्फ़ कुछ खाली, बेकार-सी औरतें सुबह शाम वहां भभूत लेने आ जातीं और मूर्खों की तरह गिरीबाबा को देखती रहतीं। इतनी भयंकर श्रद्धा की अवधि बहुत लम्बी नहीं होती।

सब की समाधि टूटी पर गिरीबाबा की नहीं। लोग क्या जानें, उन्होंने क्या देखा। क्या सचमुच का संगमरमर का शरीर हो सकता है? गिरीबाबा सोचते, स्त्रियों के इतने हजूम में कभी भी तो उसे नहीं देखा। पता नहीं देवी थी, या मानवी। दुविधा के इन क्षणों में गिरीबाबा भोले शंकर का वही चरण पकड़ कर टकटकी लगाए उनकी जटाओं से गिरती गंगा को देखते रहते। गिरीबाबा की ज़िन्दगी में ऐसा पहले कभी न हुआ था।

भयानक गर्मी का दिन ढला, तो बड़े यत्न से पीस कर रखी ठंडाई को सहेजकर संकटमोचन भंडारे से कुछ तर माल उड़ाने गए। घुटी हुई भांग से भरी बालटी वहीं पड़ी थी। गिरीबाबा ने बालटी में से एक गिलास भरा और गटक गए। अभ्यास तो था नहीं, सो आंखें ललाट पर चढ़ गईं। अपने कमरे तक किसी तरह से आए, दरवाज़ा बंद किया और वहीं खिड़की के पास आकर खड़े हो गए। नशे में जो सलाखें थामीं, तो उसी मुद्रा में जड़ से हो गए। बाहर संकटमोचन ने आकर बादाम रगड़ कर बालटी में मिलाए। कुछ एक मुंह में रख कर चुगलाने लगा और बालटी जाकर मंडली के बीच में रख दी। बस, दुनिया रंगीन हो उठी।

दुनिया इसी तरह रंगीन होती है। ये गोल दुनिया पूरी जुड़ी हुई होने पर भी कितनी अलग है! कहीं शादियाने हैं, शामियाने हैं, कहीं मातम हैं, कहीं बांसुरी की धुन है, कहीं रोने की पुकारें, कहीं सरसब्ज़ पर झुके हुए रंग-बिरंगे फूल लाड़ लड़ाते हैं, कहीं पानी की बूंद को तरसते लोग मर जाते हैं। इसी पृथ्वी पर भारत में होली मनाई जा रही है, तो कहीं और कोई औरत अपने बच्चे को बग़ल में दबाए जान बचाने की कोशिश में लगी है। यही तो जग-रचना है, जिसका एक भी पत्थर दूसरे से नहीं मिलता।

इसी गांव के मठ में जहां संकटमोचन अपनी टोली के साथ कुल्हड़ों में भांग पीकर तृप्त हो रहे हैं और गिरीबाबा खिड़की की सलाख पकड़े टुन्न हैं वहीं मृत सुन्दर के घर में उसकी विधवा पत्नी रेवती अपनी इज्ज़त बचाने के लिए कमरे कमरे में घूम रही है। उसकी सास का भतीजा शाम को जब घोड़ी पर चढ़ा-चढ़ा ही बाहर से आवाज़ें दे रहा था, तभी रेवती का मन कांप उठा था। उसकी सास ने बाहर निकल कर पूछा, "कौन, देबू है! भीतर आओ, यह तो तुम्हारा ही घर है।"

देबू लड़खड़ाता सा घोड़े से उतरा, तो घोड़े की पसली में उसकी बन्दूक की बट लग गई। देवराज गरजा, "यह क्या है बुआ? तुम्हारे कामे कहां गए? जब में आऊं तो सब यहां खड़े होने चाहिए और वह कहां है? रेवती हां, सुन्दर की बहू रेवती। उसे कहो, मेरे बूट खोले।"

रेवती की सास ने कहा, "चलो, चारपाई पर बैठ जाओ। नहीं हज़म होती, तो पीते क्यो हों।"

"बुआ, यह देवराज है, तुम्हारा भाई नहीं। मेरे मामा कनस्तर से ही पीते हैं, बोतल से नहीं। जाओ, रेवती को बुलाओ।"

"पागल हो गया है क्या? रेवती तुम्हारी छोटी भाभी है। तुम्हारे फूफा ने सुन लिया, तो मेरा भी बोरिया गोल हो जाएगा।"

"हां-हां, चलो, मेरे घर में चलो। रेवती को भी ले चलेंगे। यह बूढ़ा बड़ा ख़तरनाक है।"

रेवती की सास ने आस-पास देखा, कहीं कोई न था। वह बुड़बुड़ाई, "भाभी ने भी मुआ एक ही पूत जना। वह भी शराबी। अब क्या करूं। कहीं रेवती इसके सामने न पड़ जाए।"

रेवती सब सुन कर सुन्न होकर पिछवाड़े में दरख्त के सहारे खड़ी थी। आज उसे लगा सुन्दर बीमार था, तो भी किसी की हिम्मत यह कहने की न होती थी कि रेवती कहां है। छत टपकने वाली ही हो, तो भी छत तो होती है। उसे रुलाई आ रही थी, पर उसने उसे परे ढकेल दिया। एक निश्चय के साथ ख़ड़ी हो गई। यह जगह रहने के काबिल नहीं है, साल-भर मैके नहीं जा सकती। सुन्दर के नाम की जो नेति रोज देनी होती है, पीपल को जल देना होता है, वह तो वही देती है। मां-बाप की इकलौती बेटी है। सास-सुसर की इकलौती बहू पर आज दोनों घरों में कोई ऐसा नहीं, जहां वह छिप सके। आज उसके ससुर भी शहर गए थे।

तभी उसने घोड़े की आहट सुनी। उसे डर लगा। पिछवाड़े की बाड़ में बना फाटक खोल वह बाहर निकल गई।

चांदनी रात थी। घोर सुनसान।अत्यन्त गर्म हवा के संग-संग बीच-बीच में थोड़ी ठंडी हवा की लहर भी चल रही थी। जैसे काले बालों में एक सफ़ेद लट हो। निर्भीक होकर रेवती बढ़ती जा रही थी। अचानक उसने पाया वह वहीं आकर खड़ी हो गई है, जहां सुन्दर की मृत्यु वाले दिन उसे निक्की बहू नहलाने लाई थी। उसने वहाँ आकर बावड़ी में झांका। बावड़ी के पानी में चांद मछली की तरह मचला रहा था। उसने खड़े होकर उत्तर की तरफ देखा। कुछ वृक्ष काफ़ी जगह घेरे सुस्ता रहे थे। जैसे जंगली भैंसे भरपेट घास खाने के बाद सुस्ताते हैं। वृक्षों के पत्ते चांदनी में चमक रहे थे। पर उनसे डर नहीं लगा रेवती को। वही वृक्षों के नीचे गोसाइयों, महन्तों की समाधियां थीं। उसके और आगे श्मशान था। वहां कोई न जाता था।

जीवन का मोह त्याग कर रवेती आज सब जी भर कर देख रही थी। उसके आगे ही वह मोड़ था, जहां से दो-तीन मील पैदल चल कर रेल का स्टेशन आता था।

और वहीं पठानकोट में रहती है कुन्तो। रेवती की बचपन की सहैली। कुन्तो ने कहा था, रेलवे स्टेशन के बाहर उनकी साइकिलों की दुकान है। उसके ससुर वहां बैठते हैं। कुन्ती के पति तो स्कूल में मास्टर हैं। यह स्कूल उनका अपना है, जहां कुन्तों की सास भी पढ़ाती है। रेवती को गर्व-सा हुआ। उसी के जैसी एक औरत है, जो विद्यादान देती है और रेवती यहां गांव की बावड़ी पर डूबने को तैयार खड़ी है। अगर कुन्तो के पास चली जाए। ···तो सब को मालूम हो जाएगा। नहीं, मैं किसी पर बोझ नहीं बनूंगी। जब अपने मां-बाप भी यही कह कर गए हैं कि साल-भर तो सुन्दर के यहीं काटना पड़ेगा। दुःख के मारे उसके मां और बाप दोनों तीर्थ-यात्रा पर निकल गए हैं। घर-बाहर अपनी बहन को सौंप गई है उसकी मां। मौसी भी कहां आ पाती है, पर यह शर्म लेकर मैं मौसी के पास नहीं जा सकती। हां, कोई चारा नहीं है मरने के सिवा, कोई चारा नहीं। रेवती ज़ोर से बोली, “मां, क्या तुम नहीं जानती थीं कि देवराज भी यहां है? मां होकर भी न जान पाई तुम?”

रेवती ने सोचा एक बार ऊपर श्मशान देख आऊं। अन्तिम आसरा। अन्तिम घर। अन्तिम ठौर। रेवती ठंडी रेत पर नंगे पांव चलती-चलती श्मशाम तक गई। वहां एक चिता जल रही थी। दो-तीन बुझी हुई थीं। आस-पास कोई न था। रेवती खड़ी होकर जलती चिता को देखती रही। बड़े-बड़े अंगारे दहकते हुए फुंकार रहे थे। कभी लपट उठती, कभी बैठ जाती। रेवती को हंसी आई। हो सकता है उस खाली जगह में कूल उसकी चिता जले!

सफ़ेद कपड़े मे लिपटी वह एक प्रेत की तरह लग रही थी। चिता से आती आंच उसके गालों को तपाकर अब जलाने लगी थी। वह धीरे-धीरे एक प्रेत की तरह बावड़ी की तरफ़ चलने लगी। उसने सोचा— अब नहीं, तो कभी नहीं। ज़िन्दगी से मोह नहीं जाता। पर क्या यह ज़िन्दगी है? मेरी देह तुझे अर्पित है ऐ मृत्यु! लो, मुझे गोद में लो!

‘धड़ाम ऽ ऽ ऽ···’

आवाज़ हुई तो बासठ सीढ़ियों के ऊपर खिड़की की सलाख़ ज़ोरों से पकड़े गिरीबाबा चौंके, यह कैसी आवाज़। उन्होंने देखा, बावड़ी पर एक सफ़ेद कपड़ा पड़ा है और रात की निस्तब्धता में साफ पानी में किसी के होने की आवाज़ें आ रही हैं। यह सब उन्होंने सीढ़ियां उतरते समय सोचा। पलक झपकते ही वह बावड़ी पर आकर रुके और फिर एक और, धड़ाम!

बड़े महन्त जी ने उन्हें बावड़ी में कूदना और निकलना, तैरना सब सिखाया था। उन्हें उनका ध्यान आया। हाथों में कुछ बाल आए। उन्हीं को गिरीबाबा ने ऊपर खींचा। बालों के नीचे वही संगमरमरी बुत। बाहर आते ही बोझ बढ़ने लगा। गिरीबाबा ने बावड़ी पर लगी लोहे की कुंडियां पकड़ी और जैसे-तैसे सीढ़ियों तक आ पहुंचे।

निर्वस्त्र नारी देह ··· बेहोश!

उन्होंने सफ़ेद कपड़ा उस पर डाला। पानी में गिरने से और हाथ पैर मारने से गिरीबाबा को होश आ गया था। उन्होंने रेवती को देखा, अचानक आद आया–बड़े महन्त कहते थे, जो डूबे उसे निकाल कर पहले उलटा लिया दो। गिरीबाबा ने एक सीढ़ी पर रेवती को उलटा लिटा दिया। उसकी पीठ पर हाथ फेरने लगे। पानी सच में निकल रहा था। एक कर्त्तव्य-बोध गिरीबाबा में पैदा हुआ उन्होंने उसकी नब्ज़ देखी। ठीक-चल रही थी। सांस भी ठीक थी। उन्होंने कपड़े में उसे कसा। सीधा किया तो चौंके। यह तो वही बुत था, जिसे देखने के बाद गिरीबाबा को होश नहीं है।

गिरीबाबा ने फिर देखा, चांदनी में उसके लम्बे काले बालों से पानी गिर रहा था। माथे पर एक लाल लकीर थी, लहू की। चांदनी में चमकता संगमरमरी चेहरा निराला दिखा; अद्भुत! उन्होंने देखा, बाल धूल में अट रहे हैं। एक जल बालटी निकाल कर सिर्फ़ बालों पर डाला। थोड़ा उसके सर पर गिरा होगा। देह डगमगाई।

उसके चेहरे पर अभी लहू की पतली-सी लकीर हिलने से थोड़ी गाल पर लुढ़क आई। गिरीबाबा मुग्ध होकर देखने लगे।

तीन-चार महीने पहले ही तो बावड़ी पर यह देह देखी थी। ऐसे ही बेहोश, लुढ़की हुई, यहीं पर। चांदनी में चमकते बाल गिरीबाबा ने धीरे से उठाए और उसकी देह पर डाल दिए। गिरीबाबा ने देखा, नाक पर सिली हुई जगह पर पानी की एक बूंद आकर ठहर गई थी। थोड़ा हिलती, तो लगता कोई तारा जगमगा रहा है। गिरीबाबा ने फूंक मारी। बूंद हिली, फिर वहीं जम गई।

आस-पास कोई न था। पहाड़ से आती हवा धीरे-धीरे वृक्षों के पत्तों से छेड़खानी करती आकाश में घूम रही थी। गिरीबाबा के बस्त्र गीले थे। उनकी एक झुरझुरी-सी आई। उन्हें बोध हुआ। आस-पास देखा, थोड़ा भय पैदा हुआ। उन्होंने सोचा, यहां इस तरह कोई उन्हें देखेगा, तो क्या कहैगा। गिरीबाबा ने लपक कर सफ़ेद कपड़े में लिपटा वह बुत उठाया और सीढ़ियां चढ़ने लगे। धीरे-धीरे। बुत को महसूसते हुए। उन्हें याद आया, कभी शिव पार्वती की मृत देह को कंधे पर डाले इसी तरह गये होंगे। फूल-सी हलकी रेवती का बोझ धीरे-धीरे उनका मानो अपना बोझ हो गया। दोनों बाहें टहनियों की तरह लटक रही थीं। पानी से भीगी दोनों की देह में अब एक उष्णता भर रही थी। रेवती के श्वास की आवाज़ गिरीबाबा के कान के पास उठ-गिर रही थी। गिरीबाबा को लगा यह क्षण कभी समाप्त न होना चाहिए, पर क्षण समाप्त हो गया था। उन्होंने अचानक पाया, वह अपने कमरे में खड़े हैं। उन्होंने चटाई पर फूलों की टोकरी की तरह धीरे से रेवती की देह को रख दिया।

उसके माथे से बहने वाला लहू बंद था। गिरीबाबा की देह और सफ़ेद कपड़े पर बड़ी उज्ज्वलता से चमक रहा था। रवती के कपड़े पर भी कहीं-कहीं उसके दाग थे।

सभी जगह दाग ही दाग! गिरीबाबा सोचने लगे। कपड़े तो सूख जाएंगे, पर ये दाग। ··· ये दाग क्या कभी छूटेंगे।

··· पर यह हिलती क्यों नहीं। श्वास तो ठीक चल रही है। उन्होंने दीवार पर लटका पंखा उतारा और रेवती को झलने लगे। पंखे की हवा से कमरे के एकमात्र दीये की रोशनी मार खाते बच्चे की तरह पीछे हटती फिर अपनी ज़िद के लिए वहीं खड़ी हो जाती। गिरीबाबा चमत्कृत थे। उन्होंने देखा, रेवती का मुंह पीली बत्ती से गुलाबी हो उठा है। सब सामान्य है। पता नहीं अब क्या करना चाहिए। उन्होंने रेवती की गर्दन के नीचे पड़े कुछ गीले बाल निकाल कर एक तरफ़ चटाई पर रख दिए। हिलाने से रेवती ने करवट बदली। तभी चटाई को टटोलती हुई वह हैरानी से उठ बैठी। गिरीबाबा को देख कर वह चिल्लाना चाहती थी। तभी गिरीबाबा ने गर्दन हिला कर कहा, "नहीं, तुम चिल्लाओगी नहीं। बाहर सब लोग हैं, जग जाएंगे। हम महन्त हैं। मठ में सब लोग सो रहे हैं।" यह कह कर गिरीबाबा उठे और खिड़की के पास खड़े हो गए।

रेवती को अब सब याद आ रहा था, पर वह यह न समझ पा रही थी कि यहां कैसे आई। क्या उसे गिरीबाबा ने बचा लिया। बावड़ी में छलांग लगाने से पहले उसने मन्दिर के कंगूरों को बड़ी घृणा से देखा था और मन-ही-मन कहा था,

'मुझे बचाओ तो जानूं। संहार क्या अकेले तुम्हीं कर सकते हो। हूँ, संहार तो कोई भी कर सकता है।'

फिर उसे याद आया था, शादी के बाद इसी बावड़ी को पूजने उसे उसकी सास लाई थी। यहीं कितनी ही बार निक्की बहू के साथ उसने नहाते समय चुहलें की हैं, पर अब कौन-सा मोह था, जो उसे रोकता। एक छलांग और सब ख़त्म। फिर उसने सोचा अगर में मर जाती, तो क्या कोई यहां बावड़ी पूजने आता।

क्यों बच गई में! कैसे बचाया होगा इन्होंने? गिरीबाबा के बारे में कितनी कहानियां उसने सुन रखी हैं। उसे डर भी लगा, इतने बड़े महन्त, अभी तो इनको शिव ने दर्शन दिए थे। और मैं ···मैं एक निर्बल असहाय विधवा! कुछ अजीब-सा सुखद मन में घटा। इन्होंने बचाया होगा मुझे। उसने देखा, गिरीबाबा उसकी तरफ पीठ किए खड़े थे। उनके जनेऊ में लहू लगा था। कपड़े पर भी। उसने देखा, उसकी चद्दर पर भी जगह-जगह लहू है।

वह घबरा कर उठ बैठी। माथा एक जगह से टीस रहा था। वहां हाथ गया और खून से भर गया। उसे समझ आया, यही खून होगा, जो दोनों को लगा है। उसे ग्लानि-सी हुई। धीरे से, बहुत मुलायम स्वर में उसने पूछा, "आप क्यों नहीं सोए थे महन्त जी?" अपनी ही आवाज़ सुन कर उसने मुश्किल से रुलाई रोकी। वह मरी नहीं है, बोल सकती है। मोह जाग उठा। वह रोने लगी।

गिरीबाबा मुड़े। आकर उसके सिर पर हाथ रख कर बोले, "भगवान की यही इच्छा थी। तुम्हें बचा तो लिया है, पर अब क्या होगा? तुम अगर स्वस्थ हो गईं, तो घर चली जाओ। सारा गांव सो रहा है। किसी को कानों कान ख़बर न होगी।"

घर का नाम सुन कर रेवती फिर रोने लगी। रोते-रोते ही उसने कहा, "महन्त जी, आपने मुझे नर्क में भेजने के लिए ही बचाया था क्या? मेरी सास का भतीजा जब-तब आता रहता है। मेरा जीना वहां मुश्किल है। शराब के नशे में वह क्या कर बैठे। आज तो मैं उसके आगे ही न पड़ी, पर पिछली बार···! पिछली बार अगर मनसू न होता, तो मैं मन्दिर के प्रांगण में आने के काबिल न रहती।" यह कह कर वो निःशब्द रोने लगी। उसे लगा, धरती के इस टुकड़े पर जागने वाले ये दो प्राणी ही सिर्फ़ जग रहे हैं। बाकी सारी सृष्टि सो रही है। कहीं कोई आवाज नहीं।

खिड़की से लगे महन्त जी मानो सलाखों को भींचे उनसे कोई हल पूछ रहे हैं, क्या करें; क्या न करें। वैसे तो संकटमोचन गांव की सब खबरें उन्हें सुनाता रहता था, पर वह कोई खबर सुनते, कोई न भी सुनते। हां, रेवती की खबरें खूब सुनते थे। पहले तो उन्हें शक था, शायद बावड़ी पर देखा संगमरमर का बुत ही रेवती है, पर अब उन्हें इस बात का यकीन हो गया कि 'हां, यही है, यही है···! यही रेवती है।' महन्त जी को रेवती की सास के भतीजे के बारे में भी संकटमोचन ने बता रखा था। उन्हें याद आ गया। वहीं खड़े खड़े बोले,

"यह वही लड़का है न, जिसे तुम्हारी सास दत्तक लेना चाहती है। देवराज नाम है न?"

रेवती ने कहां, "हां, वही। उसकी शादी मेरी बड़ी प्यारी सहेली से हुई है। देवराज मुझे मेरी शादी से पहले से ही जानता है। जब भी आता है, सारे आंगन में गालियां बकता घूमता है। आज मेरे ससुर घर पर न थे, नहीं तो पिछली बार ···", यह कह कर वह फिर सुबकने लगी।

महन्त चुप थे। उसे ही देख रहे थे। रेवती रोते-रोते ही बोली, "पिछली बार वह आया, तो मैं गाय को चारा डाल रही थी। उसने आकर मेरा हाथ पकड़ना चाहा। मैंने उसका हाथ काट लिया और चिल्लाई। तब मनसू ने आकर उसे पकड़ लिया। नहीं तो ···" वह फिर रुक कर बोली, "मनसू डोम है। मेरे मैके में उसकी ननसाल है। बचपन में वह मुझे भैंस की पीठ पर घुमाता था। यहां मेरी ससुराल में मेरे पिताजी ने ही उसे रखवाया है। वह डोम है, मैं उसे राखी नहीं बांध सकती, पर मेरा भाई है वह।"

इतना अधिक बोलने पर रेवती को शर्म आई। उसने देखा, महन्त जी की आंखें बंद है। वह चुप हो गई।

महन्त जी विकट स्थिति में थे। इतने करीब से उन्होंने कभी कोई स्त्री न देखी थी। उन्हें रेवती की बातें सुनना अच्छा लग रहा था। उन्होंने सोचा, शायद कभी मां होती तो ऐसे क़रीब बैठा कर बात करती, पर मां की तो उन्हें ठीक याद भी नहीं है। कितने ही तो छोटे थे वह जब उन्हें यहां मंन्दिर में लाया गया था। उन्हें याद आता है। पहाड़ों में बनी पगडंडियों से नीचे उतरना और बस। जब सिर घुटवाने के लिए उनके पास नाई आया था, तब उन्हें दुख हुआ था। कितने ही लोग थे। डोगरी सुत्थन और शनील के कुर्ते पर ढाई गज मलमल के दुपट्टे से बार बार आंखें पोंछती वह औरत ही शायद उनकी मां थी। एक सपने जैसी। कितना सुन्दर सपना था। कार्तिक माघ की ठंडी रातों में कितनी बार जग-जग कर उन्होंने मां को पास चाहा है। यह तो उन्हें पता था, मां है, पर ज्यों-ज्यों बड़े होते गए, वह दूर होती गई, फिर भी अब तक उसके अभाव की हूक मन में बनी हुई है। मां न जाने कहां होगी, पर यह मानवी जो चटाई पर बैठी हुई है, इसका क्या करूं। कुछ समझ में न आ रहा था। गिरीबाबा उसे ही देखने लगे। अद्भुत सुन्दर बालों का एक ढ़ेर चटाई पर लगा था। पास ही वह बैठी थी। चिन्तित-उदास! जी जान से दुखी।

उन्हें कोई महन्त न कहता था। सभी गिरीबाबा कहते थे। यही बचपन का एक बेचारा-सा लड़का, बड़ा होकर बन गया है गिरीबाबा। रेवती ने जब उन्हें महन्त जी कहा, तो उन्हें लगा, कितना सुन्दर यह शब्द है। उन्होंने देखा, रेवती घुटनों में सर दिये, आंखें बंद किये मानो सो ही रही थी। उसके होंठ अब भी फड़क उठते। दीये की वासन्ती लो उस पर बिखर गई थी। वह भी वासन्ती हो गई थी। जैसे कोई अदृश्य रंगरेज उसे रंग गया हो। गिरीबाबा ने सोचा, यह स्त्री भी विचित्र वस्तु है। थोड़ी देर पहले ही आत्महत्या करने आई थी। अब एक पुरुष के कमरे में निर्भीक बैठी सो रही है। यह सहारा भी तो कुछ पलों का है। गिरीबाबा तो सब के हैं, पर अपने नहीं है। उन्हें अभी तुरन्त कुछ न कुछ करना ही होगा। नहीं तो भोर के उजाले में ये ब्रह्मचारी लोगों को क्या,कहेंगे। अंधेरे से आदमी छिप सकता है, उजाले से नहीं। उन्हें लगा आधी रात भी खिसकने लगी है। कालिमा हलकी पड़ी है

रेवती के बाल कुछ-कुछ सूख आए, हैं। पत्थर की यह्न प्रतिभा सांस लेते-लेते हिल-हिल जाती है। इसमे जीवन के ये नामालूम से लक्षण कितने सुन्दर लगते हैं। सूख आई रक्त की लकीर में पड़ी दरारें कितनी भली लग रही हैं। क्या ऐसा नहीं हो सकता, यह स्त्री अपने आप कहीं लुप्त हो जाए। गिरीबाबा को खिसकती रात से भय लगा। फिर सोचने लगे, क्या यह नहीं हो सकता यह रात न जाए। रेवती भी यहीं इसी तरह बैठी रहे। रेवती··! हां, यही तो है संकट! उन्हें तुरन्त मुकद्दम का ख्याल आया उन्होंने सोचा, वह लालटेन और सोटा लेकर ज़रूर मन्दिर में ही कहीं होंगे। उन्हें वही प्यार भी करते हैं। मन्दिर के चौकीदार बज़ुर्ग वही तो हैं। वही कुछ कर सकते हैं।

गिरीबाबा आंखें बन्द किए सोच में डूबे थे। बाहर एक पक्षी चहचहाता हुआ निकल गया। उन्होंने चौंक कर आंखें खोलीं। रेवती अब वहीं चटाई पर लुढ़की निश्चिन्त सो रही थी। उसके चेहरे पर भय का कोई चिन्ह न था।

गिरीबाबा एक झटके से बाहर निकले। वहां प्रांगण में जगह-जगह लुढ़के भंगेड़ियों से अपनी देह बचाते-बचाते बाहरी द्वार तक आए। मुकद्दम उन्हें दिखाई न दिए। गिरीबाबा उनके द्वार पर गए। द्वार खुला था। भीतर मुकद्दम अपने आंगन में बिछी चारपाई पर ऊंध रहे थे। सोटा उनके पास था। लालटेन धीमी-सी एक ओर जल रही थी। दूसरी चारपाई पर बुढ़िया ढ़ेर थी। बुढ़िया मुकद्दम से उम्र में कुछ बड़ी थी और वज्र बहरी थी। उसका कोई डर न था। गिरीबाबा ने धीरे से चारपाई पर अपना हाथ रखा। चारपाई चरमराई।

"कौन हो?" कहते-कहते मुकद्दम ने हाथ सोटे पर रख कर आंखें खोलीं। सामने गिरीबाबा को पा अचकचा कर उठ बैठे और उन्हें हैरत से देखने लगे।

गिरीबाबा ने धीरे से कहा, "मुकद्दम चाचा, विपत्ति आई है।"

मुकद्दम ठीक से जगे न थे, बोले, "कहां है?"

"मेरे कमरे में," गिरीबाबा ने कहा।

मुकदम कुछ न समझे, तो गिरीबाबा बोले, "सुन्दर की बहू बावड़ी में आत्महत्या करने आई थी। मैंने उसे बचा लिया। अब मेरे कमरे में सो रही है।"

मुकद्दम अब पूरी तरह से जग गये थे। सोटे पर हाथ रख कर पूछा, "आपने उसे छुआ तो नहीं।" यह कहकर वह खुद ही झेंप गये।

इस विपत्ति में भी गिरीबाबा हंसे, कहने लगे, "नहीं, पर बावड़ी में से निकाल कर कंधे पर रख कर कमरे तक तो लाना ही पड़ा।"

"शिवः! शिवः!" मुकद्दम बोले!

गिरीबाबा ने कहा, "अब क्या होगा मुकद्दम चाचा? हमने तो मनुष्य का कर्त्तव्य निभाया है।"

गिरीबाबा मुकद्दम को बचपन में चाचा कहते थे। आज सुन कर बहुत अच्छा लगा। ममता उबल पड़ी। बड़े आत्म विश्वास से बोले। "आप कोठरी में चल कर रेवती को जगाइए। मैं उसे बावड़ी वाले रास्ते से ही घर ले जाऊंगा। यह याद रखिए, बावड़ी से उसे मैंने बचाया है, आपने नहीं।"

गिरीबाबा उठे। राह में सोचने लगे, अब रेवती को कैसे जगाएं। साथ में वह अपनी खड़ाऊ की आवाज़ को भरसक दबाने का भी यत्न कर रहे थे। प्रांगण में अभी सब निश्चित सो रहे थे। कमरे में रेवती भी बेसुध होकर सोई पड़ी थी।

कहां से आ गई यह विपत्ति, उन्होंने सोचा, फिर जगाना कैसे चाहिए? वह चटाई के पास उकडू बैठी रेवती जैसे पत्थर हो रही थी। उन्होंने उसके बाल छुए। वे अभी भी गीले थे। उसके होंठ थोड़े से खुले थे। जैसे गुलाब की दो पत्तियां पास-पास आकर गिरी हों। उसकी श्वास बेहद धीरे उठ-गिर रही थी। गिरीबाबा मुग्ध हो गएं। अपने आप ही उनके मुंह के निकला, "रेवती!" कितना माधुर्य है इस नाम में! उन्होंने फिर धीरे से यूं पुकारा, जैसे वह न जगे तो अच्छा हो, "रेवती!"

कान के पास मुख-ले जाकर ब्रह्मचारी फिर पुकार उठे, "रेवती!" उनकी आवाज़ में कंपन था। ···रेवती ··· रेवती!अचानक मिला खजाना जैसे हाथ से निकलने को हो, उनका स्वर भीग गया, फिर बड़े पास से पुकारा, "रेवती ऽ ऽ ऽ।"

डरी हुई रेवती ने अपनी आंखें खोलीं। झट में दोनों बाहैं गिरीबाबा के गले में डाल दीं। गिरीबाबा हतप्रभ होकर उसे देख रहे थे। रेवती को शर्म आई। उसने अपनी बाहें वैसे ही धीरे-धीरे हटा लीं। वह उठी और उनके पांव पकड़ कर रोने लगी।

गिरीबाबा ने उसकी पीठ पर हाथ रखा। उसके फर्श पर लौटते बाल सीधे किए और बोले, "रेवती, मुकद्दम चाचा आ रहे हैं। वही तुम्हें घर ले जाएंगे बावड़ी से तुम्हें उन्होंने बचाया है, हमने नहीं।"

झटके से रेवती उठी और उनकी आंखों में सीधे देखते हुए बोली, "यह क्यों? महन्त तो झूठ नहीं बोलते?"

गिरीबाबा ने उसे वैसे ही देखते हुये कहा, "यह ज़रूरी है रेवती, मुकद्दम ने यही कहा है। हमारा सम्मान और तुम्हारी इज़्ज़त इसी में है। तुम्हारी ससुराल में तुम्हें कोई तंग नहीं करेगा। इस बात का भरोसा रखो।

तभी बावड़ी की और खुलने वाले द्वार पर कदमों की आहट हुई। गिरीबाबा ने झट उठ कर द्वार खोल दिया। मुकद्दम भीतर आए। उन्होंने देखा, आधी सूखी-आधी गीली धोती में खड़ी रेनती भय से कांप रही थी।

मुकद्दम ने उसके सर पर हाथ रखा और बोला, "गिरीबाबा ने मुझे सब बता दिया है। आज तो घर जाना ही होगा, फिर तुम्हें मन्दिर के भंडारे में काम पर लगा देंगे। मैं तुम्हें अपने घर भी ले जा सकता हूं, पर अभी नहीं। चिन्ता न करो। स्वयं शंभु ने तुम्हारी जान बचाई है। हमारे गिरीबाबा भोले भंडारी का अवतार है। देखो बेटी, जिसे शिव बचाए उसका संहार कोई नहीं कर सकता।" फिर मुकद्दम जैसे कुछ याद करते हुए बोले, "हां, बेटी, मैं घर से बुढ़िया की कोई चद्दर ले आता हूं। इस तरह गीले कपड़ों में जाना ठीक नहीं।"

कह कर मुकद्दम अपनी छड़ी वहीं छोड़ कर बाहर निकल गए।

गिरीबाबा ने कभी ऐसी समस्या न देखी थी। उन्होंने देखा, रेवती बुत की तरह खड़ी है और उसकी आंख से आंसू बह रहे हैं। उन्हें याद आया, यह अपनी ससुराल नहीं जाना चाहती। उन्हें लगा, वह कितने असहाय हैं, इसे यहां रोक नहीं सकते। समाज है, समाज सबसे ऊंचा है, भगवान से भी। उन्हें रेवती की बेचारगी और अपनी असहायता का अहसास हुआ। उन्होंने अकस्मात आगे बढ़ कर रेवती को सीने से लगा लिया। रेवती उनके आलिंगन में मानों जल में जल की तरह मिल कर एक हो गई हो। रेवती नीम बेहोशी में थी। गिरीबाबा ने उसे ऐसे भींच रखा था, जैसे कभी जाने न देंगे। दोनों अर्द्धचेतनावस्था में थे। जैसे सदियों से यूं ही खड़े हों। सिर्फ़ प्रेमरस की सोटी हलके से खिसकी और गिर गई। दोनों को चेत हुआ। गिरीबाबा ने रेवती का ठंडा गोरा माथा चूमा। ख़ून, जिसकी एकार्ध बूंद ज़ख्म पर इक्ट्ठी होने लगी थी, उसे पोंछा। बड़े जतन से रेवती को अलग किया, फिर बोले, "जाओ रेवती, हम तुम्हें शीघ्र बुला लेंगे।"

अपने भर्राए कंठ की यह आवाज़, यह विश्वास, यह निर्देश देता स्वर उन्होंने पहली बार सुना था।

रेवती ने उन्हें नहीं देखा। देखती तो पाती संन्यासी की आंख जब मुहब्बत के जज़्बे से भर जाती है, तब कैसे वह भावनाओं के ज्वार से भरी बावड़ी को उबल कर छलक जाने से रोकता है! रेवती ने उनके चरण छुए, फिर खुद ही उनके सीने से लग गई। नये-नये प्रेमी ने अपनी आतुरता नहीं छिपाई। उन्हें अपनी महन्ती याद आई, पर शर्म नहीं लगी। उन्होंने कहा, "रेवती, मुकद्दम चाचा आने ही वाले है।"

उन्होंने तभी जाना मुकदम धीरे से दरवाज़ा खोल कर भीतर आया। दोनों को असमंजस में देख कर तुरन्त एक सफ़ेद चद्दर रेवती को ओढ़ा दी और आदेश के स्वर में बोले, "आओ, बुआ आओ! आज मैं भी तुम्हारे ससुर को देख लूंगा। चलो, आज से तुम मेरी बेटी हो और मेरी बेटी को कोई आंख उठा कर नहीं देख सकता।"

मुकद्दम बाहरे निकले, तो रेवती ने उनके पीछे जाते समय एक बार गिरीबाबा को देखा। वह उसे ही देख रहे थे।

धीरे-धीरे रेवती सीढ़ियां उतर कर बावड़ी तक पहुंची। उसने देखा, पत्थर के एक ओर वह माला लुढ़की पड़ी थी, जो घर से निकलते समय उसके हाथों में थी। उसने माला उठाई और मुड़कर देखा, सीढ़ियों पर गिरीबाबा खड़े थे। उन्हें देख कर वह मुकद्दम के पीछे-पीछे चलने लगी।

गिरीबाबा आकाश की और देख रहे थे। उन्होंने देखा, चांद रेवती के घर की तरफ़ जा रहा था। चांदनी सिमट कर चांद के गोल दायरे में अलसाई-सी फैली पड़ी थी। तारे ऊंघ रहे थे। कुछ मानो जबरदस्ती आंखें खोल रखने का उपक्रम कर रहे थे। आकाश निर्मल था। अति सुन्दर। गिरीबाबा ने सोचा, पहले आज तक उन्हें यह सब क्यों नहीं

दिखाई दिया? क्यों नहीं दिखाई दिया अपनी बाहों का बल, अपना आत्मविश्वास, अपने शब्दों की दृढ़ता! और संसार की सबसे सुन्दर वस्तु स्त्री? आह! रेवती कितनी सुन्दर है! आत्मा की तरह पवित्र और कोमल! गिरीबाबा ने फिर आकाश को देखा और मुस्कुराते हुए भीतर चले गए। कितनी सुन्दर थी यह रात! उन्होंने सोचा, थोड़ा सोना चाहिए! थकावट का एहसास भी उन्हें होने लगा था। भीतर जाकर वह उसी चटाई पर बैठे। उस पर हाथ फेरने लगे। एक लम्बा, बारीक, काला बाल हाथ में आया। उसे छोटी उंगली पर लपेट कर उन्होंने उसे हृदय से लगा लिया।

प्रांगण से संकटमोचन के हंसने की आवाज़ आई, जैसे उसे कोई गुदगुदा रहा हो। सोये-सोये वह कई-कुछ करता था। काफी देर वह हंसता रहा, फिर उसकी आवाज़ें आनी बन्द हो गईं।

गिरीबाबा मुस्काराए और चटाई पर वहीं सो गये जहां से उठ कर रेवती गई थी।

राह कैसे भरी-भरी सी कट गई, रेवती को मालूम ही न हुआ। जब अपनी गली में पहुंची, तो उसे होश आया। घर से आवाज़ें आ रही थीं। लालटेनों की गेशनी दिखाई दे रही थी। रेवती के ससुराल की ड्योढ़ी किसी मुर्दा व्यक्ति की आंख की तरह खुली हुई थी। मुकद्दम ने रेवती को ड्योढ़ी के पास खड़े होने को कहा। उसने दरवाज़े की झिरी से देखा, बरामदे में उसके सास-ससुर, पसार वाली ताई और मोहल्ले के कुछ लोग घबराए से बैठे थे। तभी मुकद्दम धीरे से आकर आंगन में खड़ा हो गया। उसने देखा, किसी ने भी उसकी तरफ़ ध्यान न दिया। मुकदम ने अपनी सोटी खटकाई और बोला, "सुन्दर को मरे अभी छ: महीने भी नहीं हुए। उसकी बहू को अभी से आत्महत्या करने की ज़रूरत पड़ गई! तुम चौधरी, तुम क्या सोचते हो, तुम्हारी बहू ज़िन्दगी कैसे काटेगी?"

वहां बैठे लोगों में सकता छा गया। रेवती का ससुर डरते डरते बोला, "कहां है मेरी बहू मुकद्दम जी?"

"मर गई।" मुकदम ने गुस्से में कहा।

"ऐं, मर गई, कैसे मर गई?"

"बावड़ी में डूब कर। और जवान विधवाएं कैसे मरती हैं।"

रेवती का ससुर रो पड़ा। "यह मत कहो मुकद्दम, ये मत कहो। मेरा एक ही बेटा था। बहू भी न रही, तो इस देहरी पर दीया कौन जलाएगा?"

मुकद्दम ने वैसे ही रौब से कहा, "दीया जलाने का इन्तज़ाम तो तुम्हारी पत्नी कर ही रही है। इसका भतीजा देवराज अगर तुम्हारी बहू की इज्ज़त लूट लेता, तो किसे तुम अपना यह चिकना-चुपड़ा चेहरा दिखाते। इसी बूते पर बहू को घर में रखना चाहते थे? यह नहीं

जानते बेटियों की आबरू कैसे सहेज कर रखी जाती है। पिछली बार जब तुम शहर गए थे, तो उसने हाथ पकड़ा था तुम्हारी बहू का! अगर वह डोम मनसू न होता तो तुम्हारी देहरी का दीया अच्छी तरह जल चुका होता। कहां है तुम्हारी पत्नी का वह चश्मोचिराग़ भतीजा, ज़रा मैं भी तो सुनू और देख़ू कितने पानी में है वह?"

रेवती का ससुर बोला, "उसका कोई पता नहीं। भाग गया है शायद, पर मुझे जल्दी बताओ रेवती कहां है?"

मुकद्दम अभी भी जलाल में था। बोला, "हार्ट फेल' वाले बेटे के साथ, सब जानते हुए भी, तुमने इस गाय को बांधा। इससे बड़ा पाप और क्या होगा? फिर जब इसके मां-बाप इसे ले जाना चाहते थे, तब तुमने न भेजा। वह बेचारे दुखों से अधमरे होकर तीर्थों पर निकल गए और यह तुम बहू की देख रेख कर रहे हो? यह न सोचना मैं मन्दिर में रहता हूं तो कुछ जानता नहीं, हमें सब खबर रहती है। तुम्हें गौ-हत्या जितना पाप लगेगा।"

रेवती के ससुर ने मुकद्दम को कहा, "मैं गुनहगार हूं मुकद्दम जी, पर मुझे बताइए, कहां है मेरी बेटी? कहां है रेवती?" यह कह कर वह बुक्का मार कर रो पड़ा और रोते-रोते कहने लगा, "रेवती ऽ ऽ ऽ! मेरी बेटी, तुम कहां हो? भगवान, यह अन्याय न करना। मैं न सह सकूंगा। सुन्दर मैं तुम्हारी धरोहर संभाल कर न रख सका। सुन्दर मुझे माफ कर देना। रेवती ऽ ऽ ऽ!"

बूढ़े को इस तरह रोता देख उसकी पत्नी ने इस शर्म से उबरने का नुस्खा पा लिया! वह और पसार वाली ताई काफ़ी ऊंचे सुरों में रोने लगीं।

तभी रोते हुई रेवती आकर अपने ससुर के क़दमों में लौट-पोट हो गई। ससुर बोला! "है भगवान शुक्र है! रेवती, मेरे सुन्दर की बहू, बेटी मैं घर पर होता तो···।"

उसकी बात काट कर मुकद्दम बोला, "यह तुम्हारी बहू नहीं है। चौधरी, यह मेरी बेटी है। इसे मैंने बावड़ी से निकाला है।"

पसार वाली ताई रोना रोक कर पूछने लगी, "तो क्या इसने छलांग लगा दी थी? डूब गई थी?"

मुकद्दम गुस्से में बोला, "पसार वाली, तुम्हें दिखाई नहीं देता है? वह तो उस वक्त मैं वहीं था। नहीं तो यह मर गई होती। रात को उस तरफ़ तो जानवर भी नहीं जाते ···और देखो यह तुम लोगों को आखिरी बार प्रणाम करने आई है, फिर यह मेरे ही पास रहेगी। और पसार वाली इसकी चोट भी देख लो। जब मैंने निकाला, यह लहू-लुहान थी। ऊपर की चद्दर बूढ़ी की है।"

पसार वाली की आंखें विस्फारित हो गईं। इतना कुछ हो गया और वह यहां अन्दाज़े लगाने को ही बैठी रही।

रेवती के ससुर ने कहा, "नहीं, मैं इतना पापी नहीं हो सकता। रेवती यहां से कहीं न जाएगी। देवराज इस घर में क्या इस गांव में भी कदम नहीं रख सकता। रेवती, मुझ पर भरोसा करो बेटी। तुम्हारी सास राक्शसनी है, पर मैं तुम्हारा बाप हूं। तुम मेरे सुन्दर की धरोहर हो। मैं इस बुढ़िया को घर से निकाल दूंगा। इसके भतीजे को एक तिनका नहीं लेने दूंगा।"

अब तो रेवती की सास भी ख़म ठोंक कर मैदान में आ गई। उसने पति से तो कुछ न कहा, पर मुकद्दम की ओर देखती हुईं बोली, "हां, मैं राक्शसनी हूं। तुम अपनी बेटी को ले जाओ। नहीं तो मैं इसे खा लूंगी। मेरा बेटा तो यह खा ही गई है। अब अगर मैंने उधार की रौशनी से घर में दीया जलाना है, तो फिर इस कुलच्छनी के हाथों से क्यों जलवाऊं? हाय रे बूढ़े! तुम्हारी बुद्धि की बलिहारी। इसके मां-बाप इसे तीर्थों को साथ ले जाते, तो मुझे चौकीदारी न करनी पड़ती। मुझे क्या पता था रांड यह गुल खिलाएगी।"

बूढ़े ने एक तरफ़ पड़ी हुई झारी उस पर फेंकी, जिसे वह बचा ले गई, फिर वो दहाड़ा, "चुप रह बुढ़िया। नहीं तो तुम्हें ही बावड़ी में डूबो आऊंगा। परवाह नहीं, लगती है फांसी तो लग जाए। जो चौकीदारी तुमने की वह तो मुकद्दम देख ही रहे हैं!"

"हे भगवान, बौरा गया है बूढ़ा। बेटे के शोक में बौरा गया। अब मैं क्या करूं?" रेवती की सास रोने लगी।

पसार वाली को होश आया। बोली, "अब ज्यादा रामलीला मत कर। मर्दों के मुंह लगना ठीक नहीं। सबसे बड़ा सज्जन भी मर्द है और सब से बड़ा दुश्मन भी यही है। चलो भीतर!"

रेवती की सास ने मुकद्दम की ओर असहाय दृष्टि से देखा।

मुकद्दम ने कहा, "भाभी, यह सब तुम्हारा किया-धरा है। शहर के डॉक्टर ने भी कह दिया था, सुन्दर का ब्याह न करना, पर तुमने पंडित को अपनी तरफ मिला कर इस कन्या का गला घोटा है। तुम्हें नर्क में भी स्थान न मिलेगा। मैं सवेरे आऊंगा। वैसे नहीं, जैसे तुम चाहती हो। मैं रेवती को सम्मान व हक़ दिलवा के ले जाऊंगा। जायदाद का हिस्सा, घर-आंगन और इसके गहने भी साथ होंगे। सुबह तक यह यहीं रहे। कल मैं पंचायत के हुक्म से इसका हक़ दिला कर ही इसे ले जाऊंगा।"

रेवती की सास यह सुन कर, अपने बेटे को याद करके दो हत्थड़ मार कर बैन करने लगी, "बेटा, न तू मरता, न ही तेरी यह अभागिन मां घर से बेदखल होती। अब गलियों में रुलेगी तेरी मां।"

पसार वाली जाई ने उसका हाथ थाम कर कहा, "तमाशा क्यों करती है तारो, यह तमाशे का समय नहीं है। बहू को बेटी समझ कर गले से लगा लो।"

रेवती की सास को एक सूत्र मिला। वह तमक कर बोली, "क्यों नहीं, तुम न भाषण दोगी, तो कौन देगा। तुमने तो बहू को जैसे रखा है, सभी जानते हैं।"

रेवती कांप रही थी। उसने सोचा, जो एक बार डूब सकती है, वह दूसरी बार भी डूबेगी।

ससुर ने रेवती को कहा, "तुम अपने कमरे में जाओ रेवती, यह घर तुम्हारा है।" मुकद्दम ने कहा, "जाओ रेवती, थोड़ा सो लो। ज़रूरत पड़ी तो मैं पुलिस को भी बुला सकता हूं। बिश्न दारोगा मेरा जमाती है, यह सब जानते हैं। तुम्हारे साथ कोई भी नाइंसाफी न कर सकेगा।"

दुख और भय से व्याकुल रेवती का ससुर मुकद्दम के आगे जाकर हाथ बांध खड़ा हो गया। मुकद्दम सिर्फ़ मंदिर का चौकीदार ही नहीं था। अपने ज़माने का नामी पहलवान भी था। आस-पास के बीसियों गांव उसके इशारे पर उठते-बैठते थे। उसके चेले मेलों में से झंडे जीत कर लाते थे। रेवती के ससुर ने हलीमी से कहा, "भाई, हम कोई बखेड़ा नहीं चाहते। इस राक्शसनी का भतीजा इस गांव में न आएगा। यह घर रेवती का है।"

मुकद्दम भी थोड़ा नर्म पड़ कर बोला, "मर जाने देता तो पाप लगता। इसीलिये बचा लिया, पर विधवा लड़की का मर जाना ही अच्छा है। चलो, मैं तो उसे बेटी कह चुका हूं। अब पीछे नहीं हटूंगा। सुबह आऊंगा। अच्छा चौधरी, चलता हूं।"

रेवती का ससुर उसे द्वार तक छोड़ने गया। उसने गली में आकर उसका हाथ पकड़ कर कहा, "मुकद्दम जी, मेरी लाज आपके हाथ है।"

मुकद्दम बोला, "अपनी पत्नी को काबू में रखो। वही सारी मुसीबत की जड़ है," यह कह कर मुकद्दम चला गया। रेवती का ससुर भीतर गया और घुसते ही उसने अपनी पत्नी को मोटी सी गाली दी और हुक्का लेकर चारपाई पर जा बैठा। आज की रात क्या सोने को बनी थी।

पसार वाली ने रेवती की सास से कुछ खुस-फुस की और उठ कर घर चली गई। रेवती की सास ने सोचा, कुछ घड़ी भर आंख लग जाए तो क्या बुरा है?

मुकद्दम मन्दिर की सीढ़ियां चढ़कर सीधे गिरीबाबा के कमरे में पहुंचे। उन्होंने देखा, गिरीबाबा का कमरा खुला है और वह एक निरीह बच्चे की तरह चटाई पर सो रहे हैं। चटाई को बांए हाथ से उन्होंने ऐसे जकड़ रखा है जैसे बच्चा सोते समय मां का आंचल

मुट्ठी में कस के पकड़े रखता है। उन्हें गिरीबाबा पर बड़ी दया आई। वह एक सफ़ेद चद्दर गिरीबाबा पर डाल कर दरवाजा बन्द कर के निकल गए। उन्होंने सोचा, अमृत बेला की नींद उनकी थकावट भी दूर कर देगी।

मन्दिर में गिरीबाबा सुबह जल्दी उठ जाते थे। उनकी खड़ाऊं की आवाज़ से ही संकटमोचन और दूसरे लोग जगते थे, पर आज सुबह का तारा भी डूब गया। भिनसार पानी को जगाने लगी। मुंह अंधेरे बावड़ियों पर नहाने के लिए आने वाले नहा कर पानी से भरे कलशे लिए मन्दिर आने लगे, पर मंदिर में कहीं आहट न हुई। बहुत भोर में आने वाली वृद्धा ने बहुत ज़ोर-ज़ोर से बुढ़ऊ शिवजी के मन्दिर के घंटे बजाए तब हड़बड़ा कर सब जगने लगे। मानो जादू की छड़ी फिर गई हो।

गिरीबाबा के कानों में भी आवाज़ें आईं। चिड़ियां, तोतें सब समवेत स्वर में मानो सुबह का स्वागत कर रहे थे। वह हड़बड़ा कर उठ बैठे। देखा, उन पर कोई चादर ओढ़ा गया है। खिड़की में से रात को काटने वाले उजास की पहली चुनरी फहरा रही थी। झुसमुसा था। अंधेरा छट रहा था। दरवाज़े के पल्लों के नीचे भी रोशनी ने बहना शुरू कर दिया था। गिरीबाबा ने जल्दी-जल्दी बावड़ी पर जाकर स्नान किया। उधर पीछे बावड़ी में ज्यादातर कोई न आता था। आरती के शुरू होने तक वह मन्दिर में आ गए। आज सभी के चेहरे एक-दूसरे में कुछ ढूंढ़ रहे थे। कभी घंटी बजाने वाले का हाथ सुस्त पड़ता, कभी आरती वाले का हाथ कांपने लगता। बिलपत्ती वाले ने कई बार बिलपत्ती को धोया फिर वह प्रसाद के थाल को गिराते-गिराते संभालने लगा। रात की घटना को कोई न जानता था, तो भी लगता था, सभी जानते हैं, कुछ-न-कुछ हुआ है।

यह पहला अवसर था, जब गिरीबाबा देर से जगे थे।

संकटमोचन प्रसाद बांट रहा था। हर बार 'ओम नमः शिवाय' भी बोलता। उसकी टांगें लहरा रही थीं। लोग 'ओम नमः शिवाय' के बीच मस्त थे। गिरीबाबा खड़ाऊं से कम-से-कम आवाज़ निकालते हुए मुकद्दम के घर की तरफ़ जाने लगे। खड़ाऊं की ठक-ठक सुन कर मुकद्दम बाहर आ गया। उसने तुलसी के पौधे के पास खड़े गिरीबाबा को रात का सारा हाल सुनाकर कहा, "आप जाइए गिरीबाबा, निश्चिंत रहिए रेवती पर मैं आंच न आने दूंगा।" एक रात के हादसे ने गिरीबाबा की काया पलट के रख दी थी। अपने कमरे में आकर वो बेचैन हुए टहलने लगे। रात का हादसा सपना न था, हक़ीक़त थी। गिरीबाबा बचपन से ही संकोची रहे हैं। हाथ बढ़ा कर कुछ ले नहीं सकते। जो मिल जाता है, उसी में संतुष्ट रहते हैं,पर आज उन्हें लग रहा था, कभी-कभी हाथ बढ़ाना भी पड़ता है। मल-मल कर नहा लेने के बाद भी उनकी छाती पर रेवती के सिर का अहसास बना हुआ था। उनके दोनों कंधों पर उसकी दो सुडौल बांहों का कसाव ज्यों का त्यों था। तीस बरस का ब्रह्मचारी यह सब समझ न पा रहा था। थोड़ी-थोड़ी देर के बाद-मानो कुछ हटाने लिए वह अपनी छाती पर हाथ फेरते पर वह अदृश्य वहां फिर जम जाता। इसी स्थिति में थे, तो भंडारी ने

आकर पूछा, "गिरीबाबा आज दूध क्यों नहीं पिया।" गिरीबाबा की तन्द्रा टूटी! बोले, "ला यहीं ला, पी लेते हैं।" दूध अनमने से पीकर गिरीबाबा मंन्दिर से लगती पहाड़ी की ओर चल दिए।

अभी धूप का बालपन था और पहाड़ी पर घने वृक्ष होने से खूब जम कर हवा बहती थी। ऊपर दरख्तों से घिरी एक छोटी-सी ढलुआं जगह पर एक चट्टान थी, जिसका एक भाग उनके बैठने का प्रिय स्थान था। इसे वह प्यार से एकान्ती कहते थे। उन्हें याद है, यह स्थान उन्होंने तब ढूंढ़ निकाला था, जब बड़े महन्त ने श्लोक याद न होने पर उन्हें खूब पीटा था। यहां आकर वह रोते-रोते चट्टान के ऊपर ही सो गए थे। वहीं बूढ़ा बरगद भी था, जिसकी लम्बी टहनियां एकान्ती तक पहुंचती थीं। मानो उन्होंने ही गिरीबाबा को आग़ोश में ले लिया था। उनकी नींद काफ़ी लम्बी चली और उधर चारों तरफ बड़े महन्त ने लोग दौड़ा दिए थे। संकटमोचन भांग की पत्तियां ढूंढने निकले थे, तभी गिरीबाबा को वहां सोते हुए पाया था। उनका चेहरा चट्टान पर पड़े रहने से एक तरफ से पूरा लाल होकर भीतर धंस गया मालूम पड़ता था। लाल-लाल आंखें और लाल-लाल चेहरा देख कर संकटमोचन भी घबरा गया था। उसने गिरीबाबा को उठा लिया। उनका शरीर तवे सा तप रहा था। धीरे-धीरे पहाड़ की उतराई से बचते-बचाते उसने बड़े महन्त के तख्तपोश पर जाकर गिरीबाबा को लिटा दिया था। बड़े महन्त ने तब पहली बार गिरीबाबा को बहुत-बहुत प्यार किया था। तभी से गिरीबाबा इस चट्टान पर आते हैं। उनके लिए यह मां की गोद है। बरगद की लटकती बाहें जैसे पालने की रस्सियां हैं। एकदम सुरक्षित और निरापद स्थान। यहां आकर अपने होने का अहसास उन्हें खूब होता था।

गिरीबाबा यहां आकर खड़े हो गए और बरगद की पुरानी खुशबू में कहीं मोतिया की मचलती सुगंध को पीने लगे। यहां से गांव के एक हिस्से के अधिकांश घर दिखाई देते थे। दूर से पहाड़ी पर बने घरों की कच्ची दीवारों पर बने चित्र जीवित से लग रहे थे। दरवाज़ों में से कोई बाहर आता, कोई भीतर जाता। सुबह की हवा के उबलने से पहले लोग जल्दी-जल्दी काम निपटा रहे थे। एक औरत बालटी लेकर बाहर निकली और निचोड़ निचोड़ कर कपड़े फैलाने लगी। गिरीबाबा ने सोचा, रेवती पता नहीं घर में क्या कर रही होगी। उन्होंने आस-पास देखा, बढ़ते उजाले की आहटों से पत्ता-पत्ता अधिक उजागर, स्वच्छ और बेदाग़ मुस्करा रहा था। कितना सुन्दर स्थान है यह! पहले कभी उन्होंने मोतिया की खुशबू को इस तरह से क्यों नहीं जाना। वह मुस्क़रारा दिए। अपनी एकान्ती पर आकर इतमीनान से बैठे, पर लगा वह अकेले नहीं हैं। कोई और भी खड़ा है बैठने के लिए। उन्होंने थोड़ा-सा स्थान परे हट कर बनाया, फिर धीरे से बोले, "रेवती, आज से तुम्हारे लिए भी यहां जगह रखेंगे," कह कर उन्होंने भय से आस-पास देखा, कहीं कोई न था। सारी रात के जागे गिरीबाबा को ऊंघ आ गई। जब जगे तो देखा सामने मुकद्दम खड़ा-खड़ा हांफ रहा था। हांफते हांफते ही बोला, "प्रभो सब जगह देख आया, और आप यहां हैं। मैं जब ढूढ़ कर थक गया, तभी ख्याल आया, यहां न हों। "मुकद्दम वहीं पत्थर पर बैठ गया। यहां पहाड़ी के नीचे ही मन्दिर से सटा उसका घर था। उसने कहा, "कितना कूड़ा करकट यहां

जमा है। सब मेरे पिछवाड़े में इकट्ठा होता है। एक-दो बार बुढ़िया ने इकट्ठा कर के आग लगा दी थी। कभी साफ करवाना पड़ेगा।"

गिरीबाबा रेवती का समाचार जानने को उत्सुक थे, पर स्वयं पूछना न चाहते थे। बोले, "चाहो तो आज ही साफ करवा लो, पर कोई ठीक-ठाक आदमी हो। यह जगह बड़ी भयंकर है। गिर के कोई मरेगा तो नहीं, पर टांग-बांग टूट सकती है।"

मुकद्दम बोला, "हां, फिर गिरेगा मेरे ही पिछवाड़े में। चलिए, आज देखता हूं, क्या होता है।" फिर दूसरी बात पर आ गया, "गिरीबाबा, मैं फैसला करवा आया हूं। रेवती का ससुर उसे मंदिर भेजने को तैयार न था, पर रेवती भी अब वहां रहना नहीं चाहती। सुन्दर के छः महीने तक तो उसे रहना ही पड़ेगा। तब तक वह सारा दिन मंदिर में रह कर चली जाया करेगी। भंडारे की देख-भाल औरत के हाथों होगी, तो बरकत भी है। आपकी कुटिया की देख-भाल भी करेगी। मुंह अंधेरे नहाने वाली औरतों के साथ आएगी और शाम को मैं ही उसे छोड़ आया करूंगा।

गिरीबाबा मानो तन्द्रा से जगे। बोले, "जैसा करो, ठीक है। मंदिर में आने से उसका ध्यान भी लगेगा। ध्यान में ही मोक्ष है। मंदिर में तो पूजा के समय आएगी ही।"

मुकद्दम बोला, "हां, दिन में दो घंटा मेरे घर भी सुस्ताने के लिए आ सकती है।"

गिरीबाबा बोले, "भगवान की इच्छा। सब ठीक है। बचा लेने के बाद मरने के लिए छोड़ देना ठीक नहीं है। यह अच्छा प्रबंध हो गया।"

मुकद्दम उन्हें ही देख रहा था। कहने लगा, "गिरीबाबा, बचपन से आपको देख रहा हूं। ऐसे अच्छे तो आप कभी भी न थे।"

गिरीबाबा ने आस-पास देखा। गांव पर धूप ने अपनी चादर पूरी तरह फैला दी थी। ये गांव कितना सुन्दर है! बीचों-बीच पतली बरसाती नदी के पाट की रेत दोपहर में आंखें चुंधिया देती है। इस समय कितनी ठंडक है उसमें। पहाड़ दरख्तों का एक समन्दर लगता है। परिन्दे दरख्तों से उड़-उड़ कर घरों की मुंडेरों पर बैठ रहे हैं। लोग इतमीनान से आ-जा रहे हैं। दुनिया उन्हें बेहद सुन्दर लगी और साथ में मन में भय भी उत्पन्न हुआ। यह शिक्षा तो उन्हें नहीं मिली है। उन्होंने मुकद्दम को कहा, "मुकद्दम चाचा, तीर्थ-यात्रा पर जाने की इच्छा हो रही है।"

मुकद्दम बोला, "रक्षाबंधन को कुछ ही दिन रह गए हैं। अमरनाथ के दर्शन कर आइये।"

गिरीबाबा उत्साह से बोले, "हां यही ठीक रहेगा। अमरनाथ के दर्शन तो महन्त जी के साथ ही किए थे। बड़ा सुन्दर रास्ता है, पर भयानक बीहड़ है, तो फिर यही तय रहा।

मुकद्दम कहने लगा, "रक्षाबंधन से पहले तो रेवती भी आ ही जाएगी।"

जैसे अचानक रेवती का ध्यान आ गया हो। गिरीबाबा कहने लगे, "मुकद्दम चाचा, रेवती को घर में कष्ट है क्या?"

मुकद्दम हैरान हुआ। गिरीबाबा को किसी भी चीज़ में दिलचस्पी न होती थी। आज उन्हें कितनी चिन्ता है रेवती की। मुकद्दम मन-ही-मन खूब प्रसन्न हुआ फिर बोला, "गिरी-बाबा अब रेवती को कोई तंग नहीं कर सकता। सारी पंचायत जुटी थी सुबह। मनसू भी आया था। यह मनसू रेवती के मैके से आया हुआ है। रेवती से थोड़ा ही बड़ा है। पर उसे बहन मानता है। वह देवराज भाग गया है। उसने अपने गांव में जाकर भी झगड़ा किया था। पुलिस के आने से पहले हीं उसके बाप ने उसे भगा दिया। सारा गांव कह रहा है, रैवती जैसी गाय को तंग करने का फल देवराज पायेगा ही; और फिर मैं तो हूं ही।"

गिरीबाबा ने कहा, "आप चलिए , हम अभी आते हैं।"

मुकद्दम चलने को हुआ, फिर रुक कर बोला, "आप महतन्त हैं गिरीबाबा ··· पर मैंने पहले दिन से ही आपको पुत्रवत पाला है।" यह कह कर वह पहाड़ी उतर गया।

गिरीबाबा भावुक हो उठे। उनकी आंखें भर आईं। अपनी एकान्ती पर जहां आज ही भावुकता में उन्होंने रेवती के बैठने के लिए स्थान रखा था, वहां हाथ फेर कर बोले, तीस साल की साधना और भक्ति के ऊपर तुम आकर कैसे बैठना चाहती हो रेवती। क्या यह पाप है? पाप और पुण्य क्या है, यह तो हम कभी समझ नहीं पाए पर यदि तुम पाप हो, तो यह बड़ा सुन्दर है। जिसे आधी रात को मरने से बचाया, उसे मौत के मुंह में देखा जा सकता है क्या?

गिरीबाबा ने बरगद की जटाओं को सहलाते हुए मानो पूछा, 'अगर हम इस चट्टान पर अब कभी भी अकेले न बैठें तो तुम्हें बुरा तो लगेगा। रेवती भी हमारे संग आ सकती है, संन्यासी इस नाम से घबराए। झुंझलाकर बोले, 'क्या हो गया है हमें? क्या यह सब संन्यासी की सोच होनी चाहिए। नहीं ··· नहीं। गिरीबाबा की समाधि अपनी ही आवाज़ से भंग हुई।' संकटमोचन कुछ बड़बड़ करता हुआ इधर ही आ रहा था। गिरीबाबा ने उसे इशारा किया कि हम वहीं आ रहे हैं। वह नहीं चाहते थे संकटमोचन एकान्ती को देखे।

उन्होंने उठकर एकान्ती से एक-दो पत्ते उठा लिए, उन पर प्यार से हाथ फेरा, जरा-सा मुस्कराएं और पहाड़ी उतरने लगें।

संकटमोचन पहाड़ी उतरते-उतरते बीच ही में खड़ा होकर गांव की तरफ देख रहा था। बीच में बरसाती नदी की रेती चमकने लगी थी। सामने पहाड़ी पर घरों में संबसे ऊंचा घर रंगरेजों का था। वहां कई रंगों में रंग-रंगीली धोतियां रस्सियों पर सूख रही थीं। कई

दुपट्टे लहरिए के बाद अबरक से रंगे लहरा रहे थे। कहीं निवाड़, कहीं पगड़ियां! रंगरेजन कभी बाहर जाती, कभी भीतर आती। उसे देखकर संकटमोचन की सांस भी ऊपर-नीचे होने लगी। रंगरेजन बड़ी कुशल थी। कपड़े रंगती तो मजाल है, जो एक बूंद भी रंग की उसके कपड़े पर गिर जाए। गद्दन की तरह छम-छम करती भीतर आती-जाती थी। गांव का चीरा पहलवान ऐसे ही नहीं इस पर मिटा था। संकटमोचन गांव के हर व्यक्ति की राई-रत्ती जानता है। रंगरेजन को देखकर उसने अपनी बांह पर हाथ फेरा, जरा-सा हंसा, फिर बोला, "बड़ी मायाविनी है दुष्टा! पूरी भांग की गोली है ससुरी," यह कहकर उसने आकाश की और देखा और आंख मार दी।

गिरीबाबा वहां पहुंच चुके थे। हंस कर बोले, "संकटमोचन, कौन है मायाविनी" संकटमोचन उन्हें बिलकुल भूल गया था। एकदम घबरा कर सामने दरख्त को देखा और कहने लगा, "वह ··· वह ··· कोयल। ससुरी अपने अंडे कौए के घोंसले में रख देती है। यही कोयल, सच कहता हूं, बड़ी मायाविनी है।" उसकी झेंप गिरीबाबा ने अनदेखी करते हुए पूछा।

"आज कीर्तन कब हो रहा है?"

"वही संध्या को, और कब! हूं, कितनी बार कहा है, यह समय ठीक नहीं। शाम के वक्त सबको अपने घर में होना चाहिए ··· क्या कीर्तन? क्या करताल ··· शाम का अंधेरे का वक्त, हां ऽ ऽ ऽ अंधेरा, दीया-बत्ती, लालटैन या दीनी ···! संकटमोचन अभी तक रंगरेजनी के दुपट्टे से न निकला था।

संकटमोचन बात करते-करते पहाड़ी से मन्दिर में आ पहुंचा था। देखा, वहां मुकद्दम खड़ा था। संकटमोचन घबराया-सा बोला, "अरे, आज सुबह-सुबह कहां प्रभो।"

मुकद्दम ने कहा, "सुबह तो सवेरे हुई थी, अब दोपहर हो रही है। प्रसाद नहीं पाया क्या?"

"हां पाएंगे, पाएंगे इसीलिए तो गिरीबाबा को बुलाने गया था। कुछ लोग दूसरे गांव से दर्शन करने आए हैं। बड़ी-छोटी कन्याएं हैं। उसके मां-बाप शादी से पहले गिरीबाबा का आशीर्वाद दिलाने आए हैं। बड़ी अच्छी मटकी है। देसी घी की महक लपटें छोड़ रही है। खिचड़ी में डाली जा सकती है।"

मुकद्दम खुल कर हंसा। संकटमोचन का ज़िन्दगी में एक ही लक्ष्य है, प्रसाद पाना। प्रसाद में देरी होना वह सहन नहीं कर पाता।

गिरीबाबा ने सब सुना और मुस्काराकर अपने कमरें की तरफ़ चलें गए। उन्होंने अपने कमरे की दहलीज लांघने से पहले चोला बदला। अब वहां कहीं रेवती न थी। गिरीबाबी

थे महन्त महोदय। वह जाकर अपनी गद्दी पर बैठ गए। बेटी को लेकर जो आये थे, उन्होंने बेटी को गिरीबाबा के पांव छूने का इशारा किया। आंखें मूंदे मूंदे ही गिरीबाबा ने कहा, "सुखी रहो!"

लड़की के मां-बाप बड़े प्रसन्न हो उठे। आज तक गिरीबाबा सिर्फ़ हाथ उठा देते थे। आज पहली बार उन्होंने मुंह खोला था। संगत अवाक! संकटमोचन का भी सिर चकरा गया। उसे डर लगा, कहीं फिर तो नहीं समाधि में जाने लगे। गिरीबाबा ने इशारा किया, तो सभी बाहर चले गए।

गिरीबाबा ध्यान करने लगे। आंखें मूंदे, मौन, मानो इस जगत में ही न हों। संकटमोचन कुछ भयभीत होकर बाहर निकला। उसे भूख भी सता रही थी और भय भी। गिरीबाबा कब आंख खोलेंगे, क्या पता? उसने भंडार में जाकर दूध की मलाई उतार कर खा ली। अब भोजन कुछ देर न भी मिले तो तरावट तो रहेगी ही।

गांव में सभी ने सुना। गिरीबाबा रक्षाबंधन पर अमरनाथ की यात्रा पर जाएंगे। रेवती ने भी सुना। अपनी कोठरी में जाकर उसने दरवाज़ा बंद कर लिया। गोबर लिपी धरती पर लोट-लोट कर रोने लगी। फर्श जगह-जगह पर भीगता रहा। रोते-रोते रेवती ने ठंडे फर्श से मुंह सटा लिया, फिर बोली, 'क्या मैं नहीं भाग सकती? कौन रोकेगा मुझे? एक बार बुला नहीं सकते थे क्या? अमरनाथ की यात्रा कितनी कठिन है, सुना है, वहां बड़ी ठंड है। जब पसार वाली ताई गई थी, तो मूंग की दाल के लड्डु बना कर ले गई थी। कितनी बार तो वह किस्सा सुना चुकी है।' रेवती को एक राह सूझी। वह फिर कहने लगी, क्या मैं महन्त जी को लड्डू बना कर नहीं दे सकती? उसमें सूखा-पिसा अदरक और मेवे डालूंगी! वहां इनको ठंड में आराम रहेगा। चाहने पर मुझे भी तो ले जा सकते हैं। ले चलिए न, अपने साथ ले चाहिए। रेवती ने मचल कर कहा। वहां कितने ही लोग तो होंगे। फिर रेवती को याद आया पिछले बरस ही तो उसके गांव से पुरोहित अमरनाथ जी की यात्रा पर गया था। उसकी मां ने लड्डु बना कर दिए थे। रेवती भी साथ में लगी थी। मां ने ही तो बताया था, पिसी सोंठ डालने से ठंड नहीं लगती।

आहा, पिछला साल कितना सुन्दर था। एक ही बरस में तो रेवती की दुनिया बदल गई। एक साल पहले रेवती अपने गांव की रेती थी। पहाड़ों पर कूदती थी। दरख्तों पर चढ़ती थी। सारा-सारा दिन तालाब में नहाती थी। फिर सुना था, शादी होगी। गहने कपड़े मिलेंगे। भोज होगा। बाजे बजेंगे।

रेवती ने सोचा, कितने अच्छे दिन थे! कितनी खुश थी मैं! गांव छोड़ने का दुःख भी भूल गई थी। फिर सुन्दर मिला। कितना अच्छा! उसके होते तो सास भी लक्ष्मी-लक्ष्मी

करती थी। सुन्दर चारपाई पर लेटे-लेटे उसे निहारा करता था। अगर उसे हर वक्त मरने का डर न लगा रहता, तो ज़िन्दगी कितनी हसीन होती।

एक बीमार आदमी के साथ उठने-बैठने में उसने अपने सारे अरमान घोल कर पी लिए थे। उसने सोचा था, शादी होगी, तो अपने दूल्हे को कह कर वह वैष्णों माता जाएगी। शहर में जाकर अपनी पसन्द की कांच की चूड़ियां खरीदेगी। परांदों से अलमारी भर लेगी। फिर दूल्हा उसके कानों के कुण्डल सहला कर उसे कितना प्यार करेगा।

रेवती खूब रोने लगी। सुन्दर को दिल की बीमारी थी। उसे पान के पत्ते की तरह फेरना पड़ता था। सुन्दर डरता भी बहुत था। कभी रेवती उसकी छाती पर सिर रखती, तो वह डॉक्टर खुल्लर की याद दिला देता, "डॉक्टर ने कहा है अडोल रहना।"

रेवती फिर अपनी केंचुल में समा जाती। उसकी सांस भी रात-रात भर जागकर खांसती और अपने पहरे पर होने का सबूत देती। सवेरे रेवती कुएं से पानी लाकर बाहर धूप में बालटी रख देती थी। पानी की ठंड मरने पर ही सुन्दर नहाता था, और फिर जब शादी के छः महीने बाद ही सुन्दर को दिल का दौरा पड़ा, तो डॉक्टर ने उसका चारपाई से नीचे उतरना भी बंद करवा दिया। डॉक्टर शहर से हफ्ते में दो बार देखने आता था। ढाई-तीन महीने रेवती ने उसकी कितनी सेवा की। कैसी खाली-खाली आंखों से देखता था सुन्दर।

रेवती पूछती, "ऐसे क्या देखते हैं?"

सुन्दर ने कहा था, "तुम सुन्दर हो रेवती, निक्की बहू जब आई थी, तो उसकी सुन्दरता के चर्चे पूरे गांव में थे, पर तुम्हारे आने के बाद सब मन्द पड़ गए।"

सुन्दर ने ही एक दिन बताया था कि निक्की बहू जब उसे दिखाई देती, वह रेवती के बारें में पूछता। निक्की बहू ने कहा था, "क्या पूर्णिमा का चांद कभी देखा है? वैसी ही है हमारी रेवती।"

सुन्दर खुश हो गया था, पर उसे यह डर हमेशा बन रहता था, कि कहीं निक्की बहू को यह पता न चल जाए कि उसे दिल की बीमारी है। रेवती ने सोचा, अगर निक्की बहू कह भी देती, तो क्या उसकी शादी रुक जाती।

कैसे शीशे की तरह सहेज के रखना पड़ता था सुन्दर को। वह डरपोक भी बहुत था। हस्पताल के नाम से ही उसे डर लगता था। अगर हस्पताल में रह जाता कभी, तो छुट्टी मिलती। मेरी तो छुट्टी अब कभी न होगी।

रेवती ने गोबर लिपे फर्श पर हाथ फेरा। उसके हाथों के नीचे पतले-पतले तन्तु आने लगे। शादी से पहले उसने ऐसे ही गोबर लीपना सीखा था। ताज़े लिपे गोबर पर वह हाथ

फेरती रहती थी। बड़ा अच्छा लगता था। रेवती ने एक आह भरी, फिर कहने लगी। क्या में पहले जैसी नहीं हो सकती? अनब्याही, अल्हड़, निश्चिंत!··· और क्या मैं ब्याही हूं? सिर्फ़ फेरे डाल कर दूसरे गांव में चले जाना ही ब्याह होता है क्या? चिड़िया की तरह स्वछंद उड़ने वाली वह रेती तो आज भी वैसी ही है। सुन्दर एक बीमार मित्र की तरह उस पर निर्भर करता था। बुढ़िया तो यही कहती है, मैंने सोचा था, वंश चलेगा। सिर्फ़ वंश चलाने के लिए उसकी आहुति दे दी गई, पर मां-बाप कैसे बिना पता किए मुझे इस भट्ठी में डाल सके। उस पुरोहित ने कितना मूर्ख बनाया! कितने दुखी हैं मेरे मां-बाप! बेटी का दुःख न सह सकेंगे, इसीलिए तीर्थों पर चले गए। रेवती रोने लगी।

तभी दरवाज़ा खटखटाने की आवाज़ के साथ उसकी सास ने पुकारा, "रेवती, दरवाज़ा खोल मन्दिर से देवर जी आए हैं।"

हड़बड़ा कर उठ गई रेवती। दरवाज़ा खोला सामने रेवती की सास और मुकद्दम आंगन में खड़े थे। उसने मुकद्दम को प्रणाम करते हुए सोचा, चले, एक बारी भूले तो नहीं है।

मुकद्दम ने उसे देखते हुए कहा, "क्यों बेटी, रो रही थी? कब तक रोती रहोगी?"

तभी रेवती की सास दूध का भरा कटोरा लिए दाखिल हुई। बोली, "क्या करूं, सारा दिन यह रोती रहती है। जो चला गया, वह आएगा तो नहीं। अपना घर-बार तो इसी को संभालना है। न हुआ तो किसी का बच्चा गोद भी ले सकते हैं।"

मुकद्दम ने जोड़ा, "हां-हां, क्यों नहीं, पर भाभी यह तो अभी ख़ुद ही बच्चा है। थोड़ा समय इसे अभी संभालने में भी लगेगा। हमारे गिरीबाबा अमरनाथ जा रहे हैं। उनकी सब तैयारी करनी है। बुढ़िया एक तो बहरी है ऊपर से उसे शाम को रतौंधी भी होती है। कल शाम साग में चुहिया का बच्चा रांध दिया था। शिव! शिव! वह तो मैं मन्दिर से परोसा लाया था। खा कर साग निकालने लगा, तो यह अचरज देखा। नहीं तो जन्म भ्रष्ट हो जाता। शिव! शिव!"

आश्चर्य से रेवती की सास ने दोनों हाथ कस लिए। "शिव! शिव! मन्दिर में चुहिया पकेगी। भाऊ जी, चाहो तो रेवती को ले जाओ। एक-दो दिन इसका भी मन बदलेगा और ब्राह्मणी को भी रौनक हो जाएगी।"

तपाक से मुकद्दम बोला, "तेरा भला हो भाभी, यही कहने तो आया था। इसे भेज दो। एक-दो दिन में ही भेज दूंगा।"

रेवती की सास बोली, "भाऊ जी, आप दूध तो पी नहीं रहे।"

मुकद्दम ने कहा, "बड़ा गर्म है भाभी, आख़िर तो तुम लाई हो। ज़रा ठंडा हो तो पियूंगा।"

रेवती की सास ने रेवती को कहा, "जा, मठरी ले आ! मैं तो भूल ही गई।"

रेवती के जाने के बाद उसकी सास बोली, "भाऊ, मेरे घर बज्रपात होने के बाद इसके मां-बाप तो तीर्थों को चले गए, पर मुझे तो कहीं छुटकारा नहीं। क्या मैं अपनी जवान बहू को इस भेस में देख सकती हूँ? इसकी माँ कहती थी, 'मैं अपनी बेटी को विधवा के वेश में नहीं देख सकती। अब तुम बताओ, मैं पापिन, अभागी, देख रही हूँ कि नहीं? न जाने वह अभागे कहां हैं? घर से मोह ही त्याग गए। ज़मीन जायदाद सब मनसू का बाप ही देखता है। पता नहीं कब लौटते हैं!"

मुकद्दम बोला, "असल में उन्हें ज्यादा दुख यह है कि इतना कर्मकाण्डी पुरोहित ही उन्हें धोखा दे गया। सुन्दर क्या शादी के लायक था?"

तभी रेवती को आते देख मुकद्दम चुप लगा गया। उसने खाते-खाते कहा, "रेवती, जाओ अपने दो कपड़े ले लो। भाभी, इसे मैं परसों ही छोड़ जाऊंगा।"

बुढ़िया कहने लगी, "हां, चाहो तो राखी के बाद ही छोड़ जाना। इसका कौन भाई है, जो राखी बंधवाने आएगा।" एक सांस-भर कर वह बोली, "हाय, वहां भी अकेली थी, यहां भी अकेली हो गई। कैसा खोटा भाग है। इसका भी और हमारा भी।"

मुकद्दम को यह सुन कर गुस्सा आया। बुढ़िया को देख कर बोला, "सो तो भौजी तुम सास हो, कह सकती हो। मैं कैसे कहूं? गोसांई संकटमोचन शादी के कितने विरुद्ध थे। डॉक्टर ने भी मना किया था। शादी तुम्हारी ज़िद की वजह से हुई। सुख तो किसी ने न पाया। ये तो गाय का गला काट देने जैसा अपराध हुआ।"

बुढ़िया का चेहरा स्याह हो गया। खिसियानी होकर बोली, "अरे, मैंने सोचा था, कर्मोंवाली होगी, तो सावित्री की तरह मेरा बेटा लौटा लाएगी। मैं क्या जानती थी, इसकी ज़िन्दगी भी ख़राब होगी। हाय मैं क्यों न मर गई?"

मुकद्दम ने उसके रोने की तरफ़ ध्यान न दिया। बोला, "भाभी फिर चौधरी से मिले बग़ैर ही जाना पड़ रहा है। रेवती को लिवाने तुम दोनों आ जाना। इसके मां-बाप तीर्थ करके लौट आएं, फिर यह कहां मेरे पास आ सकेगी?"

"न जाने कहां होंगे अभागे।" बुढ़िया ने जोड़ा। "सुन्दर की बरसी से पहले यह कहीं नहीं जा सकती। हां, मन्दिर की बात और है। आगे फिर आपका कानून और इसकी मर्ज़ी। आजकल तो सभी खुदमुख्तार हो गए हैं।"

रेवती एक झोला लेकर कोठरी के बाहर खड़ी हो गई थी। मुकद्दम ने सोचा, अब बुढ़िया को कुछ न कहूंगा। रेवती ने सास के पांव छुए। बुढ़िया की आंखें भीग गईं। वह बोलती बहुत थी, पर मूर्ख होने के साथ-साथ सादा दिल भी थी। डरपोक भी थी। रेवती

को उस पर कभी-कभी दया भी आती थी। छल-कपट भी उसने ममतावश होकर ही किया था। यह वह कहां जानती थी कि सुन्दर छः महीने भी न काट पाएगा।

घर की दहलीज़ लांघते वक्त रेवती का मन भर आया। उसने पीछे मुड़ कर देखा, आंगन में गाय-गोरू चारा छोड़ कर उसी की और देख रहे थे। उसकी सास भी उसे एक गाय-सी ही लगी।

मुकद्दम के पीछे-पीछे वह अनमनी-सी नीची नज़रें किए सारा रास्ता पार करती गई।

उसे देख कर मुकद्दम की बुढ़िया की बांछें खिल गईं। उसने रेवती का झोला लेकर अपनी कोठरी में रखा, फिर बोली, "तुम अब मेरे पास ही रहना। तुम कहोगी, तो मैं तुम्हें स्कूल में डाल दूंगी। हमारे पास ही है स्कूल। यहां से कितनी ही लड़कियां जाती हैं।"

मुकद्दम ने कहा, "रेवती बुढ़िया की बातों पर मत जाना। तुम्हारे आने की खुशी में ये पागल हो रही है।"

मुकद्दम के घर का सारा काम रेवती ने सहज ही संभाल लिया। दूसरे दिन सुबह-सवेरे ही बुढ़िया को अम्मा-अम्मा कह रेवती ने पिछवाड़े ले जाकर अच्छी तरह नहला धुला कर तैयार कर दिया। बुढ़िया के सिर में लस्सी डालकर बाल नर्म और सुथरे कर दिए। जब उसकी कंघी की तो बुढ़िया रोने लगी। रेवती ने कहा, "अम्मा, मत रो। अब मैं हूं न। रोज ऐसे ही नहलाऊंगी।"

बुढ़िया बोली, "कमर तक आते थे मेरे बाल। इतनी मोटी चोटी बनती थी कि मेरी सास गाली देकर कहती, इतनी बड़ी बछेरी है, खुद बाल साफ नहीं करती। मेरे तो हाथ टूट जाते हैं। तब मेरी कंघी मेरी सास ही करती थी। अब तू आई है।"

रेवती को इस पर खूब हंसी आई, पर उसने सोचा, बुढ़िया के सामने न हंसूंगी। रेवती किसान परिवार की थी। उसे घर के सब काम आते थे। उसने सारा घर साफ़-सुथरा करके गोबर से लीप दिया। आस-पास सफ़ेद मिट्टी से एक लकीर बना दी। सारे जाले साफ़ किए और फिर पिछवाड़े में ख़ुद ही नहाते हुए सोचने लगी, एक दिन यहां भी सफ़ाई करूंगी। मनसू को बुला लूंगी। बाप रे, कितना उजाड़ है!

मुकद्दम मन्दिर से आरती निपटा कर आया, तो साफ-सुथरा घर देख कर रो पड़ा। अंगोछे से आंसू पोंछते हुए बोला, "रेवती, तुम पिछले जन्म में मेरी मां थी। यह पिछवाड़े की खिड़की न जाने कब से बंद थी। अब खुली है, तो कैसा उजला-उजला हो रहा है। आज तो यह बुढ़िया भी बड़ी साफ-सुथरी लग रही है। इसे कुएं पर ले गई थी क्या?"

रेवती ने कहा, "हां कुएं का पानी बड़ा ही निर्मल और ठंडा है। अम्मा बहुत खुश हुईं।

मुकद्दम ने पूछा, "तुमने कुछ खाया रेवती?"

रेवती ने कहा, "नहीं, अम्मा को खिला दिया है। मैं नहाऊंगी, फिर खा लूंगी।"

मुकद्दम ने कहा, "कूएं का पानी नहाने के लिए तो ठीक है, पर पीने के लिए हम बावड़ी से ही पानी लाते हैं। अब तुम आ जाओगी, तो कुआं साफ करवा लूंगा, फिर पीने का पानी भी घर का ही हो जाएगा। ऊपर से सब पत्ते गिरते रहते हैं। एक जाली भी लगवानी पड़ेगी।"

रेवती ने कहा, "पत्तों की वजह से ही पानी में थोड़ी मुश्क भी है। साफ़ हो जाएगा तो मुश्क न रहेगी। उस कूएं के ऊपर वाले दरख्त कटवा क्यों नहीं देते?"

"नहीं बेटी, पिछवाड़े वाली पहाड़ी भी मन्दिर की है। काफी ऊंची होने पर भी पत्ते गिर ही जाते हैं। मन्दिर का कोई भी दरख्त हम नहीं कटवा सकते।"

रेवती कूएं पर नहाने जाने लगी, तो मुकद्दम ने कहा, "तुम चाहो, तो बावड़ी पर नहा आओ।"

रेवती ने दृढ़ता से कहा, "नहीं, चाचा जी, वहां अब नहीं जाऊंगी।" दोनों हंस पड़े। उन्हें देख कर बुढ़िया भी खिलखिला कर हंस पड़ी। आज वह खा-पीकर, साफ़-सुथरी होकर खूब तृप्त थी।

रेवती ने कहा, "चाचा जी, एक बात कहनी थी।"

"कहो न बेटी, सकुचाती क्यों हो?"

रेवती नीची नज़र किए धीरे से बोली, "मेरे पास पैसे हैं। अगर थोड़े मूंग की दाल के लड्डू बन जाते ··· अमरनाथ स्वामी में तो बड़ी ठंड होती है।"

मुकद्दम प्रसन्न हो गया, "ठीक है बेटी, शाबाश! जिसने मृत्यु के मुंह से निकाला हो उसे भूलना नहीं चाहिए। तुम्हें लड्डू बनाने आते हैं?"

रेवती ने 'हां' में सिर हिलाया।

मुकद्दम बोला, "मैं तुम्हें भंडार से सभी मेवे ला देता हूं। सोंठ शायद वहां न हो। बाज़ार से लानी पड़ेगी।"

रेवती ने कहा, "नहीं, चाचा जी, सब कुछ बाज़ार से ही लाईए। मेरी यही मन्शा है। असली चीनी भी लानी पड़ेगी। फिर कुछ भूल गई, तो अम्मा से पूछ लूंगी।"

मुकद्दम बोला, "तो बन गए लड्डू। इस बुढ़िया ने मूंग की दाल स्वाद की नहीं बनाई, तो लड्डू कैसे बनाएगी।"

बुढ़िया को यह तो सुनाई न दिया, बात क्या हो रही है, पर यह पता चल गया, बात उसी के बारे में है। पोपले मुंह से हंस कर बोली, "मैंने नहीं कहा था, इसी ने नहला दिया अच्छी तरह। भगवान इसका भला करे। आज मेरी सारी मैल उतर गई है।"

बुढ़िया को तरंग में देख कर मुकद्दम ने पूछा, "कुछ पैसे हैं अन्दर, तो ला।"

बुढ़िया फिर धीरे से हंसी।

मुकद्दम ने खूब ऊंची आवाज़ में कहा, "पैसे हैं, तो दो।"

बुढ़िया हंसती रही। आज वह खूब खुश थी।

रेवती ने अपने रुमाल से मुड़े-तुड़े नोट लाकर मुकद्दम को दिए और कहा, "नहीं चाचाजी, लड्डुओं के पैसे मैं ही दूंगी।"

नोट देख कर बुढ़िया प्रसन्न हो गई। मुकद्दम को कहने लगी, "अगर तीरथू हलवाई ने गुलाब जामुन बनाए हों, तो ले आना। खाने में आसानी रहती है। वह बनाता भी अच्छे है। उसे कहना चाची ने खाने हैं थोड़े सस्ते लगाए। कल शाम को भी बने थे। देखकर लाना, कहीं तुम्हें वह बासी ही न दे दे।"

मुकद्दम ने जाते-जाते लाड़ से कहा, "हूं, गुलाब जामुन के बग़ैर नहीं बचती, गुलाब जामुन खाएंगी!"

रेवती आज इतने महीनों में पहली बार खुल कर हंसी। उसे लगा, महीनों बादल रहने के बाद आज अचानक सूरज निकल आया है।

मुकद्दम ने सामान ला कर दिया, तो कहा, "लड्डू हो जाएंगे, तभी तुम दर्शन करने जाना। अभी तो गिरीबाबा ध्यान में ही हैं। ऐसे लगता है जैसे अभी से अमरनाथ पहुंच गए हों।"

रेवती ने दाल चुन कर धो ली और सुखाने डाल दी। उसने सोचा, दाल अच्छी तरह सूख जाए तभी पीसने में मज़ा है। कल सुबह दाल पीस लूं, तो शाम तक लड्डू हो जाएंगे। हां बारिश नहीं आनी चाहिए।

रेवती ने घी की हंडिया को सूंघा। असली खुशबू थी। उसने सभी मेवे धोकर डाल दिए और फिर चाकू से बारीक़-बारीक़ काट लिए। दाल बाहर सूख रही थी। बुढ़िया वहां सोटा लेकर बैठी थी। रेवती ने सोचा, चिड़िया तो अम्मा को देख कर ही भाग जाएंगी।

दूसरे दिन रसोई में अंगारों की धीमी आंच पर रेवती ने देसी घी में दाल भूननी शुरू कर दी। बुढ़िया वहीं पीढ़ी पर बैठ गई। कहने लगी, "तुम हो तो छोटी-सी। हैं, पर देखो, कितना गुरज्ञान है। मुझे तो नहीं आते लड्डू। हां, बेटी सोंठ भी डाली है?" रेवती ने 'हां' में गर्दन हिलाई तो बुढ़िया बोली, "खुशबू थोड़े ही छुपती है। वह तो आ ही रही है।"

इधर पहला लड्डू बंटा, उधर धुआंधार बरसात शुरू हो गई। बुढ़िया रसोई की दहलीज़ पर बैठी थी। कुछ बूंदें उसके चेहरे पर गिरी, तो वह हंस कर बोली है, "बरसो! बरसो! जितना चाहै बरसो! हमारे लड्डू तो तैयार हैं। ···तुम खाओगी क्या?"

रेवती को लगा चाची लड्डू खाना चाहती है। उसने रकाबी में जज रख कर आले में पड़े भगवान को भोग लगाया। माथा टेका और कहा, "ये लड्डू उन्हें मिलें, जिनके लिए बनाए हैं।"

फिर उसने एक रकाबी में दो लड्डू रख कर चाची को दिये। मुकद्दम भी भीगता हुआ आ गया, तो आते ही बोला, "बाहर बरसात में भी लड्डुओं की महक तो आ ही रही है।"

रेवती ने दो लड्डू मुकद्दम को भी दिए। मुकद्दम ने लड्डू खाते-खाते कहा, "ऐसे लड्डू तो मैंने कभी नहीं खाए। गिरीबाबा प्रसन्न हो जाएंगे।"

रेवती ने धीरे से पूछा, "चाचा जी, मीठा ठीक है?" उसके 'हां' कहने पर सकुचाती-सी पूछने लगी, "महन्त जी कैसा मीठा खाते हैं?"

लड्डू को मुंह में चुगलाते हुए मुकद्दम ने कहा, "कौन··· गिरीबाबा··· अरे, वह तो भोले भंडारी हैं, पर हां, लड्डू खूब ज़ोरदार बने हैं। ऐसे तो तीरथ हलवाई भी नहीं बना सकता। हां, बिटिया लाओ तो एक और, इससे तो सिर्फ़ मुंह ही जूठा हुआ है।"

खाते-खाते मुकद्दम ने पूछा, "ब्राह्मणी खा चुकी क्या?"

"हां, चाची के मुंह में अभी भी है।"

मुकद्दम ने हंसते हुए कहा, "अरे, इसके तो एक दांत नहीं है। सब कीड़ों ने खा लिए, फिर मैंने शहर जाकर सारे दांत निकलवा दिए। अब आराम से है। नहीं तो हमेशा लौंग मुंह में दाबे रहती थी।"

रेवती ने पूछा, "पानी बरसने से तो नदी में बाढ़ आ जाएगी, फिर महन्त जी अड्डे तक कैसे जाएंगे।"

मुकद्दम ने कहा, "अरे, अभी तो कुछ दिन हैं। एक दिन ठहर के भी जा सकते हैं, पर यह बाढ़ पहाड़ी बाढ़ है। बस, बहने ही के लिए आती है। सुबह तक नदी में पानी न रहेगा।"

फिर कुछ याद करते हुए बोले, "लड्डू डिब्बे में भर दिए हैं न! शाम को बारिश बन्द हो गई, तो गिरीबाबा से मिलने चलेंगे।"

"जी।" रेवती ने धीरे से उत्तर दिया।

एक बड़ी झीनी-सी भविष्य की सुखद चादर रेवती ने नहाते ही ओढ़ ली। एक ठिकाना उसे मिल गया है। जहां उसे कोई दिन-रात विधवा होने का अहसास नहीं दिलाएगा। जहां गिरीबाबा हैं, जो उसे मरने से बचा लेते हैं। जहाँ ये बूढ़े दंपत्ति हैं, जिन्हें रेवती की सख्त जरूरत है। रेवती ने मुस्करा कर सोचा, भागना कितना आसान है, न भागना कितना मुश्किल है।

शाम को रेवती ने सफेद धोती पहन कर झक्क काले बालों को सीधा किया। तभी उसने देखा, उसके सास-ससुर दोनों ही आ रहे हैं। थके-मांदे, कहीं-कहीं बारिश से भीगे। उसका जी धक से रह गया।

अतीत कभी वर्तमान का पीछा नहीं छोड़ता।

उसने दोनों के पांव छुए। बरामदे में चारपाई बिछा कर उसने दोतही डाल दी। रेवती का ससुर बोला, "रास्ते में भीगने से मुश्किल से बच पाएं हैं। अब बैठेंगे नहीं। रेवती को ले चलें।"

मुकद्दम ने कहा, "सब यहां मन्दिर में दर्शन पाने आ रहे हैं। गिरीबाबा अमरनाथ स्वामी जाने वाले हैं। तुम यहां तक आये हो तो दर्शन कर लो।"

रेवती के ससुर को धर्म बोध हुआ। बोले, "क्यों नहीं, रेवती को भी ले चलते हैं।"

मुकद्दम ने कहा, "रुको मैं भी चलता हूं।" भीतर जाकर उसने रेवती को कहा, "अपने सास-ससुर को लड्डू तो चखा दो। इतनी दूर से आए हैं।"

रेवती ने कहा, "चाय बना रही हूं। चाय के साथ ही दूंगी।"

मुकद्दम बोला, "यह मौसम चाय ही का है। तुम्हारे लड्डुओं की खुशबू तो सारे मन्दिर

में फैली है। गिरीबाबा को मैंने सुबह बता दिया था। लड्डू देने जाएंगे तो दर्शन भी पा लेंगे।"

लड्डू खा कर रेवती की सास ने कहा, "बड़े अच्छे लड्डू बने हैं। शहर से मंगवाए हैं क्या?"

"हां भाभी, शहर के अलावा ऐसे लड्डू कहां बनेंगे! चलो, भई चलते हैं। चाय पीकर अब जान आ गई है। रेवती बेटी, बाहर से कुंडी लगा दे। बुढ़िया पता नहीं कहां गई है। आंख में रोशनी नहीं, मुंह में दांत नहीं, पर निन्दा करने सारे गांव में जाएगी। चलो भाई चलें।"

मन्दिर में मत्था टेकने के बाद सब गिरीबाबा के दर्शनों के लिए गए। रेवती के ससुर ने कहा, "गिरीबाबा के दर्शनों के बग़ैर तो मन्दिर में आना व्यर्थ है। वह तो साक्षात शिव हैं।"

महन्त जी की कोठरी के बाहर सब गोसांई लोग शाम की नशा-पत्ती की मन्त्रणा कर रहे थे। ये सब भीतर गए तो महन्त जी के चरणों में रेवती को डाल कर उसकी सास बोली, "महाराज, मैं पापिन हूं। मैंने अपने बीमार बच्चे के संग यह कन्या जोड़ दी। मेरा कहां न्याय होगा महाराज?"

गिरीबाबा पता नहीं किस ध्यान में थे। आंखें खोल कर देखा, उनकी गद्दी के पास रेवती बिखरी पड़ी है। उन्होंने उसके सिर पर हाथ रखा, रेवती और बिखर गई, लड़की बेहोश हो चुकी थी।

गिरीबाबा ने कहा, "इसे वहां चटाई पर लिटा दो। थोड़ी देर में स्वस्थ हो जाएगी।" यह कह गिरीबाबा भीतर वाली कोठरी में चले गए।

रेवती की सास रोने लगी, तो उसके ससुर ने डांटकर कहा, "यहां अपने टसुवे मत बहाओ। रेवती को पानी के छींटे दो, स्वस्थ हो जाएगी।"

भीतर गिरीबाबा अपने गुरू की फोटो के आगे हाथ जोड़ कर मन-ही-मन कहने लगे, "भगवान्, हम संन्यासी हैं। यह कैसी परीक्षा है। यह मन रथ की तरह क्यों भाग रहा है? उस कन्या के बारे में सोचना महापाप है। हम क्या करें, कहां जाएं। हमें जिस वेग से अमरनाथ स्वामी बुलाते हैं, उससे दोगुने वेग से यह कन्या खींचती है। हमारी शिक्षा में कहां दोष रह गया प्रभो।" यह कह कर वह पास ही रखी चौकी पर बैठ गए।

तभी मुकद्दम ने भीतर आकर लड्डुओं का डिब्बा एक तरफ रखा और कहा, "महाराज, रेवती चरणों की धूल लेने आई है।" गिरीबाबा ने कुछ न कहा। मुकद्दम धीरे से बाहर गया, तो वह द्वार की ओर देखने लगे।

रेवती धीरे से आई और चौकी पर बैठे गिरीबाबा की गोदी और चरणों की संधि में सर रख दिया। गिरीबाबा ने उसके सर पर हाथ रखा। उनका हाथ कांप रहा था। सुबकने से रेवती भी कांप रही थी। दोनों ने यह कंपन महसूस किया। गिरीबाबा ही बोले, "जाओ, बाहर सब लोग खड़े हैं।"

रेवती ने सर उठा कर सीधा उनके भीतर तक झांक कर पूछा, "आप कब आएंगे।" उसके स्वर में आतुरता थी।

गिरीबाबा छत की तरफ देखते हुए बोले, "उसकी इच्छा पर है। भगवान् तुम्हारा कल्याण करेंगे, जाओ।"

रेवती उठ कर खड़ी हुई, उनको देखा और बाहर निकल आई।

घर आकर उसने सुना गिरीबाबा तीर्थ-यात्रा पर निकल गए हैं।

दिन बीतने लगे। गांव की सादा-सी धीमी मसरूफ़[1] ज़िन्दगी में जैसे दिन बीतते हैं। रेवती जैसे सांस रोक कर जी रही थी। दो माह हो गए थे, इसी तरह जीते-जीते। गिरीबाबा नहीं लौटे। इस बार गांव से कोई भी न गया था, नहीं तो और लोगों के लौटने पर पता चल जाता, कब लोटेंगे गिरीबाबा। रेवती ने सुन रखा था, वहां पर कबूतरों के दर्शन होते हैं। कहा जाता है, ये वही कबूतर हैं, जिन्होंने उमा के संग शिव के मुख से कथा सुनी थी और अमर हो गए थे। कबूतरों के दर्शन होने पर ही यात्रा सफल मानी जाती है।

रेवती ने सोचा, अब तो वहां सिर्फ़ कबूतर ही रह गए होंगे। हो सकता है गिरीबाबा चन्दन वाडी में ही रुक गये हों। अमरनाथ का रास्ता तो स्वर्ग है, पर वहा ठंड भी खूब पड़ती है।

रेवती ने अपने आप से कहा, 'बावड़ी से ज़िन्दा निकल आना ठीक नहीं हुआ।'

मन्दिर से आकर मुकद्दम रेवती से मिल जाता था। उसी ने यह समाचार दिया था कि सारे मन्दिर में लोग चिन्तित हैं, पर संकटमोचन को कोई फ़िक्र नहीं। वह दिन के वक्त भी बूटी छाने रहता है और भंडार में आजकल उसी का राज है।

रेवती यहां से अब निकल भागना चाहती थी। इधर चोरी छिपे देवराज भी गांव में आने लगा था। उसकी सास एक दिन हड़बड़ा कर गाली देती हुई गई थी और फिर परसों तो वह गली में आकर क्या कुछ नहीं बक गया। शराब में धुत्त घोड़े पर गिरते-पड़ते वह

१- व्यस्त

गली में बोल गया, "इस सावित्तरी को अगर मैंने लखनऊ नहीं भिजवाया, तो मेरा नाम देवराज नहीं। बड़ी सती सावित्तरी बनती है। देख लेंगे, देख लेंगे।"

तभी घास की भरी लेकर बाहर मनसू निकला। उसे देखकर देवराज ने घोड़ा भगा लिया।

उसी दिन के बाद रेवती बेहद डर गई हैं। उसने बाहर झांकना तक बन्द कर दिया है। पिछवाड़े बनी कुइयां पर ही नहाती है; और मनसू को उसने कहीं भी न जाने की कसम दे रखी है। हालांकि देवराज घर में कदम नहीं रख सकता, तो भी दरख्तों के पत्ते ज़ोर से हिलने पर भी रेवती डर जाती है।

एक दिन मनसू घास लेकर देर से लोटा, तो रेवती आंगन में खड़ी दिखी। उसे देखते ही रो पड़ी।

मनसू ने पूछा, "बुआ क्यों रोती हो ?"

रेवती ने रोते-रोते ही कहा, "तुम्हें क्या फिक्र है? अगर कभी वह बाघ आ गया, तो क्या होगा? मां सारा दिन मुहल्ले में गप्प लड़ाने चली जाती है। बापूजी को बाज़ार अच्छा लगता है, फिर तुम भी अपनी मर्ज़ी के मालिक हो। वह शराबी आ गया, तो कौन है यहां, जो मेरी रक्षा करेगा। सुन्दर मर गया। मां बाप मुझे बहती नाली में छोड़ कर तीर्थ चले गये।" रेवती रोती रही।

मनसू ने कहा, "बुआ, झूठ क्यों बोलूं दारू तो कभी-कभी मैं भी सूंघ लेता हूँ। मुझे पता है, दारू पिए आदमी को होश नहीं होता। भगवान न करे, कभी ऐसा मौका आए, तो एक धक्का दे देना। वहीं ढेर हो जाएगा। बचपन में मैंने तुम्हारी काफ़ी मार खाई है।"

रेवती को रोते-रोते भी हंसी आ गई। कहने लगी, "तुम ही कौन नहीं मारते थे? याद नहीं, जब मेरी चुटिया सोते में चारपाई से बांध दी थी। वह तो चाची ने तुम्हें कसम दिला दी थी और डर दिला दिया था कि देवी पर हाथ नहीं उठाना, हाथ टूट जाएगा।"

दोनों बचपन की स्मृतियों में डूबे हंसने लगे। मनसू वहीं आंगन में मिट्टी की बनी दीवार पर बैठ गया, फिर बड़े सयाने की तरह बोला, "बुआ, वही दिन अच्छे थे। अभी भी मुझे तुम उतनी ही छोटी नजर आती हो। शाह जी तुम्हें कंधे पर उठाए शहर जाते थे। अभी कल की बात लगती है।"

रेवता ने उदास होकर कहा, "आज तो सभी भूल गए हैं। कितने महीने हो गए मनसू, न कोई चिट्ठी न कुछ पता। उस दिन बावड़ी में से कोई भी न निकालता, तो कितना अच्छा होता।"

विश्वास के साथ मनसू बोला, "कैरो मर जाती बुआ! देवता का स्थान है। जहां

जीवन मिलता है, वहां कोई नहीं मरता। ऊपर बूढ़े शिवजी की पिण्डी में जो जल चढ़ता है, वही इस बावड़ी में, कहते हैं, आता है। यह तो फिर गंगा ही हुई न। गंगा भी तो शिव की जटाओं से निकली है। है न! पर बुआ तुम्हें बावड़ी में छलांग लगाते वक्त जरा भी डर नहीं लगा?"

रेवती दृढ़ स्वर में बोली, "नहीं, मनसू, मुझे सुन्दर का इतना डर लगता था कि उसके चले जाने के बाद अब मुझे किसी चीज़ का डर नहीं लगता।"

धीरे से मनसू ने पूछा। "सुन्दर शाह तुम्हें बहुत चाहता था न बुआ। मैंने तुम्हें कभी बताया नहीं, पर मैं जब भी उसे पिछवाड़े सहारा देकर ले जाता था, वह मुझे हमेशा कहता था, मनसू मैं न रहूं, तो अपनी बुआ का ख्याल रखना।"

रेवती उतावली हो उठी। बोली, "सच मनसू, सच, यह कहा था उसने?"

"हां बुआ, कई बार कहता था, पर तुम्हारे साथ जो धोखा हुआ, उसमें वह भी तो शामिल था। वह क्या मना नहीं कर सकता था?"

रेवती ने कहा "जो रहा ही नही उसकी बात क्या करनी। जो ज़िन्दा है, उसको वैष्णों माता उठा ले।"

मनसू वातावरण को हलका बनाने की मंशा से बोला, "बुआ, तुम अभी भी देवराज से डरती हो! तुम्हें मैंने नुस्ख़ा तो बता दिया है।"

रेवती ने घृणा से कहा, "मैं ऐसे आदमी को छड़ी से छूने में भी पाप समझती हूं। वह जानवर से भी गया-गुज़रा है। मां-बापू आ जाएं, तो मैं घर ही चली जाऊंगी।"

मनसू बड़ी समझदारी से बोला, "बुआ, तुम्हारा तो अब यही घर है, फिर मैं तो यहीं हूं। मेरी शादी-ब्याह की बात चलेगी, तो तुम्हारी भाभी भी आ जाएगी। उससे तुम हर बात कर सकोगी।".

आतुर होकर बोली रेवती, " मनसू कब शादी होगी तुम्हारी? मैं अकेले रहते-रहते ऊब गई हूं। निक्की भी रोज़ नहीं आ पाती। पत्थर मारो, तो उसके घर गिरता है। इतना पास घर है, पर मेरा भाग्य है! जब सुन्दर था, मैं ही कहां जा पाती थी। बस, तुम हो या मुकद्दम चाचा हैं। वह आते हैं, तो सहारा मिलता है। मेरी सास तो बस उन्हीं से डरती है। अब पसार वाली ताई के पास बैठी मेरी पूजा कर रही होगी।"

मनसू कुछ हिसाब लगाते-लगाते बोला, "बस, छः सौ रुपये हो गए हैं। तीन सौ और होंगे, तो शादी कर लूंगा। चान्दी के मरीदे और सब्ज़े वाले झुमके तो अम्मां ने रखे हुए हैं। बस, पाँच सौ लड़की वाले लेंगे।"

रेवती हंसी, कहने लगी, "तुम चालाक हो। चोरी-चोरी शादी के लिए रुपया जोड़ते रहे। कभी भनक न लगने दी। बड़ा चाव है शादी का, पर मनसू पैसे तो तुम मुझसे भी ले सकते हो। मेरे पास मुंह दिखाई और बिदाई के पैसे पड़े ही हुए हैं।"

उठते-उठते मनसू ने कहा, "यह नहीं हों सकता। तुम्हें तो मुझे देना चाहिए।" फिर उसने धीमी आवाज़ में कहा, "लो बुआ, तुम्हारी बुढ़िया आ रही है। भीतर से खली लाकर दे दो।"

रेवती ने खली लाकर दी, तो बुढ़िया ने घर के भीतर आते-आते मनसू से पूछा, "अरे ओ मनसू, मेरी भूरी को नमक चटा दिया था या नहीं?"

"हां जी, चटा दिया।"

"ठीक है, बाज़ार से लकड़ियों की एक भरी ला दो। छोटे-मोटे बालन के साथ मोटी लकड़ी न हो तो आग रुकती ही नहीं है, फिर अगले सोमवार को गिरीबाबा आ रहे हैं। यज्ञ होगा, तो लकड़ी मैहंगी हो जाएगी।"

मनसू ने कहा, "ले आऊंगा शाहनी।"

रेवती ने भी सुना। वह खली की बोरी का मुंह बंद कर रही थी। उसने दोनों हाथ अपने सीने पर रख लिए। मन के स्कूल में एक घंटी बजने लगी। ठक⋯ठक⋯ठक⋯। उसकी सांस तेज़ हो गई। वह वहीं जड़वत खड़ी की खड़ी रह गईं। एक अजीब तरह का अहसास हुआ, न खुशी, न गम, न आंसू न हंसी, न कोई आहट, न शोर! वक्त जैसे रुक गया हो। आस-पास के सारे गांव पूजते हैं गिरीबाबा को। उनके पास खड़े होकर उनसे कोई बात नहीं कर सकता। कितना तेज है उनके चेहरे पर! अगले सोमवार का अर्थ हुआ नौ दिन। आज तो अभी शनिवार ही है।

फिर उसे देवराज का ख्याल आया। उसने मुकद्दम चाचा को बता दिया था। देवराज के पैंतरे बदल जरूर गए हैं, पर पूरी तरह ख़त्म नहीं हुए। महीने में एक-दो बार गांव से गुज़रता है, तो डर की धूल छोड़ जाता है।

कब मन्दिर जाऊंगी मैं। अभी उस दिन तो बुढ़िया पसार वाली ताई को कह रही थी, "बपारी आदमी है। आना-जाना तो लगा ही रहता है। यह घर इस बूढ़े का जरूर है, पर गांव तो नहीं है, फिर तुम ही बताओ मैं इस चार दिन की आई के लिए अपना मैका कैसे छोड़ दूं?"

रेवती को देख कर वह चुप हो गई थी।

बुढ़िया तो हर तरफ़ से आंख मींचे बैठी है। सुना है, देवराज की पत्नी फिर से गर्भवती है। भगवान करे बच्या सलामती से हो जाए। बच्चे के आने पर देवराज का मन बदल भी

सकता है। पिछली बार कसाई ने अपनी पत्नी को ऐसी लात जमाई कि बच्चा पेट में ही मर गया। वह तो सेवा समिति की डॉक्टरनी बाहर से आईं हुई थी, तो बचाव हो गया। नहीं तो कहां बच सकती थी!

फिर रेवती को सुन्दर का ख्याल आया। उसने सोचा, सुन्दर तो कभी मक्खी भी न मार सकता था। अगर बीमार न होता, तो पता नहीं कैसा होता! खून तो एक ही है। तभी बाहर देवराज की आवाज़ घोड़ी के रुकने के साथ ही सुनाई दी।

"बुआ ऽ ऽ ऽ।"

रेवती ने अन्दर से कोठरी बन्द कर ली।

बाहर एक हवाई फायर के साथ परिदों के उड़ने का शोर हुआ। साथ में देवराज की आवाज़ उभरी।

"बुआ, आज मैं किसी को नहीं छोडूंगा। बताओ, तुम्हारा दुश्मन कौन है। बताओ बुआ, बताओ, किसी से डरो नहीं। गोलियों की पेटी सीने पर बांधे घूमता हूं। यह मामूली बात नहीं है। यह देवराज का सीना है। किसी ऐरे-गैरे का नहीं। हां पीते है दारू! क्यों न पिएं, किसी के बाप की नहीं पीते। हमारी मां ने हमें मांस भात खाकर पैदा किया है। हूं, पिद्दी की औलादें।"

देवराज ने अपनी मां के नाम भी एक हवाई फायर कर दिया, फिर धड़ाम की आवाज़ हुई। शायद देवराज घोड़ी से गिर गया था। रेवती घर पर कांप रही थी। उसने फिर अपनी सास की डरी हुई और खीझ से भरी हुई आवाज़ सुनी।

"अरे मनसू, कहां मर गए। मेरे इस दुश्मन को उठा कर तबेले में डाल आ। सुन्दर के बाप ने देख लिया, तो अनर्थ हो जाएगा।"

रेवती ने सोचा, कहीं मनसू चला न गया हो। उसने कोठरी की खिड़की से देखा, मनसू ने उसे कंधों पर यूं डाला हुआ था, जैसे भूसे की भरी हो। देवराज की बाहें मुर्दे की बाहों की तरह लटक रही थीं।

रेवती ने खिड़की पूरी खोली और देखा, मनसू ने देवराज को तबेले में पड़ी खाट पर उलटा लिटा दिया था। औंधा होने से देवराज उलटियां करने लगा, तो मनसू ने रेवती की सास से आकर कहा, "शाहनी, अब संभालो, पानी भी लेकर जाओ। मैं दोड़ के बाज़ार से नींबू ले आता हूं। इसे चटाना पड़ेगा।" यह कह कर बह उत्तर की प्रतीक्षा किए बग़ैर देवराज की घोड़ी पर सवार होकर हवा हो गया।

वहीं से मन्दिर जाकर मुकद्दम को घोड़ी के पीछे बैठा लाया। रास्ते में उसने मुकद्दम

को सारी बात बता दी। घोड़ी से मुकद्दम को उतार कर मनसू फिर हवा हो गया। शायद नींबू लाने।

मुकद्दम ने रेवती के घर जाकर गुहार मचाई, "अरे, चौधरी! कहां हो? भाभी भीतर हो क्या?"

शाहनी ने उसकी आवाज़ सुनी, तो गुस्से से भर उठी। यह मुआ इस समय कहां आ टपका। प्रकट में उसने हाथ पोंछते-पोंछते आकर हैरत से कहा, "अरे, भाऊ जी, आप कैसे?"

मुकद्दम बात का बतंगड़ न बनाना चाहता था। उसने झूठ बोला, " भाभी, ब्राह्मणी बुखार में तप रही है। और रेवती को पुकार रही है। पता नहीं, बचती है या नहीं। अगर तुम रेवती को भेज देती, तो शायद उसके प्राण बच जाते।"

बुढ़िया ने आंख बंद करके शिवजी को प्रणाम किया और बोली, "ले जाओ, भाऊ जी, तुम्हारी बेटी है। अब सुन्दर का बाप तो आज शहर गया है। आओ, रेवती। मुकद्दम भाऊ तुम्हें लेने आये हैं।"

रेवती दरवाज़े से लगी सब सुन रही थी। दरवाज़ा खोल कर बाहर आई, तो यूं लगा जैसे कोई मुर्दा कब्र में से अचानक निकल आया हो!

मुकद्दम ने उसे देखा, तो मुंह से सिर्फ़ इतना निकला, "घर चलो बेटी।"

रेवती ने सांस की तरफ़ देखा। मानो पूछ रही हो, इस वक्त तुम मुझे रुकने को कह सकती हो क्या? सास ने भी समझ ही लिया हो जैसे। उसने कहा, "जाओ, रेवती, अपने थोड़े कपड़े ले लो। यह मनसू पता नहीं कहां मर गया है। एक बार घर से निकला, तो हाथ से निकला।" यह कह कर वह तबेले की तरफ भागी। उसे डर था, अगर देवराज उठकर इधर ही आ गया, तो सब गुड़-गोबर हो जाएगा। क्या करे, अपना ख़ून है। छोड़ा तो नहीं जा सकता। देवराज औंधा पड़ा ख़र्राटे ले रहा था। बुढ़िया वापिस आई, तो रेवती तैयार खड़ी थी।

रेवती ने अपनी सास के पांव छुए और मुकद्दम के पीछे-पीछे जाने लगी।

घर का मोड़ मुड़ते ही उसे दरवाज़े पर खड़ी निक्की बहू मिल गई। रेवती उसे देखते ही उसके गले लग कर बिना आवाज़ किए रोने लगी। निक्की बहू ने कांपती हुई रेवती को सीने से लगा लिया। उसने भी देवराज की गर्जना सुनी थी। वह भी रोने लगी, फिर दोनों अलग हुईं, तो निक्की बहू ने कहा, "जाओ, रेवती, जाओ, यहां तुम्हारे लिए अब कोई जगह नहीं है। जाओ, हमने तुम्हें मन्दिर को दे दिया। जाओ। अगर शाम तक तुम्हारे ससुर आ गए तो देखो आज क्या होता है। वह कसाई मरता क्यों नहीं। रेवती, जब मैंने तुम्हारा गाना

खोला था, तब मैंने हम दोनों का सुहाग मांगा था, पर कहां सुना भगवान ने। जाओ, रेवती इस वक्त दुनिया में मैं तुमसे भी ज्यादा बेचारी हूं। यह भी नहीं कह सकती रेवती मेरे पास रहो। तुम्हारे जीजा जी भी तुम्हारी बड़ी फ़िक्र करते हैं। जाओ रेवती।"

रेवती ने निक्की बहू को रोते देखा तो जैसे उसमें शक्ति का संचार हुआ। उसने निक्की बहू के दोनों हाथ पकड़ लिए। आस-पास सब घरों के दरवाजों पर औरतें खड़ी थीं। रेवती ने दृढ़ स्वर में कहा, "मैं सुबह-शाम प्रार्थना करती हूं, तुम सुखी रहो। यहां पर मेरे मैके की एक तुम ही तो हो। अगर कभी मेरे मां-बाप तीर्थों से लौट आएं और मैं न रहूं, तो उन्हें सभी कुछ बता देना।" यह कहते-कहते उसकी एक सिसकी रुक न सकी।

निक्की बहू ने उसका हाथ दबा कर उसे झिड़की दी, "मरें तुम्हारे दुश्मन। यही मुआ मरेगा एक दिन। आज तो शराब पीकर बुआ के द्वार पर गिरा, फिर कभी कहीं गली-पगडंडी में गिरा तो चीलें, कौए नोच कर खा जाएंगे। अब तुम जाओ, मुकद्दम चाचा खड़े हैं। मैं जल्दी ही तुम्हें मिलने आऊंगी।"

रेवती धीरे-धीरे अपनी पोटली संभाले नीची नज़र किए चलने लगी। मुड़ कर अपनी ससुराल की ओर देखने का उसका मन न हुआ।

मन्दिर की सीढ़ियों पर पहुंच कर उसने देखा मन्दिर में सफ़ेदियां हो रही हैं। संगमरमर की सीढ़ियों पर रगड़ाई चल रही है। सीढ़ी-दर-सीढ़ी दीवार में बने आलों में शिवजी की पिण्डियां जगमगा रही हैं।

जहां ऊपर जाकर मन्दिर के द्वार से पहले सीढ़ियां खत्म होती हैं, वही बाईं ओर एक बड़ा-सा आंगन है जो कच्ची दीवार से घिरा है। आंगन के भीतर से मन्दिर को राह है। यहीं आंगन में मुकद्दम का घर है। पहले लंबा-बरामदा, फिर दालान, पीछे एक दो कोठरियां। कोठरियों के आगे रसोई, जहां पिछवाड़े की तरफ़ दरवाजा खुलता है। वहीं एक कुआं और थोड़ी-सी जगह है, जहां मुकदम ने एक तरफ़ हरा धनिया और मिर्चों के पौधे लगा रखे हैं। एक तरफ़ गेंदे के पौधे भी हैं। ऊपर पहाड़ी है, जहां जंगल झंखाड़ के बीच चमेली व मोतिया हैं। वहां से फल उतारना थोड़ा जोखिम का काम है, इसलिए फूल पीले होकर भी टहनियों से लगे रहते हैं। कहीं-कहीं सूखे फूल भी नए फूलों के संग लगे हैं। बाहर की तरफ़ कच्ची दीवार के आगे गली है जहां से कभी कोई गुज़रता नहीं।

यहीं अब रेवती आ गई है।

पहाड़ी के ऊपर ही गिरीबाबा की एकान्ती है, जिसके ऊपर छाए बरगद से ताज़ा हवा

छन कर मुकद्दम के पिछवाड़े व आंगन में बेरोक-टोक अपने साथ सूखे पत्तों को लिए खेलती रहती है।

रेवती ने रसोई का दरवाज़ा पूरा खोला, तो हवा भीतर आ गई। उसने हाथ धोकर चाय बनाई। मुकद्दम ने पीतल का गिलास अपनी साफी पर प्रकड़ा, तो बुढ़िया खिलखिला उठी। चाय उसे बड़ी पसन्द थी। अपने मलमली दुपट्टे का छोर तहाकर उसने हाथ पर रखा और रेवती के हाथ से चाय लेकर तुरन्त पीने लगी।

मुकद्दम ने कहा, "भाग तो नहीं जाएगी चाय। धीरे-धीरे पियो।"

बुढ़िया ने कहा, "हां"

रेवती ने आंगन में तुलसी पर दीया जला कर हाथ जोड़ कर शुक्र किया। उसने सोचा कल सुबह इसको गेरू मिट्टी से लीप कर सफेद मकोल से बेल-बूटे बना दूंगी। उसे लगा, यही तो घर है, मैका या ससुराल।

सवेरे जब मुकद्दम उठा, तो मन्दिर से लगती दीवार सफेद मिट्टी से पोत कर रेवती ने गोबर व गेरू से कई चित्र बना लिए थे। तुलसी का पौधा भी नया-नया लग रहा था। उसका चौरा भी जगमगा रहा था। मुकद्दम ने कहा, "रेवती इतना सारा कर लिया?"

"हां, चाचा, अब कुआं भी साफ़ करवा दीजिए। न हो तो मनसू को बुला लूंगी।"

"नहीं बेटी, यहां मन्दिर में ही कई लोग अच्छी तरह कुआं साफ़ कर सकते हैं। कल ही क्यों आज ही देखता हूं। गिरीबाबा के आने के बाद तो फिर किसी को फुरसत न होगी।"

रेवती ने दो लोगों को बुला कर पिछवाड़े में खूब सफ़ाई करवा दी। जब कूड़ा धू-धू कर के जलने लगा तो पूरे मन्दिर में धुआँ-धुआँ हो गया। कुएं से निकले कीचड़ को रेवती ने वहीं दीवारों के सहारे क्यारियां बनवा कर डलवा दिया। पिछवाड़ा सुन्दर हो उठा। मुकद्दम ने कहा, "रोज़ कुएं से पानी निकलेगा तो कुआं स्वच्छ हो उठेगा। क्यारियों में बीज बोने की देर है। इतनी खाद है। सब गुलज़ार हो जाएगा।"

शाम को हुक्का पीते-पीते मुकद्दम ने रेवती से कहा, "देखा, तुमने तीन लोटे और दो डोल निकाले हैं कुएं में से। ये चाबियां तब की कुएं में हैं, जब बुढ़िया-सुनती थी। बड़े महन्त के ऊपर वाले कमरे की चाबियां एक दिन मेरे पास थीं, फिर कभी मिली ही नहीं। इसी ने फेंक दी होंगी। बड़े महन्त जी ने शहर से चाबी वाला बुलवा कर ताले खुलवाए थे। देखो, हंस रही है। इसे पता है, इसी की बात हो रही है।"

रेवती ने चाय पीते पीते पूछा, "अब महन्त जी की चाबियां किसके के पास हैं?"

मुकद्दम लापरवाही से बोला, "किसकी, गिरीबाबा की? उन्हें चाबी ताले की ज़रूरत नहीं। वह तो बिल्कुल साधु हैं। इसीलिए तो संकटमोचन और उसकी मंडली रोज़ शाम को नशा-पत्ती के वक्त बादाम चाबते हैं।"

बुढ़ियां बोली, "बादाम कहां हैं। मैंने तो कई सालों से उनकी शक्ल नहीं देखी। कभी-कभी मन्दिर से खीर आती है, तो उसमें पड़े हुए दिख जाते हैं।"

मुकद्दम ने चुहल की, "अब तुम बादाम कैसे चबाओगी?"

बुढ़िया झट से बोली, "लाकर तो दो, मैं सिल पर पीस लूंगी। क्या जिनके दांत नहीं होते, वे बादाम नहीं खाते? "

रेवती हंसने लगी, तो बुढ़िया बोली, "जब तुम मन्दिर में जाओगी, मेरे लिए बादाम लाना रेवती।"

आजकल बुढ़िया या तो माला जपती है, या रेवती। रेवती भी तन-मन से उस घर की सेवा में लगी रहती है। जैसे यही उसका घर हो। मैका तो मां-बाप से होता है, दीवारों से नहीं; और मां-बाप का तो एक कार्ड भी इतने दिनों से नहीं आया। यह दुःख भी रेवती को सताता था। उसने खाली वक्त में पिछवाड़े की क्यारियों में धनिया, पोदीना, फूल, मिर्चे और सब्जियां बो दीं। कूएं का पानी भी हिलने-डुलने से साफ और मीठा हो गया। रेवती सोचती, गिरीबाबा पता नहीं अंकुर निकलने से पहले आएंगे या बाद में। मुकद्दम सोचता, क्या फायदा क्यारियों का? रेवती के जाते ही फिर ये घर भूत का डेरा हो उठेगा। बुढ़िया को चिन्ता थी, रेवती चली जाएगी, तो इतनी बढ़िया चाय कौन पिलाएगा!

एक दो बार रेवती का ससुर बाज़ार में मुकदम को मिल कर कह भी चुका था कि रेवती को वापिस भेज दो, पर मुकद्दम टाल गया। बाज़ार में वह उसे देवराज के बारे में न बताना चाहता था। उसने सोचा, पता नहीं इसे पता चला भी है या नहीं। रेवती की सास तो बताएगी नहीं। मुकद्दम ने कहा था, "अभी तो भाई जी, रेवती को भंडार का काम भी समझाना पड़ेगा। इतना बड़ा मन्दिर-मठ है, धीरे धीरे समझेगी।"

रेवती के ससुर ने कहा था, "मेरी बहू को खाने की कमी नहीं है। उसे तुम्हारे मठ में जाने की क्या ज़रूरत है?"

मुकद्दम ने उसकी आंखों में झांकते हुए कहा था, "इसके मां-बाप को भी आ जाने दो। लड़की इतनी बड़ी ज़िन्दगी कैसे काटेगी। मन्दिर में तो भगवान का सहारा है। फिर जैसे तुम सब सलाह करोगे। अभी तो उसकी मनःस्थिति ठीक नहीं है।"

रेवती के ससुर ने नज़रें झुका ली थीं। गांव में पुलिस तो वारदात के बाद ही आती है। चौधरी को तो अदालतों की तारीख़ें और ज़मीनों के चक्करों में शहर जाना ही पड़ता है। फिर मन्दिर में सुरक्षा भी तो है।

बूढ़े ने सोचा, मैं देखो अपनी ही पत्नी से हार रहा हूं। न यह देवराज होता, न घर की इज़्ज़त इस तरह मन्दिर में जाने को मजबूर होती। रेवती का ससुर उतना बूढ़ा न था, जितना कि उसे सुन्दर की मौत ने अशक्त कर दिया। जवानी में तो इसका दबदबा कितना था, यहां चौधराइन की खिच-खिच भी सारा दिन ही चलती थी। इसलिए बाज़ार में बैठने में ही कुशल थी। बूढ़ा बहुत दुखी था। बेटा चल बसा और बहू मन्दिर में आ गई। मनसू न हो, तो उसको किसी का घर से बाहर जाना या भीतर आना भी पता न चले। बूढ़े ने बेबसी की एक आह भरी।

रेवती भी यहीं रहना चाहती थी। महंत जी की खबर सबसे पहले यहीं तों आएगी। कहां चले गए, इसकी चिन्ता उसे खाए जा रही थी। रेवती ने सोचा, बात भले ही न करें, यहां रहैं तो। मुझे बचाकर यह कहां जा सकते हैं। मर गई होती, तो महन्त जी को ही कहां अमरनाथ जाकर न आने की सूझती!

अब तो मन्दिर चकाचक हो गया था। रोज़ गिरीबाबा की प्रतीक्षा होती। रोज़ रेवती के मन की धड़कन बढ़ जाती। रोज़ वह अपना घर इस तरह सजाती, जैसे आज ही गिरीबाबा आ रहे हों। इन्तज़ार में भी कितना जीवन है। जीवन ही जीवन। मृत्यु की कोई आहट नहीं।

तभी एक दिन संकटमोचन ने हांफते-हांफते आकर मुकद्दम को सूचना दी कि गिरीबाबा पिछले गांव पहुंच चुके हैं। तड़के ही आ जाएंगे। भंडारे का इन्तज़ाम ज़बरदस्त होना चाहिए और मुकद्दम भाई, चाहो तो बिटिया को कल संग ही ले आओ। भंडार में तो बस चूहे-ही-चूहे हो गए हैं। हां, और सुना है कि गिरीबाबा के साथ और भी कोई संत आ रहे हैं।

मुकद्दम ने कहा, "गोसाईं जी, सत्तवचन, जैसे आप कहेंगे, वैसा ही होगा।"

"न, हमने क्या कहना है। गिरीबाबा ने तो तुम्हें कहा ही है, फिर भंडारे का अन्दाज़ा तो भक्तिनों को ही रहता है। ये आएंगी, तो हमारा भी ध्यान रखेंगी।"

रेवती सुन कर पिछवाड़े में कूएं की जगत पर जा बैठी। कूएं में झांक कर उसने अपना चेहरा देखा; और देखती रह गई। एक अदृश्य परत मखमल की, या सुगंधि की उसके चेहरे पर छा गई थी। कल···कल आने वाले क्या इसे देख पाएंगे? आस-पास कोई–न था। उसने उठकर देखा, क्यारियों में अंकुर मिट्टी में से ऐसे ही सिर उठाने का यत्न कर रहे थे, जैसे दूध पीता बच्चा कभी शरारत से टांग हिलाता हुआ मां के आंचल से निकलने का यत्न करता है। रेवती उन्हें देखती ही रह गई।

सवेरे काम निपटा कर रेवती मुकद्दम के साथ मन्दिर चली गई। भंडार-घर के भीतरी दालान में दीवारों तक रखे थालियां, गिलास, कटोरे, पतीले, कड़ाह देख कर रेवती हैरान रह गई। पूरी दीवारों से लग कर बर्तन खड़े थे।

मुकद्दम ने रेवती को हैरान देख कर कहा, "ये तो बरसों से इकट्ठे हुए बर्तन हैं। हजार आदमी भी आ जाएं, तो बर्तन कम नहीं पड़ते। आज तो सभी बर्तन चमक रहे है। नहीं तो यहां जाले लगे हुए थे।"

रातों-रात गिरीबाबा के अमरनाथ स्वामी से लौट कर आने की चर्चा फैल गई थी। भंडारा तो होगा ही, ये सोच कर लोग सुबह से ही दूध की डोलचियां, लोटे, पतीले लेकर आने लगे। संकटमोचन ने शाम से ही हलवाइयों को बुला लिया था। रात को हलवाइयों ने चूल्हे बना कर आलू उबलवा लिए थे। वैसे तो खीर और मालपूए का प्रबंध था, पर संकटमोचन का कहना था, नमक की किसी चीज़ के बग़ैर आंतों में कीड़े बन जाने का खतरा है, इसलिए दही-मिर्ची वाले आलुओं का विशेष प्रबंध था। संकटमोचन को हरी मिर्चें बहुत पसन्द थीं। अपने सामने वह एक गरीब भक्त से हरी मिर्चें कटवा रहा था।

कल रात नशा-पत्ती भी इसी जगह पर हुआ था। बादामों के छिलके एक तरफ़ पड़े थे। हलवाइयों को यह कहकर संकटमोचन ने चुल्लू-चुल्लू-भर पिला दी थी कि शंकर के नैवेद्य के बग़ैर क्या भंडारा। सवेरे औटाये जा रहे दूध पर मलाई आते देख संकटमोचन नाराज़ होकर बोला, "कल शाम जो दूध आया था, उस पर तो किसी ने मलाई आने ही नहीं दी। झाग से भरे कटोरे हाथों-हाथ बंट गये। अब हलवाई जी यह ध्यान रखना, जब मलाई आए तो कोई नशई उड़ा न जाए। हम बर्तन दे देंगे। उसी में रहे। गिरीबाबा को भी मलाई पसन्द है।"

उसके उठ कर जाते ही सब फुसफुसाने लगे। सब को मालूम था, मलाई का नशई यही है। गिरीबाबा तो लालच व स्वाद से परे हैं।

कड़ाहों में दूध उबल रहा था। भीगे हुए चावल डालते समय हलवाई बोला, "खुद ही तो संकटमोचन खीर बनाने के लिए कह गए हैं और खुद ही मलाई को रो रहे हैं।" सब हंसने लगे।

पहाड़ी पर बने इस मन्दिर के विशाल प्रांगण में हज़ारों लोग आ सकते थे। वहीं एक तरफ़ रसोई लगी थी। मैदे के आटे का घोल चीनी चाशनी और सौंफ़ की खुशबुएं लपटें मार रही थी। हवा में एक बड़े पर्व की धमक थी।

भंडार-घर दिखा कर मुकद्दम रेवती को घर ले आया।

रेवती ने सवेरे क़ाफी अंधेरे में ही मन्दिर का द्वार साफ़ करके एक तरफ़ स्वागतम लिख दिया था। एक तरफ़ कमल के फूल बनाकर, जब वे सूख गए तो पानी की बूंदे छिटक दीं।

अपना घर भी खूब चमका दिया। गिरीबाबा के कमरों की सफ़ाई उसने उनके प्रिय शिष्य नंदू के साथ मिल कर यूं की कि हर जगह रेवती की छाप अलग से दिखाई देने लगी। उनकी गद्दी पर मानो चांदनी बिखर रही थी। गिरीबाबा के शयन-कक्ष में तकिए के नीचे उसने मोतियों के फूल रख दिए। कांसे की एक बड़ी-सी थाली में पानी भर कर उसमें हरसिंगार के फूल लिटा दिए। कमरा अनोखी महकों से भर उठा। कांसे की थाली का पानी धीरे-धीरे केसरी होने लगा। खद्दर की चदरें धोकर उसने लोहै की इस्तरी मार कर तह लगा दी। एक सलीके और सुघड़ता से गिरीबाबा का कक्ष सुवासित हो उठा।

सवेरे नहा-धोकर जो रेवती ने गीले बाल बांधे थे सो अभी खोले न थे। घर आकर उसने सोचा, बाल बंधे रहेंगे, तो सर दर्द करेगा। पिछवाड़े जाकर उसने एक झटके से बाल गिरा दिए। वहीं एक तरफ़ लगे बेर के दरख्त पर सुबह के सूरज की कमज़ोर परछाई लहरा रही थी। वहीं जाकर वह खड़ी हो गई, फिर रोने लगी। क्यों इतना आदर-सत्कार कर रही है? किसके पास इन सब का मूल्य होगा?

दूर से कहीं आते ढोल की आवाज़ से वह चैतन्य हुई। आज सुबह ही चाची ने उसे काम में लगी देख, चाय बना दी थी। उसने सोचा, एक चाय तो और भी चल सकती है।

अब ढोल के दमदमे के साथ ढोलक की आवाज़ भी पास आती जा रही थी। रेवती का मन धक-धक करने लगा। वह ध्यान लगाकर सुनने लगी। क़रीब आते स्वर अब बाज़ार तक पहुंच चुके थे। रेवती ने अनुमान लगाया, अब मुड़ कर सीढ़ियां चढ़ेंगे। आवाज़ें पास आती गईं। रेवती का मन बेकाबू होने लगा।

"जै शिव शंभु भोले नाथ!
मेरी डोरी तेरे हाथ!"

इन स्वरों के बीच उसे मंगतू मीरासी का भोंडा स्वर सुनाई दिया। उसे हंसी आ गई। यह उसके गांव में भी मेलों में आया करता है।

स्वर एकदम क़रीब आ गया था,

दीना के बंधु दीना के नाथ!
मेरी डोरी तेरे हाथ!

धूप क़ाफी तेज़ हो गई थी। खे रसोई में आकर देसी चाय का गिलास राख में से बाहर निकाला, वह कोसा-कोसा था। वो एक ही सांस में पूरा गिलास पी गई। तभी उसे ख्याल आया, इतनी भीड़ में गेरू से लिखा, उसका स्वागतम क्या गुम न हो जाएगा।

चाची प्रसन्नचित्त द्वार पर खड़ी थी। मुकद्दम तो वहीं गिरीबाबा के साथ होंगे। रेवती दरवाज़े की ओट में खड़ी हुई, तो बुढ़िया बोली, " आओ-आओ, यहां आओ, नहीं तो दर्शन न ह्णेंगे।" रेवती ने मना किया और वहीं खड़ी रही।

गिरीबाबा ने देखो, सब कुछ बदला हुआ है। जैसे वह पहली बार यहां आए हों। हो सकता है स्वागतम पर भी नज़र पड़ी हो।

मन्दिर के प्रांगण में बाईं ओर गणपति की विशाल मूर्ति की पूजा करके गिरीबाबा सीधे बुढ़ऊ शिव के मन्दिर में आ गए।

इतने दिनों बाद बचपन से परिचित मूर्ति को देख उन्होंने शिव का वही चरण पकड़ लिया, बाहर कीर्तन चल रहा था। गिरीबाबा वही चरण पकड़ कर संज्ञाहीन से हो गए। वह भूल गए, यह अमरनाथ स्वामी की गुफा में बर्फ की बूंद टपकने का स्वर है, या कीर्तन का। 'शंभो! शंभों!' से कोना-कोना गूंज रहा था। पंजाब से आया एक भक्त आत्म-वि- भोर होकर गा रहा था।

शंभु-शंभु-शंभु तैत्थों सारा जग मंगदा
सारा जग मंगदा मंग के नीं संगदा।
शंभु-शंभु ....

(शंभु तुम से सारा संसार मांगता है। मांग के उसे कोई संकोच नहीं होता।)

संकटमोचन तो गिरीबाबा के हाथ शिव के संगमरमरी चरणों पर जाते ही घबरा उठा था। अब उन्हें संज्ञाहान देख कर आपातकाल की घोषणा करना चाहता था। उसने सोचा, अगर यह फिर समाधि में चले गए, तो सारी दावत फिस्स हो जाएगी। उसने गिरीबाबा के चरणों पर माथा रख दिया। गिरीबाबा चौंक कर बैठ गए। उन्होंने अपना हाथ संकटमोचन के सर पर रखा, तो उसकी जान में जान आई।

दूर एक कोने में खड़े मुकद्दम ने देखा, मुंह पर तेज़ बढ़ जाने पर भी गिरीबाबा का सारा चेहरा सूख रहा है। उनकी नज़र जैसे कुछ तलाशती है। कठोर साधना ने दो महीने में ही उन्हें कमज़ोर कर दिया है।

मन्दिर में बाहर मालपूए और खीर का प्रसाद बंट रहा था। भक्त जन घरों को लौट रहे थे। मुकद्दम भी घर में प्रसाद ले आया था। बुढ़िया ने मुंह में आलू रखा, तो पानी-पानी चिल्लाने लगी, फिर मालपूए और खीर को देखकर हंस पड़ी।

शाम गहरा रही थी। बुढ़िया और मुकद्दम मन्दिर चले गए थे। शाम की आरती के बाद वहां सत्संग चल रहा था। रेवती आज अनमनी थी। उसने बाल भी न बांधे थे। कमर से नीचे तक लहराते बाल रूखे होकर बिखर गए थे। उसने तुलसी के चौरे पर दीया जलाया। झुसमुसे में दीया मुक्त शिशु की तरह मानो तालियां बजा कर हंसने लगा।

रेवती ने गोबर से लिपे ठंडे चौरे पर माथा टेक दिया। मन में कोई इच्छा नहीं, दुविधा नहीं, कोई वरदान की कामना नहीं। बस, माथा टेक कर सुस्ताने का एक उपाय।

थोड़ी देर बाद जब एक तरफ़ से बयार रुकी तो उसने माथा ऊपर उठाया। देखा, गिरीबाबा खड़े थे। उसे विश्वास न हुआ। टकटकी लगाकर देखती रही। वह भी इसी को देख रहे थे। गिरीबाबा के पीले वस्त्र के भीतर रुद्राक्ष की माला उठ-गिर रही थी। उसकी दृष्टि वहीं जाकर जम गई। गिरीबाबा की बंद मुट्ठी उसने खुलती देखी। उसमें तुलसी की माला थी। गिरीबाबा ने उसे देकर कहा, "लो रेवती ये चन्दनवाड़ी से तुम्हारे ही लिए ले ली थी। भजन में बड़ा सुख है। बड़ी तृप्ति। बड़ा संतोष।"

"ओम् नमः शिवाय" कह कर गिरीबाबा मानो गायब हो गये। जैसे धीरे से आये थे, वैसे ही चले गए। न कोई सवाल पूछा, न उत्तर ही दिया। रेवती वहीं देखती रही, फिर उसने तुलसी के चौरे पर रखे दीये की फड़फड़ाती लौ को ध्यान से देखा और उसी लौ में माला देख कर ज़ोर से बोल उठी, "मैं जप करके क्या करूंगी?"

उसने माला को छुआ। गिरीबाबा सच में आए थे, तो सिर्फ़ यही उसका प्रमाण है। रेवती की सांस धौंकनी-सी चलने लगी।

"हां, गिरीबाबा आये थे।"

धीरे-धीरे चलती हवा में अभी भी उनके आने की खुशबू बसी हुई थी। दीये की मचलती लौ से तुलसी की पत्तियों की परछाइयां गोबर लिये आंगन पर झूम रही थीं। यहीं गिरीबाबा खड़े हुए थे। उनकी खड़ाओं के एक कोने से ज़रा-सी ज़मीन खुरच गई थी। रेवती ने झुक कर उसे छुआ। मिट्टी गीली थी। उसने अपनी हथेली पर मिट्टी रखी और कहा, "नहीं, में यह माला न जपूंगी। अब कौन सी इच्छा है, जिसके लिए माला जपनी है।"

पहाड़ी ठंडी हवा का एक ठंडा झोंका मर्दाने हाथ की तरह उसे कंपा गया। उसने खीज कर ज़ोर से कहा, "नहीं मैं नहीं जपूंगी।"

दीये की लौ और रेवती दोनों ही इस ठंडे झोंके से कांपने लगी। रेवती ने देखा, तुलसी की पत्तियों की हर परछाई में मानो गिरीबाबा खड़े थे।

रेवती ने मन-ही-मन सोचा, यह मेरा दूसर जन्म है। पहला तो बचपन ख़त्म होते ख़त्म हो गया। अब यह दूसरा जवानी के आंरभ में शुरू हुआ है। इस पर अब सिर्फ़ मेरा हक है। मैं इसकी हत्या न करूंगी। जीवन को माला जपने की मंदी आग में बुझाना भी धीरे-धीरे आत्महत्या करना है।

अकेले में उसे हमेशा मां-बाप याद आते थे आज भी आए। इकलौती बेटी को कसाइयों के हवाले करके तीर्थों में जाना कौन-सा पुण्य है। उसकी समझ में न आया। बापूजी तो हमेशा शहर या इधर-उधर जाते ही रहते थे, पर मां, क्या मेरी सगी मां भी मेरा दर्द नहीं समझती?

सुन्दर के मरने के बाद जब उसकी मां औरतों में बैठती थी, तब सभी यह कहतीं, "अगर रेवती का एक भाई होता, तो इसे कुछ सहारा होता।"

उसे ध्यान आया उसने मनसू से उड़ती-उड़ती खबर सुनी थी, कि उसके माता-पिता पुत्र प्राप्ति के लिए ही एक बहुत बड़े संन्यासी की सेवा में लगे हैं। भगवान के घर में न अंधेर है, न आश्चर्य। हो सकता है उनकी मनोकामना पूरी हो जाए। इतनी ज़मीन-जायदाद, पिछली कुठरिया में किसी कोने में ज़मीन में धंसी पीतल की ढकक्कन वाली बालटी, जिसे एक-दो बार निकाल कर उसकी मां ने धूप दिखाई थी। बालटी में क्या मोटे-मोटे सोने के भारी ज़ेवर हैं। चान्दी के कितने ही बर्तन कोठरी की आलमारी में भरे पड़े हैं। कितने तो उन्होंने रेवती को ही दिए थे। पता नहीं कहां हैं।

माला को हाथ लगा कर रेवती ने सोचा, इसमें मेरा भविष्य नहीं हो सकता। उसने माला उतार कर हाथ में ले ली। उसे मुंह तक ले गई। उसे मर्दाने पसीने की मादक गंध आई। उसने उसे भीतरी कपड़े में छुपा लिया। दीया ही इस बात का साक्षी था कि गिरीबाबा आए थे। उसने उसे फूंक मार कर बुझा दिया और रसोई में जाकर ज़मीन पर ही लेट गई। उसे न जाने कब नींद आ गई।

शाम उतराते ही कोई आकर बुढ़िया को द्वार तक छोड़ गया। शाम को बुढ़िया को रतौंधी होती है। उसे कुछ दिखाई न दिया। दीया जलता है, तो कुछ फ़िर भी दिखता है। बुढ़िया डर के मारे वहीं से चिल्लाई, "रेवती, ओ रेवती। सो गई क्या बेटी? अभी तो शाम के तारे पूरी तरह से नहीं खिले।" थोड़ा रुक कर बुढ़िया फिर बोली, "एं ऽ ऽ ऽ तुलसी पर आज दीया भी नहीं जलाया।"

इस आवाज़ के साथ रेवती जग गई। उसने आकर बुढ़िया को पकड़ा और सहारा देकर बरामदे में चारपाई पर बिठा दिया। उससे बात करना तो फ़िज़ूल था। क्योंकि दिन में तो होठों की हरकत से उसे अंदाज हो जाता था। रात के समय कुछ पता न चलता था, पर बुढ़िया होशियार थी। उसे लगा, इतने समय में रेवती ने ज़रूर कुछ कहा होगा। उसने झट से कहा, "ऐं, क्या कहा?" रेवती ने उसके कंधे को हौले से दबा दिया। मानो सवाल समझ आ गया। बुढ़िया बोल उठी, "अब क्या खाऊंगी। खीर और मालपूए से मन भर गया है। मैंने तो नरम-नरम पूए खाये। आस-पास का सख्त हिस्सा कौओं को डाल दिया। खीर में खांड कम थी। ये हलवाई कंजूसी कर जाते हैं। मैंने तो पूए की चाशनी डलवा कर खाई। ख़ूब पेट भरा है। आलू न होते, तो उबकाई आ जाती। बड़े पते का है संकटमोचन। आलू उसी ने बनवाए थे। चल, तू मुझे कोठरी में ले चल, अब लेटूंगी। यहां बड़ा मच्छर है। तुम्हारा चाचा देर से आएगा। खाना तो वो भी नहीं खाएगा। अरे, बूढ़ी हड्डियों में इतना दम कहां है कि खाते ही रहो। जब जवान था, शाम को खाकर फिर बाज़ार का चक्कर लगा के रात को भी खाता था। पहाड़ों पर वैसे भी भूख ज्यादा लगती है। मन्दिर से दो बार आओ-जाओ, तो खाना हज़म हो जाता है।"

तृप्त बुढ़िया चुप ही न होना चाहती थी। रेवती ने उसकी बातें सुनते-सुनते ही दीया जला दिया, लालटेन बरामदे में रख दी। और चाय चढ़ाने लगी। तभी बुढ़िया ने जैसे कुछ याद करते हुए कहा, "रेवती, मेरे सिरहाने पानी जरूर रख देना। इतना मीठा खाया है, प्यास तो लगेगी ही, फिर पानी न पियो तो सारी रात दरियाओं के ख्वाब आते रहते हैं; और नहीं तो क्या! हे राम। बेटी अपनी ससुराल न जाना। तेरी सास बड़ी राच्छसनी है। यहीं रहना तुम। यहां तक पूए खाने आई थी तुम्हारी सास, पर तुम से मिल कर नहीं गई। बड़ी कमज़ात है। कमीनी कहीं की।"

गाली से जैसे गुबार निकल गया। बुढ़िया खर्राटे लेने लगी, पर रेवती जहां खड़ी थी, वहीं खड़ी रह गई। उसे लगा, वह इस ज़रा से स्थान पर हमेशा से अकेली खड़ी है। उसको लगा। आज सुन्दर फिर एक बार मर गया है। नहीं तो क्या सांस झांकने भी न आती। मां बाप के लिए तो वह जैसे है ही नहीं, पर सास-ससुर तो अभी तक ऐसा न समझते थे। यह अचानक क्या हुआ। तभी उसने अपने पांव के नीचे कुछ लिजलिजा सा महसूस किया। खड़े होकर लालटैन की मद्धम रोशनी में देखा, धीरे धीरे रेंगता हुआ सांप जा रहा था। कुछ भय से कुछ असहायता से रेवती ने सिसकी दबा कर सोचा, भगवान, मैं इतनी बेज़रूरत हूं कि सांप ने भी काटने की तकलीफ़ न की।

उसने देखा सांप की पूंछ जरा-सी ऊपर उठी और एक ही हमले में दहलीज़ पार कर गई। सांप अब रसोई से पिछवाड़े की तरफ़ चला गया।

रेवती ने कहा, "भोलेनाथ, तुम्हारा गले का यह हार मुझे रास्ता दिखा गया है। मैं अकेली हूं। निपट अकेली।" रेवती चटाई बिछाकर वहीं लेट गई।

दूसरे दिन नहा-धो कर वह मन्दिर गई, तो देखा, गिरीबाबा बाहर पीपल के नीचे चौत्तरे पर बैठे हैं। कल के चूल्हों की राख़ एक तरफ़ इकट्ठी करके रखी हुई है। चौत्तरे के आगे कई लोग। दर्शनों को आ रहे हैं। बावड़ी से पानी की गागरें भर-भर कर औरतें लाती हैं और आंगन धो रही हैं। गिरीबाबा के नेत्र बंद हैं, पर हाथ रुद्राक्ष की माला पर बराबर चल रहे हैं। कभी-कभी आंख खोल कर पांव पर माथा टिकाने वाले को आशीर्वाद भी देते हैं। रेवती ने सोचा, इसके बाद यह ज़रूर पहाड़ी पर जाएंगे। मुकद्दम ने कहा था, उनको एकान्त बहुत पसन्द है। दर्शनों के बाद वहां जाकर बैठते हैं। रेवती को रास्ता तो मालूम न था, पर उसके सोचा, नंदू को पूछ लेती हूँ। नंदू गिरीबाबा के कमरे में बैठा पढ़ रहा था। रेवती गई, तो आंख उठा कर देख कर फिर पढ़ने लगा। रेवती ने पूछा, "नन्दू, महन्त जी यहां आएंगे क्या?"

"नहीं, वह अब पहाड़ी पर जाकर भजन करेंगे।"

"फिर तुम इतना क्यों पढ़ रहे हो?"

"गिरीबाबा कहते हैं, मैं रहूं न रहूं, पढ़ना चाहिए।"

रेवती ने फिर पूछा, "पहाड़ी पर जाकर महन्त जी क्या करते हैं?"

"मुझे क्या पता।" नंदू बोला, "ध्यान करते होंगे। संन्यासी और क्या करेगा।"

रेवती को हंसी आ गई, कहने लगी, "यह पहाड़ी है कहां।"

नंदू ने बुर्जुगाना लहजे में कहा, "बुआ कल तुम सारा दिन भंडारे में थीं, वहीं जाते वक्त बाईं ओर जो चमेली की झाड़ी है, वहीं से तो ऊपर रास्ता जाता है।"

रेवती ने कहा, "वहां बेल का वृक्ष भी है क्या"

"हां, वहां बरगद, बेल, बेर, फूल सब के दरख्त हैं।"

रेवती ने कहा, "बेल-पत्र तो चाहिए ही।" यह कह कर उसने अपना बर्तन काख में दबाया और हिरनी की तरह पहाड़ी चढ़ गई। वहां दरख्तों के बीच बायें हाथ में उसे चट्टान दिखाई दी। मानो बैठने के लिए ही बनाई गई हो, उस पर बरगद के फलों और कबूतरों की बीथ के धब्बे थे। रेवती ने बरतन के जल से सारी चट्टान धोकर अपनी साड़ी से पोंछ डाली। चट्टान चमकने लगी। उसने गिरीबाबा की दी हुई तुलसी माला का 'न' अक्षर बनाकर उसे चट्टान के बीचों-बीच रख दिया और बोली, "मैं न जपूंगी माला।"

इधर-उधर देखा, कोई न था। एक तरफ़ सूखी टहनियों का झाड़ू पड़ा था। उससे चट्टान के आस-पास सफाई कर के वह नीचे चली गई। चमेली की झाड़ी के पास पहुंच कर उसे लगा, बेल-पत्ते तो लाई ही नहीं। वहीं झाड़ी से उसने पिछली तरफ़ बचे हुए कुछ फूल उतारे और धीरे-धीरे नीचे आ गई। फिर बावड़ी में पानी भरने चली। उसने शिवजी को जल चढ़ाना था।

बावड़ी पर एक तरफ़ बैठी पसार वाली ताई दातुन कर रही थी। थूक कर बोली, "ओन्ना नमः शिवाय! अरे, रेवती तू अभी मन्दिर में ही है?"

उसके पांव छूकर रेवती ने कहा, "हां, ताई जी। यही हूं।"

ताई ने उसे इशारे से, पास बुलाया, फिर बैठा कर बोली, "तेरे यहां रहने से देवराज की तो मौज है। बुआ को ख़ूब लूट रहा है। अभी उसके घर लड़का पैदा हुआ है। तेरी सास ने मेरे कुंजू के हाथ ही तो उसे चांदी के बर्तन भिजवाए हैं। मैंने तो नहीं देखे, पर कहीं तेरे दहेज के तो नहीं हैं। वैसे तो सब तेरा ही है।"

रेवती के कहा, "ताईजी, मेरा कुछ नहीं है। जो था, वह कहां रहा। अब सोना चांदी लेकर क्या करुंगी?" यह कह कर उसने ताई के पांव छुए और बर्तन पानी से भर कर चल दी।

सीढ़ियां चढ़ते समय उसने सोचा, यह वही सीढ़ियां हैं, जहां से गिरीबाबा उसे उठाकर कमरे में ले गए थे।

उधर ताई की आंखें हैरानी से कपाल पर जा चढ़ीं। उसने ठोडी पर उंगली रखकर आसमान को कहा, "हे, प्रभो! यह दो उंगल की छोकरी मुझे वेद पढ़ाएगी क्या? ··सच ही इसके मन में मोह नहीं रहा। इतने बड़े ऋषि-मुनि दिन रात भांग खा कर तपस्या करते है तब कहीं जाकर मोह छूटता है।"

मोह से उसे याद आया। आज उसकी गाय बिया सकती है। उसने जल्दी-जल्दी नहा कर सीढ़ियों के आलों में बनी शिव की पिण्डियों पर दो-चार छींटें डाले और तेजी से घर की ओर जाने लगी। बाज़ार से गुज़रते हुए उसे रेवती की आवाज़ आने लगी। 'मेरा कुछ नहीं है। मेरा कुछ नहीं है।' उसे गुस्सा आ गया। उसने सोचा जाकर रेवती की सास का झोंटा पकड़ लूं। पर तभी उसे ख्याल आया। आजकल उसके व्रत चल रहे हैं; और चाय के लिए दूध रेवती की सास ही देती है।

उसने सोचा, बस, एक बार मेरी गाय बिया जाए। बस, फिर तो मैं इसकी ड्योढी न झांकूंगी।

आज-कल रेवती की सास ख़ूब उदार हो उठी थी। जब-तब देवराज आकर चिल्लाता रहता था। सारा मुहल्ला सर पर उठा लेता था। हर किसी की बहू बेटी डर के मारे घर में घुस जाती। जब रेवती का ससुर न होता, तब देवराज अपनी बुआ के आंगन में बिछे तख्तपोश पर बैठा-बैठा बंदूक में फूकें मारता रहता। खुले दरवाज़े पर उराकी नज़रें अटकी रहतीं। जब से उसके बेटा हुआ है, तब से तो नहीं आया, पर कभी भी आ सकता है।

पसार वाली ताई अपनी लुटिया लेकर रेवती की सास के पास चली। उसकी गाय सुस्त लेटी पड़ी थी। बीच-बीच में दर्द से डकार रही थी। पसार वाली रेवती की सास के पास आकर बाहर तख्तपोश पर उकडूं बैठ गई।

रेवती की सास ने कहा, "मेरा भाग्य देखा, बेटा मर गया और बहू मन्दिर चली गई। इतने पाप तो मैंने नहीं किए हैं।"

पसार वाली ने उसे तीख़ी नज़रों से देखा और बोली, "तुम भी तो कल मन्दिर गई थीं। उससे कहां मिलीं। बड़ी दुखी है रेवती; और बुरा मत मनाना बहन, तुम्हारा भतीजा भी तो आता ही रहता है।"

रेवती की सास अपनी दीन-हीन मुद्रा से उठकर एकदम शेरनी की तरह दहाड़ी, "किसी के बाप का डर है क्या? क्यों न आए? रास्ता किसी का मौरुस तो नहीं है न अब एक ही बुआ हूं। आना-जाना कैसे छोड़ दे। लाओ लुटिया, तुम्हें दूध दे दूं।"

पसार वाली भी तमक कर बोली, "दूध रहने ही दो, बहुत पी लिया। शिवजी चाहेंगे, तो शाम तक मेरी गाय बिया जाएगी। बाकी तुम्हें याद ही होगा, सुन्दर बीमार था, तो मैंने न दिन देखा, न रात, सातों दिन उसकी नब्ज़ थाम कर बैठी रही। चुल्लू भर दूध क्या देती हो, अपने को राजा हरिचन्दर समझने लगी हो।"

पसार वाली का सुर ऊंचा हुआ, तो रेवती की सास ने ब्रह्मास्त्र छोड़ा। ऊंचे-ऊंचे रो कर बोली, "मैंने तुम्हें कभी दूध के लिए मना किया हो, तो मुझे कीड़े पड़ें। यहां कौन पीने वाला है। सोचा था, सुन्दर बीमार रहता है, इसलिए दुधारु गाए रख ली। अरे लोगो, अगर भगवान की नज़र सीधी रहती, तो बाल-बच्चे भी हो सकते थे। मैं उस गरीबनी का गला थोड़ी काटना चाहती थी। अब बेटे को भगवान ने उठा लिया, तो क्या करूँ। न बहू छोड़ सकती हूं, न भतीजा। तो भी मुए मुहल्ले वालों ने बूढ़े के कान भरने में कमी नहीं की। अरे लोगो ऽ ऽ ऽ एक थका मांदा आता है। इधर से गुज़रता हुआ झांकता है, तो मुंह हाथ धोए, पानी पिए बग़ैर कैसे जाने दूं।"

पसार वाली ने लुटिया उठाते हुए कहा, "अरे, भगवती, माफ़ कर, तेरे साथ तो ब्रह्मा भी नहीं जीत सकता, मेरी क्या बिसात है। भाऊ ने पता नहीं कैसे इतने दिन काट लिए।"

रेवती की सास ने कहा, "बैठ-बैठ, बड़ी आई भाऊ की भाभी! अरे, मैं तुम्हें दूध लिए बग़ैर थोड़ी जाने दूंगी। मेरी भी तो तुम कुछ लगती हो। दुःख के मारे अंट-संट बकती हूं। क्या करूं और किसी पर मेरा वश कहां चलता है।"

पसार वाली ने कहा, "यह बात तो ठीक ही है। बस तो अपनों पर ही चलता है। ले फोड़ ले मेरा सिर!"

रेवती की सांस ने कहा, "राम-राम! क्यों पाप चढ़ाती हो। पता नहीं, आगे क्या किया था, जो इस हालत में हूं।"

पसार वाली बोली, "घर में गाय आज सुस्त पड़ी है। दो दिन से उसे अजवायन मिला कर गुड़ की चूरी दे रही हूं। बछड़ी-बछड़ा हो, तो उसकी भी जान छूटे और मेरी भी।"

रेवती की सास उठ कर पसार वाली की लुटिया दूध से भर लाई। पकड़ाते हुए बोली, "अब तुम्हारी गाय बिया जाएगी, तो कहां तुम्हारे दर्शन होंगे।"

पसार वाली लबालब भरी लुटिया देख कर प्रफुल्लित हो उठी। मुहल्लेदारी के लंबे अर्से और साथ ने ज़ोर मारा तो बोली, "तुम्हारे पास मैं क्या सिर्फ़ दूध ही लेने आती हूं।

आरे, साथ-साथ ब्याह कर आई थीं, तब से दुख-सुख में खड़ी रही हैं। अच्छा, चलूं, गाय का पता नहीं क्या हाल है।"

रास्ते में पसार वाली ताई को फिर गुस्सा आ गया। उसने मन-ही-मन सोचा, कैसी घुटी हुई है चुड़ैल। इसका मारा तो पानी भी न मांगता। इसके दूध से तो क़हवा पीना ज्यादा अच्छा है। कहते हैं, कुछ जानती भी है। कहीं दूध में कुछ मिला ही न दिया हो। जो दूध में मिला कर कुछ टोना करता है उसका तोड़ कोई नहीं है। उसने सोचा, साथ वाले बाग में सांपों की बरमी है। वहीं डाल आती हूं। मुझे तो अब वहम हो गया है, पी न सकूंगी।

सांपों की बरमी पर दूध उंडेलते ही ताई का भक्ति-भाव जागा। उसने आंखें भींच कर मन्नत मानी, "हे नाग देवता, गाय का पहला दूध यहीं चढ़ाऊंगी। एक बछड़ी हो जाए। आज ही निपटारा हो। ओन्न नम: शिवाय!"

उसने भक्ति-भाव से आंखें खोलीं। उधार का ही क्यों न हो दूध तो उसने चढ़ाया हो है। पुण्य मिलना ही चाहिए। ओन्न नमः शिवाय! ताई ने पीछे मुड़कर देखा। कहीं कोई सांप तो नहीं आ रहा। हे, शिवजी! जल्दी ही अपनी गाय का दूध चढ़ाने आऊंगी।

उसी दिन शाम को बूंदा-बांदी शुरू हुई। रात से पहले ही घनघोर घटाएं छा कर घटाटोप कर गईं। फ़ौजियों की तरह बादल बढ़ने लगे। हवाएं तेज हो गईं। धड़-धड़ दरवाज़े बजने लगे। हूं ऽ ऽ ऽ जैसा हवा का तेज विलाप सारे वातावरण को चीरने लगा। रेवती रसोई में खाना बना रही थी। खुले दरवाज़े से बारिश के तेज झोंके आने लगे तो उसके चूल्हे की आग भी मचलने लगी। वह दरवाज़ा बंद करने के लिए उठी, तो दूर पहाड़ी पर बरगद के नीचे उसे कुछ हिलता-सा लगा। वह वहीं खड़ी हो गई। अंधेरे में एक बार बिजली कड़की, तों एक मनुष्य की आकृति दिखी। उसे डर लगा, पर वह खड़ी रही। बिजली फिर कड़की। उसने देखा, गिरीबाबा ही होंगे। हां, यही तो उनकी प्रिय चट्टान है। वह वहीं जमकर ख़ड़ी हो गई। इतनी दूर से आंखों के अभ्यस्त होने पर भी उसे आकृति के सिवा कुछ न दिखाई दिया।

बिजली अब के ज़ोर से कड़की। निर्भीक, निर्विकार गिरीबाबा के हाथ में कुछ था। तुलसी की वही माला भी हो सकती हैं। उसने संतोष की सांस ली। चलो, जिसकी वस्तु थी, वहीं पहुँच गई। अगर इतनी आंधी में कहीं माला लुढ़क जाती, तो गिरीबाबा शायद यह कभी जान न पाते कि संन्यास लेने की उसकी कोई इच्छा नहीं है।

पहाड़ों पर बिजली पलकों की तरह चमकती है। जैसे आंख तेज़ी से कभी यहां देखती

है, कभी वहां, वैसे ही बिजली कभी महलों पर कभी घरों पर, कभी पहाड़ की ओट से, कभी बाहर आकर आंख मिचौली खेलती रहती है। आकाश की बालों से ढंकी काली छात्ती में सुन्दर स्त्री की आह की तरह बिखर जाती है। आसमान निमिष-भर के लिए सुन्दर हो उठता है। देखने वाला उसके चले जाने के बाद भी वहीं देखता रहता है। शायद फिर कौंधे!

रेवती भी एकटक देख रही थी। बिजली वहीं चमक रही थी जहां वो देख रही थी। बिजली कभी बदन में चलने वाले लहू की नाड़ियों की तरह, कभी नाचते हुए प्रेत की तरह, कभी खिलखिलाती हुई अप्सरा की तरह, कभी पत्ते झर जाने के बाद सूखती टहनियों की तरह, कभी लहराते दुपट्टों की तरह, चमकती ही जा रही थी। जब बिजली आती, तभी निमिष-भर को उसे गिरीबाबा दिखाई देते, फिर बिजली घूमती रही, जब फिर चट्टान के दायरे में आई, तो वहां कहीं भी गिरीबाबा न थे।

कितना भीग गए होंगे। रेवती भी बाहर खड़ी भीगने लगी। कितना सुख है भीगने में। उसने कहा, "तुम बरसो तो मैं भीगूंगी।"

पता नहीं कितनी देर भीगती रही और वहीं देखती रही, जहां बिजली थी, बादल थे। ठंड से कांपता बरगद था और उसकी छुई-हुई माला को लेकर खड़े गिरीबाबा थे। वह अब भी अचेतन में गिरीबाबा को ही देखती जा रही थी। उसके कपड़ों से निचुड़ता पानी पूरी रसोई में धमा-चौकड़ी कर रहा था।

रेवती जब स्कूल में पढ़ती थी, तो एक बार मां ने उसे ख़ूब डांटा था। वो रोते-रोते स्कूल गई थी। वहीं जब खूब बारिश हुई, तो परनाले के नीचे वह जी भर कर नहाती रही थी। कुछ गुस्से में, कुछ मौज में। पर इतनी मोटी धार सिर पर गिरते रहने से उसका सिर सुन्न हो गया था। बुख़ार में तपती जब वह घर पहुंची, तो मां ने उसके कपड़े उतार कर अपनी गोदी में कितनी देर सुलाए रखा था। इतनी बारिश में भी पिता डाक्टर को बुला लाए थे। उसने इंजैक्शन दे दिया था, जिससे सोते-सोते ही रेवती ठीक हो गई थी। कितना दुलार करती थी मां! पिताजी कैसे उसे देख कर जीते थे। कल ही की तो बात है, यह आज क्या हो गया?

रेवती को मान हुआ। उसने सोचा तब यह भी सोचती होगी। बेटी के बच्चे होंगे, तो उसका यह घर संभाल लेंगे। उसके खेतों का अनाज बेच कर सोना लाएंगे। घर-आंगन बच्चों की किलकारियों से गुलज़ार होगा, पर कितना बड़ा धोखा हो गया। मां ने उड़ती उड़ती ख़बर सुनी तो थी कि लड़का कुछ बीमार रहता है। उसने पुरोहित को पूछा भी था। पुरोहित गीता की कसम खा कर कह गया था कि उसे कोई लंबी बीमारी नहीं। यही बहारी ज़ुकाम बग़ैरह था। बाद में मालूम हुआ था कि लाल रंग के कपड़े में लिपटी बह पोथी गीता न थी, कोई उपन्यास था।

अगर सुन्दर जीता रहता, तो मां उसी की गोद भर जाने के लिए भगवान के आगे झोली फैलाती अपनी गोद के लिए नहीं।

कितना अच्छा होता होगा मां बनना! ठीक वैसे ही, जैसा एक पौधा उगते हुए देखना। अगर एक बच्चा भी हो जाता तो ज़िन्दगी कट जाती। उसके मैके में पड़ोस की एक भाभी का पति साल के भीतर ही मर गया था, पर भाभी ने अपने बेटे को बड़ा करने में अपनी ज़िन्दगी काट ली। मैं किसे देख कर जीयूं?

बिजली की क्षणिक रोशनी में दिखाई देने वाला कुछ भी स्थायी नहीं हो सकता।

फिर उसे ख्याल आया देवराज की पत्नी छल्लो का। कौशल्या नाम था उसका, पर सब उसे छल्लो ही तो कहते थे। कितनी खुश होगी वह अपना बच्चा देखकर। पति आवारा है, शराबी है, होता रहे। बेटा तो उसका है। उसके अपने ख़ून और हाड़-मांस से बना हुआ। पता नहीं छल्लो उसका क्या नाम रखेगी। स्कूल में जब उसे लड़कियां चिढ़ाती थीं, 'तेरी छात्ती बड़ी भारी है।' तब वह हंसते-हंसते मज़ाक में कहती थी, 'अच्छा ही है। कम-से-कम मेरे बच्चे भूखे तो न रहेंगे।'

रेवती ने सोचा, क्या जिसकी छाती भारी होती है, उसके ज्यादा दूध होता है? पता नहीं!

हाय, रे भारतवर्ष! नन्हीं बच्चियों को भी यह ख्याल आए बिना नहीं रहता कि शादी के बाद बच्चों को भर पेट भोजन मिलेगा या नहीं।

पानी रुक गया था। रेवती रसोई में आकर चटाई पर गीले कपड़ों में ही लेट गई। किसी दिवास्वप्न की तरह नीम बेहोशी में सोए-सोए ही उसे लगा कोई छोटी-छोटी दो बाहें उसके गले का हार बनी हुई हैं। नर्म-गुदाज़ सांवली-सी बाहें कानों के पीछे लटकते उसके बालों को अपनी छोटी-छोटी मुट्ठिओं में कस कर भींचे हुए हैं।

उसने आंखें खोलीं। पपोटे बहुत भारी हो रहे थे। आंखें जल रही थीं। बरसात थम चुकी थी। सारी कच्ची रसोई पानी से भरी थी। चाचा के हुक्का गुड़गुड़ाने की आवाज़ उसके कानों में यूं पड़ी, जैसे बादल गर्ज रहे हों। उसने पानी उलींच कर फेंका, फिर रसोई में उपले जला दिए। उसके बाल अभी तक भीतर से गीले थे।

उस रात भी तो ऐसा ही हुआ था जब बावड़ी से गिरीबाबा निकाल कर लाए थे। वह भीगी हुई ही तो थी।

उसने चाचा-चाची को खाना खिला दिया। उसका मन खाने को न हुआ। चाची ने पूछा, "तुमने आज आलू की सब्जी खाई या नहीं? बड़ी स्वाद बनी है। दही में तो मैं भी ऐसी ही बनाती थी।"

रेवती ने सिर हिला दिया।

तभी उसे लगा उसका सिर मनों भारी है। रसोई के चौतरे पर एक खेस बिछा कर सोते ही वह गहरी नींद में चली गई।

सवेरे चिड़ियों के चहचहाने की आवाज़ें हुईं। मन्दिरों के घंटे बजे, भक्तों के स्वर पौ को फाड़ कर उजरा गए। जो कोई आता एक बार यूं ज़ोर से टन्न करके घंटा बजाता, जैसा भोले भांग चढ़े भंडारी को झिंझोड़ कर जगा रहा हो। उसने उठना चाहा, पर उठ नहीं पाई। बदन जैसे गुलीवर की तरह ज़ंजीरों से कोई जकड़ गया था।

बदन में कंपकंपी छूट रही थी, पर कंबल कौन उढ़ाता! उसने खेस में अपने आप को और धंसा लिया। उपलों की थोड़ी-सी गर्माहट अभी भी रसोई में थी। पहाड़ों में बारिश होने पर अच्छी खासी ठंड लगती है। उसे भंयकर बुख़ार भी था। होश न था। बेहोशी में ही रेवती बड़बड़ाई, "सांप मां, सांप! देखो, मेरे पास आ रहा है। इसका मुंह कैसा है! देखो, इसका मुंह बहुत बड़ा है। यह मुझे खा जाएगा।"

अपनी आवाज़ से उसे कुछ भान हुआ, पर वह कहां है, यह न जान पाई! उसे लगा, वह पाताल में है। ऊपर धरती से मुकद्दम चाचा की आवाज़ आ रही है। बहुत दूर से आती आवाज़ का कोई शब्द समझ में नहीं आता। अजीब-सा दबाव उसके पूरे शरीर पर पड़ रहा है। जैसे कोई मोटा वृक्ष उसे पाताल में धकेल रहा हो। उसने बड़े यत्नल से फिर कहा, "सां ऽ ऽ ऽ प! सां ऽ ऽ ऽ प।"

तभी उसके कानों में दूर से आती एक आवाज़ टकराई, "अरे, इसे तो सरसाम हो गया लगता है। अरे, कंपौडर को बुलाओ।"

फिर बहुत सी गड्डमड्ड आवाज़ों में से उभरकर आती एक उतावली-सी आवाज़, "देखो भई, इसे सांप तो नहीं डंस गया। पिछवाड़े में तो जंगल ही जंगल है।"

एक और आवाज़, "गिरीबाबा को बुलाओ। शायद उन्हें समझ आ जाए। काशी के पढ़े लिखे हैं। कंपोडर-डाक्टर के आने तक तो यह मर ही जाएगी।"

गिरीबाबा का नाम सुन कर वह फिर बेहोशी के आलम में चली गई।

तभी उसे लगा गिरीबाबा उसे हाथों में उठाए उठाए आसमान में उड़ रहे हैं। नीचे लोग हाथ फैलाए भागते हुए उन्हें पकड़ने का यत्न कर रहे हैं, पर गिरीबाबा उसे थामे हुए उड़ते ही जाते हैं। जैसे वह फूलों का हार हो।

गिरीबाबा कहीं भी रुकते नहीं। उसे अपने वज़न का कोई अहसास नहीं होता। जैसे

किसी ने गुब्बारे में हवा भरी हो। आसमान के बहुत ही ऊपर बड़ा मीठा-सा उजाला है। कहीं-कहीं नीलिमा लिए हुए, कहीं-कहीं बिजली जितना तेज। गिरीबाबा उसे हौले से पकड़े आसमान पर उड़ रहे हैं। नीचे लोगों का चिल्लाना जारी है, "गिरीबाबा! नीचे उतर आओ! और ऊपर मत जाओ। आओ, आ जाओ, आ जाओ।"

वह गिरीबाबा को नीचे जाने से मना कर रही है। नीचे देवराज भी है। उसके हाथों में बंदूक है। जब भी वह निशाना साधता है, गिरीबाबा उसे लिए लिए आगे बढ़ जाते हैं। देवराज ठीक से देख नहीं पा रहा। तभी आसमान पर बादल छा जाते हैं। बादल लाल रंग के हैं। बादलों में कहीं गिरीबाबा गुम हो जाते हैं। अब वह अकेली उड़ रही है। बड़ी आसानी के साथ। जैसे पहाड़ों का पक्षी कून्ज उड़ लेता है। रेवती बादल को चीरती हुई गिरीबाबा को ढूंढ रही है। वह कभी-कभी किसी बादल की ओट में ज़रा से दिखाई दे जाते हैं। जैसे चांद उड़ते बादलों में से कहीं-कहीं दिखाई देता है। गिरीबाबा लुकते-छुपते कभी-कभी उसे देख कर चिढ़ाते भी हैं।

रेवती एक चिड़िया की तरह डैने फैलाए सुस्ता रही है। अचानक लगता है, वह उड़ना भूल चुकी है। अब वह नीचे की तरफ़ जा रही है, पर गिरती नहीं। ज़मीन सामने ही है। देवराज की बंदूक की ज़द में आते ही उसे लगता है, बस, और नहीं, और नहीं ठहर सकती। उसने आंखें बन्द कर ली हैं।

दो सशक्त हाथों ने उसे थाम लिया है। इन्हें वह पहचानती है। ये गिरीबाबा के हाथ हैं।

इस बीच क्या-क्या न हुआ होगा। शोर फुसफुसाहटें, सुबकने, उसका बिस्तर इधर-उधर जाने की आहटें। इन सब का एक प्रतिशत आभास उसे होता रहा, पर अब जब आंख खोली और थोड़ा होश आया तो उसने देखा, अंधेरी कोठरी की चारपाई पर वह लेटी है। बहुत से लोग हैं। गले में टूटी लगाए धारीदार क़मीज़ पहने कोई चिन्तित-सा चेहरा। जैसे डॉक्टर हो।

उसकी आंख खुली देखकर एक आवाज़ कान में पड़ी।

"कैसी हो बेटी? मुझे देख सकती हो?"

'हां' कहने में उसे कितनी शक्ति लगानी पड़ी थी। बहुत सी आवाज़ें थीं। सामने मुकद्दम दोनों हाथ बांधे खड़ा था। पसार वाली भी थी, उसकी सास भी, पर वह न था। महन्त जी कहीं न थे।

इतना देखने पर वह ख़ूब थकावट महसूस काने लगी और फिर सो गई।

चक्र फिर शुरू हुआ।

उसने देखा, एक बहुत बड़ा दरिया है। उसमें बाढ़ आई हुई है। बाढ़ के लाल पानी में श्मशान से बह कर आए अधजले लक्कड़ डूब उतरा रहे हैं। कहीं-कहीं कोई लाल पोटली या बहुत से फूल।

वह दरिया के बीचों-बीच एक टीले पर खड़ी है। उस पर पानी इंच-दर-इंच बढ़ता ही चला आ रहा है। पानी के दबाव से टीला भुरभुराने लगा है। उसके पांव के नीचे की ज़मीन कांपती है, तो उसके पांव में चीटियां-सी चलने लगी हैं, जैसे तिल-तिल कर के टीला ज़मीन में घुसता है, उसका आकार छोटा होता जाता है। लकड़ी का एक बहुत बड़ा कुन्दा जिसके एक सिरे से अभी भी धुआं निकल रहा है, वह टीले को धक्का मारता है। अचानक वह लकड़ी का कुन्दा इंसान का रूप धारण कर लेता है। वह डर के मारे आंख नहीं खोलती। ज़रा-सी आंख खोलती है, तो लगता है, वह इंसान उसे देख कर मुस्कराया है। उसकी आंखें झपक नहीं रहीं, एक दम खुली हैं, पर उनमें रोशनी है और वह देख सकती है। पैरों के नीचे से ज़मीन खिसकती जा रही है। अब टीला धीरे-धीरे बैठता जा रहा है। उसने अपने आप को भाग्य के सहारे छोड़ दिया है। दोनों आंखें कस कर भींच ली हैं। पांव के कंपन को महसूस करना बंद कर दिया है।

तभी 'शूं ऽ ऽ ऽ' की आवाज़ आई। आसमान से उड़ते हुए गिरीबाबा आए और उसे हलके से बाहों में उठा लिया। उसने डर कर नीचे देखा, वहां कोई टीला न था। सिर्फ़ वही लाश थी, जो अब उसे हिकारत से देख रही थी। पता नहीं किसकी लाश थी।

गिरीबाबा उसे उठाए हुए आकाश में गोल-गोल चक्कर लगा रहे थे। नीचे उतरने का कोई स्थान न था। बस जल, जल में लकड़ियां, लाश और भुरभुराते हुए किनारे। उसने सोचा, गिरीबाबा कब तक उसे उठाए हुए घूम सकेंगे। उसने कहा "महन्त जी, मुझे छोड़ दीजिए, मर जाने दीजिए मुझे।"

गिरीबाबा कुछ नहीं बोले। बस, उफनती बाढ़ के ऊपर गोल-गोल घूमते रहे। आसमान का रंग कभी गुलाबी, कभी नीला हो रहा है। एकदम गड्डमड्ड। कोई तेज़-सा तीर जैसे उसे चुभा और वह दर्द के मारे चिल्लाई, फिर कराहते हुए बोली, "आह, उतार दीजिए, उतारिए न, मैं डूबूंगी। डूब जाऊंगी। आह, कितना सुख है। कितना सुख है डूबने में। डूबने में ऽ ऽ ऽ।"

"रेवती, होश में आओ। मैं पसार वाली ताई हूं। आंखें खोलो। कहां डूबना चाहती हो। तुम इस समय मेरी गोद में हो बेटी, इसी गोद में तुम्हारे पति ने दम तोड़ा था। अब तुम यह न करना। हाय शिवजी भोले क्या अपने चरणों में बुलाकर मार डालोगे।"

रेवती चौंकी! क्या कहा है मैंने? और क्या-क्या सुना है इन्होंने? उसने देखा डॉक्टर उसे सुई लगाकर रुई के साथ उसका कंधा मसल रहा था। आंखें खोलने पर धुंधला-धुंधला लग रहा था। पसार वाली ताई चारपाई की पाटी पर हाथ रखे उसी पर झुकी हुई थी। वह

रो रही थी। रेवती को घी की महक आईं। ताई हमेशा सिर पर घी लगवाती थी। उसका कहना था इससे आंख की रोशनी ठीक रहती है।

रेवती अचानक उठने लगी। ...तो मैं यहीं हूं। आसमान से ज़मीन पर आ गई हूं। अभी पूरा होश न आया था। ताई को देख कर उसने पूछा, "ताई जी, वह कहां हैं।"

घबरा कर ताई बोली, "कौन, सुन्दर? बेटी, उसे मरे तो आधी बरसी भी हो गई। हाय राम, तेरा साथ अभी नहीं टूटा। उसी के पास जाना चाहती है। तू सती-सावित्तरी है। ओन्ग नमः शिवाय।"

रेवती ने सुख की सांस ली। तो महन्त जी के बारे में उसने कुछ न कहा होगा। नहीं तो ताई की आवाज़ बदली होती। हे भगवान, क्या क्या हुआ? अभी भी लगता है मैं उनकी बाहों में हूं।

उसे सोचते देख ताई ने रोने से स्वर में पूछा, "रेवती, अब कैसी हो। तेरी सास भी कितना रो-रो कर गई है। डॉक्टर ने ही बाहर बैठने को कहा है। बुलाऊं उसे, मिलोगी?"

रेवती चुप रही। करवट बदल कर देखा। हां, बदल सकती है, फिर सोचा क्यों मिलूं, मुझे किसी की दया नहीं चाहिए। किसी के घर आंगन का आसरा नहीं चाहिए। नहीं, मुझे कुछ नहीं चाहिए। मैं कुछ नहीं लूंगी। अठारह बरस की ज़िन्दगी में सभी तो देख लिया। उसने सोने का बहाना किया। मन वितृष्णा से भर गया था। तभी उसके कानों में सास की आवाज़ पड़ी "बहन, कैसी है मेरी बहू? होश आया कि नहीं। एक बार इसके मां बाप को सोप दूं, फिर चाहे मर जाऊं। पता नहीं कौन-सा पाप किया था, जो आगे आ रहा है।"

पसार वाली गुस्से और खीज से भरी बैठी थी, बोली, "अरे, मौत ही कहां आसान है। अगर होती, तो यह क्या आज ज़िन्दा होती? तीन दिन से बेहोश है। पता नहीं मरी क्यों नहीं? रांड बेवा की ज़िन्दगी भी कोई ज़िन्दगी है, न मैका आसरा दे सकता है, न ससुराल। मन्दिर की शरण में पड़ी है बेचारी! जाओ तुम बाहर जाकर बैठो। लगता है, रेवती को फिर नीन्द लग गई है। मैं यहां बैठी हूं न। जाओ तुम, नहीं तो वो डॉक्टर फिर आ जाएगा।"

रेवती की सास चुप रही। उसने सोचा, बहू तो मेरी है, लेकिन चौधराइन यह बनी बैठी है। मरती भी नहीं रांड। कइयों की नब्ज़ पकड़ कर परलोक भिजवा चुकी है, पर खुद यहीं रामलीला करके टसुवे बहा रही है। राम! राम! नर्क में जाएगी, पर नब्ज़ देखनी आती है इसे! रेवती की सास ने बाहर जाना ही उचित समझा। जाते जाते धीरे से बोली "बहन, इसकी सहेली निक्की बहू भी आई हुई है। ज़रा उसे भेज देती हूं। छोटा बच्चा छोड़ कर आई है। भूखा होगा"। फिर उसने सांस भर कर कहा, "रेवतीं से साल भर पहले ही शादी हुई थी। दोनों का बड़ा जोड़ है। जो भगवान की मर्ज़ी।" यह कह कर रेवती की सास आंसू पोंछ कर बाहर चली गई।

ताई ने उसके बाहर निकलते ही ज़मीन पर थू करते हुए बड़ी घृणा से कहा, "हूं, आई बड़ी दुलार करने वाली डायन। जवान बेटा चल बसा, पर रंगीन दातुन करनी नहीं छोड़ी।" फिर नकल उतारते हुए बोली, "मैं तो पानी में रात-भर भिगो कर रखती हूं, फिर सुबह रंग निकलता है, तो करती हूं।" बड़ी आई झूठी कहीं की। चाय भी दिन में तीन-तीन बार पीती है। दूध में पत्ती डाल कर। तभी तो काठी लिशकी हुई है। लोक लाज न हो तो गुलाबी दुपट्टा भी ओढ़ ले पीर पिट्टड़ी।" (भाईयों को पीटने वाली)

रेवती सब सुन रही थी। उसे इस भूलभुलैया के अथाह सागर में भी हंसी आ गई।

उसने धीरे से कहा, "ताई जी, निक्की को बुला दो।"

ताई ने आंखें फाड़ कर कहा, "तो तू क्या जाग रही थी? वह चांडालिन तेरी सास फिर आई थी। मैंने भगा दिया।"

निक्की बहू भीतर आई। डरी-सी सहमी सी। आते ही उसने रेवती को बाहों में भर लिया और फफक-फफक कर रोने लगी। रेवती की आंखों से भी आंसू बह चले। उसने सोचा, कैसा है, स्त्री जन्म। यह मां है, मैं न ब्याही हुई हूं न कुंआरी।

उसने रोती हुई निक्की बहू के सर पर प्यार से हाथ फेरा और लाड़ से कहा, "जा मैं नहीं मरूंगी। तू डर गई है क्या? आ, मेरे पास बैठ। ज़रा पानी तो दे। आह! कितना पानी था, पर पीने लायक कहां था!"

निक्की बहू ने चम्मच से उसके मुंह में पानी डालते हुए कहा "रेवती मरना क्यों चाहती हो। मरने पर बड़ा सुख पाओगी क्या?"

रेवती बोली, "नहीं, सुख नहीं पाऊंगी। जानती हूं। पानी में भीग गई थी। आकाश में न जाने क्या देख लिया। तभी से··· पर पानी में तो कई लोग भीगे होंगे; और तो कोई इस तरह बीमार नहीं हुआ।"

रेवती रुक-रुक कर बोल रही थी। उसने निक्की को रोते देख कर कहा, "रोती क्यों हो निक्की, एक तुम ही तो हो जिसके साथ मैं खुल कर बात कर सकती हूं। मेरे मां-बाप तो मुझे ब्याह कर भूल ही गए।" फिर रेवती के गले में कुछ अटका और वह फफक-फफक कर रोने लगी।

निक्की ने अपने आंसू सुखां कर उसे कहा, "न रेवती, रोओ नहीं। उनको तुम्हारे इस संकट का कहां पता है। पता होता, तो क्या तुम्हें यहां मन्दिर में रहने देते? तुम्हें डॉक्टर ने ज्यादा बोलने से मना किया है। मैं बड़ी मिन्नत कर के तेरे पास आई हूं। ताई तो तीन दिन से तेरी नब्ज़ पकड़े बैठी है। अब उसे घर भेज देती हूं। मैं तेरे पास रहूंगी।"

रेवती ने कहा, "न-न, तू जा, मैं ठीक हूं अब। तेरा छोटा भूखा होगा। उसे दूध पिलाते हुए कहना तेरी मौसी मरेगी नहीं। ज़िन्दा रहेगी। अपने लिये ज़िन्दा रहूंगी मैं। किसी-किसी औरत को अपने लिए भी तो ज़िन्दा रहना चाहिए है न," यह कह कर वह मुस्कराई और निक्की का हाथ दबाकर बोली, "अब तू जा निक्की।"

निक्की अपनी लम्बी पतली उंगलियों से रेवती के बाल सीधे कर रही थी। उसकी चोटी कर के चारपाई के नीचे लटका दी तो रेवती ने गर्दन मोड़ कर पूछा "निक्की बाहर दिन है कि रात?"

निक्की ने कहा "कैसी डराने वाली बात कर रही हो? हां, पर तुम तो तीन दिन से बेहोश हो। बाहर शाम है। अंधेरा होने से पहले गाय भी दुहनी है। कल सवेरे मन्दिर में आऊंगी, तो तुम्हें देख कर जाऊंगी। गिरीबाबा तीन दिन से समाधि में बैठे हैं। हो सकता है, कल समाधि खुले। उस वक्त उनके दर्शन करेने में बड़ा पुण्य है। तेरे लिए भी प्रार्थना करूंगी।

रेवती बोली, "अब जाओ।"

निक्की बहू ने उसके हाथ से अपना हाथ धीरे से छुड़ाया और चली गई। तब कमरे में कोई न था।

रेवती को हंसी आई।

आहा, पुण्य और समाधि! कभी तो खुलेगी समाधि! खुलेगी तो रेवती वहीं होगी, महन्त जी। आदमी भाग कर समाधि में जा सकता है, पर ज़िन्दगी से नहीं भाग सकता।

तभी धीरे से दरवाज़ा खोल कर उसकी सांस भीतर आई। उसने रेवती के माथे पर हाथ रखा, तो रेवती ने आंखें खोलीं।

"कैसी हो रेवती।"

"अच्छी हूं मां, बैठिये न!"

"तीन दिन से तो बैठी ही हूं। तेरी खुली आंख देखने के लिए कितनी बार आई हूं। अब तू ठीक है न?"

"हां अब ठीक हूं।"

"घर चलो बेटी, माना मन्दिर में भी घर है, पर मेरी कितनी बदनामी हो रही है! तुम्हारे ससुर तो ठीक से खा भी नहीं रहे। पता नहीं भगवान को क्या मंजूर है।"

तभी डॉक्टर कम्पोडर के साथ आया। उसने कहा, "अब पिछवाड़े वाली खिड़की खोल दीजिए। कमरे में बड़ी घुटन है।" कम्पोडर ने इंजेक्शन निकाला तो रेवती की सास बाहर चली गई। उसे इंजेक्शन से बड़ा डर लगता था। डॉक्टर ने रेवती का मुआयना करके कहा, "बेटी, बच गई हो। अब कोई डर नहीं है। दूध पीकर सो जाओ।"

उसने मुकद्दम से कहा, "इसे सवेरे आप साबूदाना बनवा दें। इस वक्त ख़ाली दूध दें। सुबह तक ठीक हो जाएगी।"

मुकद्दम ने डॉक्टर को पूछा, "डॉक्टर साहेब, इसकी चाची ने चाय तैयार की है। पी कर जाइएगा। फिर हो सकता है, कल तक गिरीबाबा की समाधि भी टूट जाए। सुबह ही जाइए। रात घर पर रह लीजिए।"

डॉक्टर ने कहा था, "यह ठीक है। मैं देखना चाहता हूं गिरीबाबा समाधि से कैसे उठेंगे।"

वह दोनों भी बाहर चले गए।

रेवती ने अपनी बांह पर धीरे-धीरे हाथ फेरा। इंजेक्शन से जगह उभर आई थी। फिर उसे ख्याल आया समाधि का। गिरीबाबा समाधि में हैं। क्या पुण्य है भई? दुनिया के हर संकट से बच निकलने का रास्ता समाधि! यह तो कायरों का काम है, पर जब भी समाधि खुलेगी, रेवती तब भी वहीं तो होगी। कितना भागेंगे।

दूसरे दिन सुबह ख़ास थी। नदी में नहा कर औरतें मुंह अंधेरे ही आ गई थीं। एक दूसरी को अन्दाज से, चाल से, या फिर बोलने से ही पहचान पाती थीं। हवा में थोड़ी-थोड़ी खुनकी आ गई थी। बुढ़ऊ शंकर के मन्दिर का माहौल अगरबत्तिया हो रहा था। लोग अन्दर बाहर आ-जा रहे थे। वहीं साथ में बनी एक कोठरी में गिरीबाबा समाधि में थे। सभी बाहर खड़े थे। सूर्य के आने की सूंचना भागती हवा का आंचल पकड़ती सूरज की किरणें दे रही थीं। लोग एक दूसरे का मुंह जोह रहे थे। संकटमोचन बड़ी व्यस्तता से अन्दर-बाहर आ-जा रहे थे। यह समाधि का चक्कर उसकी समझ में न आ रहा था। तीन दिन कुछ खाओ ही नहीं। वाह, कोई बात है!

अचानक किसी ने कहा गिरीबाबा की समाधि खुल गई।

लोगों ने ज़ोर-ज़ोर से शंख फूंके। नगाड़े बज उठे। करताल और चिमटे के शोर से मन्दिर गूंज उठा। कुछ पक्षी, जो मंदिर के प्रागंण में पीपल के पेड़ पर रोज़ की तरह सूरज उगता देखने आए थे, वह घबरा कर उड़े और फिर इधर-उधर चक्कर लगा कर वहीं आकर बैठ गए।

ओ शंकर त्रिपुरारी!
तेरे हाथ में लाज हमारी!

लोग तन्मयता से गा रहे थे। समाधि से निकलते हुए गिरीबाबा ने सब को देखा। हाथ ऊपर शून्य में जोड़ें और नहाने चले गए। बड़ी पूंजा उनके आने के बाद ही होनी थी।

पसार वाली ने रेवती की सास को आते देखा, तो बोली, "चलो, जब तक गिरीबाबा नहा कर गद्दी पर बैठें, हम रेवती को देख आते हैं।"

"हां बहन, मैं वहीं से आ रही हूं। डॉक्टर ने उसे सोने की सूई लगाई है। अभी तक तो जगी न थी।"

ताई ने कहा, "कुछ पता चला, इसके मां-बाप कब आएंगें।"

"नहीं बहन, कुछ भी तो नहीं। मेरी जान तो आफ़त में पड़ी है। क्या करूं क्या न करूं?"

ताई ने जोर से कहा, "ओन्ग नमः शिवाय!" और चल दी। रेवती की सास भी उसके पीछे-पीछे बेमन से चलने लगी।

गिरीबाबा गद्दी पर बैठे-बैठे थक गए थे। अब सभी तो चले गए थे। सिर्फ़ संकटमोचन एक तरफ़ बैठा बड़ी मुस्तैदी से पैसे गिन रहा था। उसने बीच में एक बार भंडारी को दूध लाने की आज्ञा दी और फिर पैसों की ढेरियां गिनने लगा। माया पर उसका बड़ा लोभ था। पैसे हमेशा वहीं गिनता था। गिनने में इधर-उधर गिरे पैसों को वह अपना मेहनताना समझ कर चौकी के नीचे रखता था, फिर किसी से रबड़ी का दोना मंगवा कर मंडली से परे होकर खा लेता था। जो रेज़गारी वह तिढ़ि कर चुका था, उसे उसने चौकी के नीचे रखा और चौकी का कपड़ा अच्छी तरह सीधा कर दिया, फिर बाक़ी पैसे गिनने लगा, "एक-एक-एक·· दो-दो· ··तीन-तीन·· चार-चार-चार·· ले आया दूध? इधर ला इधर ला!" यह कह कर उसने भंडारी को खदेड़ दिया, फिर गिरीबाबा से बोला, "दूध पीजिए महाराज!"

गिरीबाबा ध्यान में थे, घबरा का बोले, क्या हुआ संकट···?"

"मोचन ··· महाराज, समाधि में भक्त का नाम भी भूल गए। लीजिए गर्म दूध पीजिए। गर्म-गर्म दूध पिएंगे तो देह में टकोर देगा। इसमें मैंने सुबह काश्मीरी बादाम पिस्ता पिसवा कर केसर की तुरियां भी मिलाई हैं। अगर ज़रा-सी बूटी होती, तो आप टनाटन हो जाते। भगवान शंकर का प्रसाद आहा हा! चढ़ा जाइए गटागट। इसमें भी नशा है।"

गिरीबाबा मुस्कराए और दूध पीने लगे, मानो आज पहली बार पी रहे हों। एक-एक घूंट तरावट देने लगा। आंखों की ज्योति लौट आई। धीरे-धीरे सारा दूध गिरीबाबा पी गए।

संकटमोचन प्रसन्न हुआ। अभी भंडारे में दूध और था। उसने सोचा एक चक्कर भंडार का लगा आऊं! नहीं तो भंडारी भी कम तिकडमी नहीं है।

उसने गिरीबाबा से कहा, "लेट जाइए। पचाने में आसानी होगी गुरू, आज चौथे दिन पेट में कुछ गया है। शंभो! शंभो! ज़रा रेज़गारी का ध्यान रखिए मैं अभी आया।"

गिरीबाबा को हंसी आई। सोचने लगे कौन-सी रेज़गारी? चौकी के नीचे वाली, या बाहर का ढेर! उन्हें शरारत सूझी। सोचा बचपन की तरह चौकी के नीचे की रेज़गारी बाक़ी के ढेर में मिला दें, तो कैसा रहे। पर उन्हें याद आई संकटमोचन की बेचैनी और उन्होंने इरादा तर्क कर दिया। उन्होंने सोचा था, इस वक्त वो भंडारें में बाकी का दूध पी रहा होगा। बड़ा पेटू है। यह सोचते-सोचते उन्हें ऊंध आ गई। दूध की गर्मी नींद बन कर पूरे बदन पर तारी हो गई।

नंदू भीतर आकर उनके पांव दबाने बैठा तो उन्होंने मना कर दिया। फिर बोले, "जाओ, तुम पढ़ो जाकर।"

आंख खुलते ही चटाई पर देखा, रेज़गारी का ढेर लगा था। उसे देखते रहे। थोड़ी देर में वह रेज़गारी संगमरमर के बुत में बदल गई। उन्होंने सोचा, उस दिन मुकद्दम को कोई बुलाने आया था कि रेवती बेहोश है। तब से कोई पता नहीं। अगर मर गई होती, तो ज़रूर कोई बता देता। उस दिन तो कह रहे थे बड़ी भयानक हालत है। कुछ-कुछ बड़बड़ाती भी है। कहीं उनका नाम तो नहीं लिया। उस दिन एक मिनट ही तो उसके सिरहाने खड़े होकर भाग आए थे। संन्यासी को ही तो सब से ज्यादा यह फ़िक्र हो रही है कि रेवती बेहोशी में क्या बोली? ······रहना तो इसी दुनिया में है।

कुछ भय, कुछ विरक्ति, कुछ ऊहापोह की यंत्रणा ऐसी मनःस्थिति ही में तो वे समाधि में गए थे। समाधि में जाने का अभ्यास तो उन्होंने बचपन से ही किया है, पर इतनी अवधि कभी न हुई। बड़े महन्त जी जब अफ़ीम की लत न छोड़ पाने पर नीचे बारहदरी में लोटा करते थे। तभी उन्होंने उसे समाधि में जाना सिखाया था। तभी उनकी यंत्रणा देखने पर गिरीबाबा ने, 'कोई ऐब़ भी न पालेंगे,' ऐसा प्रण किया था।

उन दिनों बड़े महन्त जी ने एक वैद्य से वादा किया था कि अफ़ीम छोड़ देंगे। पर हफ्ते में ही वे बोल गए। एक दिन पाव भर पिस्ता खा लिया, तो पेट जलने लगा। जंगल-झाड़े से निबट कर आते, स्नान करते, फिर जाना पड़ता। बड़ी मुश्किल से वैद्य की दवा से आराम आया था। ठीक होने पर एक दिन महन्त जी ने गिरीबाबा को बड़े प्यार से समझाया था, "बच्चा ऐब नहीं करना। कोई भी ऐब बुरा है।"

तब उनके पास बैठी सूबेदारनी ने पंखा, झलते हुए मुंह दूसरी ओर कर लिया था। गिरीबाबा ने देखा, वह मुस्करा रही थी।

सूबेदारनी को लेकर महन्त जी के कितने ही किस्से प्रचालित थे, पर वह किसी की परवाह न करते थे। विधवा होने पर भी सूबेदारनी, नीम काशनी, नीम मोतिया या लौकिया रंग के दुपट्टे ओढ़ती। उनकी खद्दर की चूड़ीदार सुत्थन की चुन्नटें करीने से सजी रहतीं। ऊपर होता खद्दर का झक्क सफेद कलियों वाला कुर्ता। उनके दुपट्टे से उनका चेहरा सूरज की तरह दमकता रहता था। किसी-किसी दुपट्टे पर क्रोशिया से बनाई काले रंग की कीनगरी भी होती। उसमें तो सूबेदारनी किसी महारानी की तरह लगती थीं। दिप-दिप जलते उनके चेहरे पर नज़र टिकाना कठिन था। उनका एक दिन का नांगा भी बड़े महन्त जी को नागवार गुज़रता। बीच-बीच में गिरीबाबा से ही पूछते, "क्यों भोले भंडारी, आज सूबेदारनी नहीं आई? जरा तलवों में तेल लगाती, तो सो लेते।"

गिरीबाबा को महन्त प्यार से भोले भंडारी भी कहते थे। बड़ा मोह था इन पर। गिरीबाबा तब छोटे थे, कहते, "मैं तेल लगा दूं महन्त जी।"

"नहीं बच्चा, तेरे छोटे-छोटे हाथों से तो मेरी उंगली में भी तेल न लगेगा। देखता नहीं, कीर्तन के समय सूबेदारनी ढोलक पर कैसा धम्म से हाथ जमाती है। वैसा हाथ लगने से ही पांव की मालिश होती है बच्चा। सारे सुर खुल जाते हैं और मीठी नींद आती है। बड़ी चांडालिनी है यह सूबेदारनी। जा, तू जा के थोड़ा खेल आ। अगर सूबेदारनी आती दिखाई दे, तो बता जाना।"

तभी वहां से संकमोचन गुज़रे थे। गाते-गाते ताल पर पांव टिका रहे थे, "माया महाठगिनी हम जानी।"

यह उनका प्रिय गीत था। महन्त जी ने डांट लगाई थी, "अरे ओ संकट, अपनी रें-रें बन्द कर। सोने देगा या नहीं।"

संकटमोचन उन्हें निहारते हुए आगे निकल गया था।

सूबेदारनी अखरोट की दातुन करती थी। सुरमा तो आंख में दमकता ही रहता, साथ-साथ वह खुद भी फिक-फिक हंसती रहती। गिरीबाबा ने बचपन में सुना था, उसका पति फौज में था। जंग में उसकी मृत्यु की ख़बर आने के एक महीने बाद ही इसका बेटा पैदा हुआ था। बेटे को भी इसने फौज में ही भेजा था। कभी-कभी वह घर आता था। उसके बच्चे और बीवी ज्यादा यहीं गांव में सूबेदारनी के पास रहते थे। सूबदारनी खुद- मुख्तार थी। गिरीबाबा जब छोटे थे, तो वह उन्हें गोद में बिठाकर बहुत प्यार करती थी। उसका इतना दबदबा था कि कभी औरतें उसे लेकर बात करतीं भी, तो उसे देख चुप लगा जातीं। सूबेदारनी हर किसी के दुःख-सुख में आगे-आगे रहती थी। शादी ब्याह तो उसके बग़ैर सजते ही न थे। जब तक वह न आती, गाना बजाना शुरू ही न होता। सूबेदारनी के आते ही रौनकें लग जातीं। मज़ेदार बात यह थी कि उसका पति तो फौज में सिपाही ही था, पर बड़े महन्त जी उसे हमेशा सूबेदारनी ही कहते थे। अब तो सारा गांव उसे सूबेदारनी

ही कहता। मन्दिर में उसी का कहना चलता। जब बड़े महन्त जी ने समाधि ली थी, तब उनके चौथे ही दिन सूबेदारनी घर में मरी पाई गई थी। उसकी बहू ने कहा था, "रात को तो अच्छी भली सोई, पर सुबह थी हीं नहीं।" लोगों ने बड़ी धूमधाम से उसकी अर्थी निकाली थी। गिरीबाबा को सब कुछ याद है। उनको याद है, जब सूबेदारनी महन्त जी के पांव दबाती थी, तो शरारत से उनकी उंगली मरोड़ देती थी। महन्त जी बड़े प्यार से उसे देखते और कहते, "होश करो!" कई बार गिरीबाबा को कहते, "जाओ, जाकर खेलो!" गिरीबाबा की इन क्षणों की बड़ी मौज होती। पहाड़ी पर जाकर बेरी के दरख्त पर सावधानी से चढ़ते और बेर खाते।

गिरीबाबा ने सोचा, बेर तो मन्दिर में कितने ही चढ़ते थे, पर अपने हाथ से बेर उतार कर खाना कितना सुखद है!

सूबेदारनी मन्दिर के सारे चढ़ावे का हिसाब रखती थी। संकटमोचन भी अनुशासन में ही थे। उन्हें बूटी तो बड़े महन्त ही चख़ाते थे, पर अब संकटमोचन के सभी संकट दूर है।

संकटमोचन को और कोई ऐब नहीं हे। उन्हें ही कहां है कोई ऐब, पर यह ऐब कैसे उनकी ज़िन्दगी में बाढ़ की तरह घुसता चला आ रहा है। वह उसमें डूबने से तो बचे हुए हैं पर छींटों से कहां बच पाए हैं। वह,जितना पीछे हटते हैं, उतना ही पानी और आगे बढ़ता है। मन में असहय दर्द-सा हुआ। उनकी इच्छा हुई, कोई बिना उनके पूछे रेवती के बारे में बता जाए। कौन बता जाए! हो सकता है मुकद्दम ही आए।

ज़रा-सी आहत हुई। उन्होंने देखा, संकटमोचन ने पैसों की कई ढेरियां कागजों में लपेट ली हैं और अब ढेरियां गिन रहा है। गिरीबाबा को लगा, बहुत देर हो गई है। रेवती उनके चारों तरफ़ हाला की तरह पड़ी है। उन्हें वहां से निकलने में कुछ समय लगा, फिर अपनी आवाज़ ही सुनने के लिए जैसे बोले,संकटमोचन क्या समाचार है।"

संकटमोचन ने लापरवाही से उत्तर दिया, "जग गए महाराज, दोपहर के लिए हलवा-पूरी और कद्दू की खट्टी सब्ज़ी है। बाद में दक्षिणा भी मिलेगी। आज स्टेशन के पास वाले गांव की एक भक्तिन ने अकेले ही पूरा खर्चा उठा लिया। मैंने तो कह दिया, देसी घी के बग़ैर हलवा नहीं पकेगा।"

गिरीबाबा के मुंह से अचानक निकला, "मूर्ख।"

संकटमोचन ने सुना, भूख! उत्साह से बोला, "क्यों नहीं लगेगी, तीन दिन से पेट में अन्न का दाना नहीं गया। प्रसाद पाएंगे महाराज?"

गिरीबाबा को खीज हुई। बोले, "नहीं, संकटमोचन, अभी नहीं। तुम गिन चुके हो तो आलमारी में रख कर बाहर जाओ। हम थोड़ी देर ध्यान करेंगे।

संकटमोचन हैरान हुआ। हलवा-पूरी की बात सुन कर कौन ध्यान लगा सकता है! उसके मुंह से झाग की तरह बोल गिरे, "महाराज फिर···फिर···!"

गिरीबाबा की हंसी छूट गई। कहने लगे, "नहीं समाधि नहीं लेंगे। ध्यान करना चाहते हैं। एकान्त चाहिए।

संकटमोचन बाहर निकलते-निकलते बड़बड़ाया, "हूं, बुद्धि घास चरने गई है। ध्यान करेंगे? हूं, इतना पढ़ाया-लिखाया बड़े महन्त ने, काशी तक भेजा, पर कुछ न हुआ। हां, दिमाग चल ज़रूर गया है, ज्यादा पढ़ने से भी कहते हैं चल जाता है। हमें क्या?"

गिरीबाबा का ध्यान लगा। उस दिन बारिश से पहले चलने वाली ठंडी और मृदुल बयार ही उन्हें खींच कर पहाड़ी तक ले गई थी। बहुत ऊपर चले गए थे। बयार जब भीगी तो, वह नीचे भागे। एकान्ती पर सुस्ताने बैठे, तो कुछ चुभा, देखा माला थी। यह माला यहां कौन रख गया होगा? यहां तो कोई नहीं आता। यह वही माला तो नहीं जो उन्होंने रेवती को दी थी। उन्होंने फिर देखा बिजली चमकती तो थोड़ा हिलने-डुलने के बाद भी माला का 'न' शब्द में आकार देख सकते थे। वह माला को लेकर खड़े हुए। बारिश काफ़ी तेज़ हो गई थी। कई बार बिजली भी चमकी थी, फिर वो बारिश में भीगते हुए ही नीचे उतर आये थें। बारिश की बौछारें अर्जुन के तीरों की तरह बरस रही थीं। रेवती भी इसी बारिश में भीगी होगी। मुकद्दम चाचा की रसोई से एकान्ती तो देखी जा सकती है। हो सकता है, उसने हमें वहां देखा हो। न भी देखा हो, तो भी यह तो निश्चित ही है, कि बीमार वह भीगने से ही हुई। मर जाती तो कभी कोई जान न पाता, क्यों मरना चाहती है?

गिरीबाबा ने दोनों हाथ छत की तरफ़ फैला दिए, फिर बोले, "स्वामी अमरनाथ, दया करो! चाहो तो हमारे प्राण ले लो। हम यह गांव छोड़ कर चले जाएंगे पर इतनी कठिन परीक्षा ने लो। अमरनाथ के दर्शन करने के बाद भी काश्मीर में रहे, घर मन से विकार न गया, हम इससे ध्यान नहीं हटा पाते हैं। क्या करें भोलेनाथ! हमें राह सुझाओ। हम ठहरे संन्यासी। बड़े महन्त जी ने कहा भी था, "बच्चा कोई ऐब न करना, पर यह नहीं बताया था, ऐब स्वयं आपको घेरने का यत्न करे, तो क्या करना। अब भंडार देखेगी तो, रोज़-रोज़ आएगी। कैसे बचाएं अपने आप को? क्या करें।

उन्हें मोह सिर्फ़ उस हिरन के बच्चे से हुआ था। उसका एक कान किसी ने काट लिया था। पता नहीं रक्षा मांगता वह कैसे मंदिर में आ गया था। गिरीबाबा ने हल्दी चूना लगा कर उसे पानी पिलाया था। घास खिलाई थी, फिर वह उन्हीं की कोठरी में रहने भी लगा था। उन्हें याद है उसकी आंखें बड़ी सुन्दर थीं। ज्यों ही बाहर कोई आहट होती, उसकी आंखों में भय के बादल तैरने लगते थे और वह गिरीबाबा के तख्त के नीचे छुप जाता था। गिरीबाबा ने उसका नाम तृष्णा रखा था। उसकी आंखों में तृष्णा तेरती रहती थी। बड़ा होने पर वह एक दिन अपने आप ही ग़ायब हो गया था। कितने दिन गिरीबाबा रात को सो न पाते थे। कितनी बार तख्त के नीचे झाकंते। बस, वही मोह था, पर आज

रेवती का मोह उन्हें तृष्णा से भी अधिक क्यों खींचता है। गांव की विधवा जवान लड़की। उसके मां-बाप आएंगे, तो घर चली जाएगी। हमारा उससे क्या संबंध?

संकटमोचन ने बाहर से झांका, देखा, आंखें तो खुली हैं, पर गिरीबाबा जैसे यहां हैं नहीं। वह निडर होकर भीतर आया और बोला, "प्रसाद पाइए प्रभो! बड़ी भूख लगी है।" गिरीबाबा हर ख्याल से बचने के लिए भंडारे में प्रसाद पाने चले गए। वहां जाकर उन्हें प्रसाद पाना हमेशा से ही प्रिय है। जब बड़े महन्त जी को सूबेदारनी उनके कमरे में ही प्रसाद परोसती थी, तब भी वह भंडारे में ही जाते थे।

दूसरे दिन सवेरे रेवती को डॉक्टर ने देख कर कहा, "अब डर की कोई बात नहीं है, पर अभी उठना नहीं। हवा नहीं लगनी चाहिए। आजकल यह हवा बड़ी बेईमान होती हे। दवाई अभी और खानी पड़ेगी।"

डॉक्टर गया, तो निक्की बहू आई। उसने जल का बर्तन और फूलों की खांली डलिया एक तरफ़ रखी और रेवती को कहने लगी, "चल, रेवती, गिरीबाबा के चरणों की भभूत लाई हूं। माथे पर लगा ले।"

रेवती कहना चाहती थी, 'निक्की इस मस्तक पर अब और कुछ नहीं लगेगा। भभूत भी नहीं।' पर वह सिर्फ़ मुस्करा भर दी।

निक्की बहू रो उठी। फिर बोली, "जानती हूं रेवती, यह माथा भभूत लगाने के लिए नहीं है। मैं अपने माथे पर जितनी बार बिंदी लगाती हूं, हाथ अटकता है। तुम्हारा सूना माथा याद आता है। लगता है, कोई गुनाह कर रही हूं।"

रेवती चुप रही। उसने निक्की का हाथ अपने हाथ में ले लिया।

निक्की सुबकती हुई बोली, "याद है बचपन में हम तुम्हारे पूजाघर में लाल चंदन की बिन्दी लगाते थे। दुल्हन बनने का कितना शोक था। मैं हमेशा सोचती थी, तुम कितनी सुन्दर दुल्हन बनोगी। तुम्हारे माथे पर लाल बिन्दी कितनी सुन्दर लगती थी। सोचती थी, तुम्हारा दूल्हा तुम्हें कितना प्यार करेगा। तुम्हारा सूना माथा देखकर कलेजे में हूक उठती है।"

रेवती ने उसे रोते देख कर उसके दोनों हाथ पकड़ लिए, कहने लगी, "ऐसे नहीं कहते निक्की, तुम्हें देख कर मुझे कोई दुःख नहीं रहता। जब हम स्कूल में थे। तब तुम क्लास की मानीटर थी, हमेशा रौब डालती थी, पर जब शादी के वक्त तुमने ही मेरा गाना खोला,

तो यु लगा, मैं अपने ही घर में हूं। तुमसे बड़ा अपना मेरा और कोई नहीं है निक्की, यही सच है।"

निक्की ने अपना हाथ छुड़ाते हुए कहा, "कैसे कटेगी पहाड़-सी ज़िन्दगी रेवती। अभी तो तुम्हारे साथ की सभी कुंआरी हैं। क्या करूं। यह दुःख सारा दिन मेरा पीछा करता है।"

रेवती ने बात बदलते हुए कहा, "निक्की वह मास्टरनी याद है, चिन्ता भैन जी? उसका आदमी हिम्मत सिंह। ऐं, कितनी हिम्मतवाला था। वह भैनजी से हमसे ज्यादा ही डरता था।"

निक्की प्रसन्न हुई, बोली, "तुझे कैसे याद है भाई?"

"क्यों अभी डेढ़ बरस पहले ही की बात है। चिन्ता भैनजी तो अभी भी वहीं हैं स्कूल में। हिम्मत सिंह भी वहीं होगा।"

निक्की बोली, "भैनजी तो कहते थे ये दफ्तर में नौकर हैं, पर हमने कभी उसे दफ्तर जाते नहीं देखा। हमेशा वहीं बना रहता था।"

रेवती एकदम बोली, "याद है एक बार मैं उनके घर सब्जी पहुंचाने गई, तो वह भैनजी के सिर में तेल लगा रहा था। मुझे देखते ही उठ खड़ा हुआ।"

इस पर दोनों खूब हंसे, फिर रेवती ने पूछा, "···और जो संध्या भैनजी थी, वह भी वहीं है क्या?"

निक्की उदास होकर बोली, वह अब कहां होंगी। शहर में ही उनका स्वर्गवास हो गगा था। बच्चा कुछ घंटे का ही था, पर वह बच गया। उनके पति ने दूसरी शादी हफ्ते में ही कर ली। बच्चे का बहाना बनाकर एक मास का भी न होने दिया। रेवती, गर्द किसी का इन्तज़ार नहीं करता, इन्तज़ार करने को औरतें जो हैं। अब करो सारी उम्र इन्तजार। एक ऐसे आदमी का इन्तज़ार, जिससे तुम्हें एक दिन भी सुख न मिला। तुमने कभी नहीं कहा, पर मैं क्या नहीं जानती रेवती। सुन्दर भला तुम्हें क्या सुख देता। होना तो यह चाहिए कि औरतों की भी दूसरी शादी हो।"

रेवती ने उसके मुंह पर हाथ रखते हुए कहा, "आहिस्ता बोलो। किसी ने सुन लिया, तो अनर्थ हो जाएगा। मुझे तो समझ ही नहीं आता, क्या हुआ है। कभी लगता है, मेरा ब्याह ही नहीं हुआ था।"

निक्की बहू ज़रा तेज़ होकर बोली, "बीमार मर्द के साथ क्या ब्याह, क्या न ब्याह? वह डरपोक भी बहुत था। हरे राम! तुम्हारे जीजा जी के दफ़्तर का टैम है। मैं चलती हूं रेवती, फिर आऊंगी।"

रेवती ने निक्की बहू का हाथ न छोड़ा, फिर धीरे से पूछा, "निक्की, क्या गिरीबाबा समाधि से निकल कर बड़े कमज़ोर लग रहे थे?"

"नहीं, रेवती, एकदम तेजस्वी! वैसे ही, जैसे हमारी किताब में विवेकानन्द की तस्वीर थी। साक्षात शिव। बस, थोड़ी दाढ़ी अस्त-व्यस्त थी। चेहरे का तेज़ और आंखें जैसे अभी भी पाठ कर रही थीं। लोग तो उन्हें अवतार ही मानते हैं।"

"मैं भी चल पाती तो दर्शन कर लेती। चलो, फिर सही। तुम अब जाओ।"

निक्की के निकलते ही मुकद्दम भीतर आया, बोला, "लो बेटी, मन्दिर से तुम्हारे लिए चरणामृत लाए हैं। तुलसी-जल बहुत अच्छा होता है। पी लो।"

रेवती ने पूछा, "चाचा, महन्त जी यहां न आएंगे?"

मुकद्दम बोला, "जब तुम मरणासन्न थीं, तब आए थे, फिर तो समाधि में ही चले गए। मैं उन्हें बचपन से जानता हूं। बड़े संकोची स्वभाव के हैं। हो सकता है आ भी जाएं।"

रेवती बार-बार गिरीबाबा की बात करना चाहती थी। उसने पूछ ही लिया, "क्या समाधि से उठकर बड़े कमज़ोर हो गये हैं?"

"हां, बेटी ताक़त तो कम होती ही है, पर संन्यासियों का क्या? दो-तीन दिन भूखे रहने का उन्हें अभ्यास होता है। इन्हें तो बड़े महन्त जी ने खूब साधा है। बचपन से ही समाधि में जाते हैं। यह तो हम हैं संसारी जीव, जिनको खाने-पीने के सिवाय कुछ सूझता नहीं। अरे, हां, तुमने दूध पिया कि नहीं? मैंने कोई पुण्य किया था, जो तुम बच गईं बेटी, नहीं तो मेरा जन्म ही खराब हो जाता।"

"मैं मरूंगी नहीं चाचा, आज ठीक भी लग रहा है। खाने को क्या होगा?"

मुकद्दम प्रसन्न हो उठा। बोला, "वह तो भंडारे से ही लाऊंगा। जिस दिन तुम बेहोश हुई थीं, उस दिन खुद गिरीबाबा ने संकटमोचन को कह दिया था, सारी उम्र मुकद्दम ने मन्दिर की सेवा की है। यहां भी उसी का है, वहां भी। अब उस दिन से भोजन वहीं से लाता हूं। गिरीबाबा बड़े अवतारी हैं। अब तुम सो जाओ। निक्की से भी बहुत बात करती रही हो न। थक जाओगी।"

रेवती को नींद नहीं आ रही थी। निक्की से बातें करने के बाद उसमें जैसे नए जीवन का संचार हुआ था। मन में उत्साह था। उसने सोचा, मुकद्दम मंदिर जाएंगे, तभी पता चलेगा महन्तजी आते हैं या नहीं। चलो, न भी आएं, तो भी यहीं हैं तो सही। ठीक होने पर भंडोरे में जाऊंगी, तब तो दर्शन होंगे ही। भागने का कोई फायदा नहीं है। भाग कर फिर वहीं तो आना पड़ता है।"

जागने और सोने की अवस्था में रेवती छत की कड़ियां गिनने लगी। एक-दो-तीन ··पांच। हर बार छत की एक कड़ी बढ़ जाती , या घट जाती। काली-काली धुंआई हुई ये लकड़ी की कड़ियां उसकी ज़िन्दगी की कड़ियों से कितनी भिन्न हैं। कड़ियां गिनते-गिनते ही उसे नींद आ गई , फिर ताई की आवाज़ से उसकी नींद खुली। ताई कह रही थी , "ऐं ऽ ऽ ऽ , सच कह रही हो , सुबह से सो रही है। देखूं , कहीं मर तो नहीं गई। है, शिव शंभु। दया करो। बुढ़िया तो वज्र बहरी है। मुकद्दम मंदिर गए हैं। अगर इसने पानी भी मांगा होगा , तो कौन देगा।"

यह कहते-कहते ताई भीतर आ गई। रेवती को ठीक-ठाक देखते ही उसे गले से लगा लिया। वह पता नहीं क्यों ताई को देखते ही फफक-फफक कर रो उठी।

ताई ने कहा , "रो मत रेवती , सुना है , तेरे मां-बाप जल्दी ही आने वाले हैं। तुम्हारे मैके का कमेरा तुम्हारी ससुराल में आकर कह गया है।"

रेवती रोते-रोते ही बोली , "मेरा अब वहां क्या है ताई जी?"

"यह तो ठीक है बेटी , जब अपना ही घर छोड़ दिया , तो मैके में क्या धरा है? पर पहाड़-सी ज़िन्दगी कैसे काटोगी? तेरी सास भी अब बड़ी पशेमान होती है , पर अब क्या फायदा? कल कूंए से पानी लाते-लातें फिसल गई। बटलोई का मुंह एन माथे के बीचों-बीच लगा , तो खून के धारे बह गए मैंने तुरन्त गिरीबाबा से लाई हुई भभूत मली, तो जाकर खून रुका। पट्टी बांध कर पड़ी है गश्ती। जो पाप इसने किया है , उसका फलादेश इसे यहीं मिलेगा। मेरी तो सारी भभूत वहीं लग गई। निक्की के बेटे को दस्त लगे हैं। शायद दांत आ रहे होंगे। इसीलिए, मंदिर से भभूत लेने इस वक्त फिर आना पड़ा। सुबह तो एक बार जल चढ़ा गई थी। लो , थोड़ी भभूत तुम भी माथे पर लगाओ।" यह कह कर ताई अपनी थाली में भभूति ढूंढने लगी।

रेवती धीरे से उठी। कहने लगी , "ताई जी मैं ज़रा पिछवाड़े से हो आऊं। अभी आती हूं। फिर ये भी देखूं कि मेरी मोरनी के बच्चे इतनी आंधी-तूफान में बचे हैं या नहीं।" यह कह कर वो ज्यों ही खड़ी हुई चक्कर खाकर गिरने को हुई। ताई ने उसे पकड़ कर लिटा दिया।

ताई क्रोध से भर उठी। रेवती का कोई भी कष्ट वह उसकी सास का किया धरा मानती थी , बोली , "हे राम। उस दुष्टा का नास कर। इस गऊ का तो कोई दोष नहीं है। ओम्न नमः शिवाय।" अचानक ताई को ख्याल आ गया था कि राम कहा तो शिवजी कहीं नाराज़ न हो जाएं।

रेवती ने समझा और हंस पड़ी , बोली , "ताई ऊपर वाला कौन। अब मेरा क्या उपाय है? उस रात मर जाती , तो सभी झंझटों से छूट जाती।"

ताई हैरान होकर देखने लगी। इस चढ़ती उम्र में कोई मरने का कैसे सोच सकता है!

तभी मुकद्दम भीतर आया। उसके हाथ में एक गिलास था। उसने नीचे कपड़े से यूं ढंक रखा था, जैसे चिड़िया का बच्चा हों। रेवती से बोला, "धीरे-धीरे पी जाओ। मंदिर से लाया हूं। गिरीबाबा के प्रसाद से बचा था। भंडारी ने स्नेह से भेज दिया। इससे ताकत आएगी।"

ताई बोली, "क्यों नहीं भाऊ, यह तो असली प्रसाद हे। अब तुम आ गए हो, तो मैं चलती हूं। यह मेरी देवरानी तो बस भोले भंडारी है।"

मुकद्दम की पत्नी द्वार पर खड़ी थी। बोली, "बहन तुम्हारे आने से बड़ा मन सिझा जाता है। तुम आती रहा करो।"

ताई को शरारत सूझी। बोली, "अब मुकद्दम बूढ़ा हो गया हे। अंदर तुम्हीं रहो इसके साथ।"

बुढ़िया समझी। हाथ। कहने लगी, "रेवती का हाथ दिखा दो बहन।"

"ओम नम: शिवाय।" कह कर ताई चली गई। उसने सोचा बुढ़िया से बहस फिज़ूल है।

रेवती धीरे-धीरे दूध पीने लगी। भूख भी लग रही थी। घुटे हुए दूध में बला की ताकत थी। रेवती सारा दूध पी गई, तो लगा बदन में शाति का संचार हुआ है। वह धीरे-धीरे उठ कर पिछवाड़े में गई। वहां उसने देखा, मोरनी के बच्चे चूं-चूं कर रहे हैं। मोरनी वहां नहीं है। उसे खुशी के मारे रोना आ गया।

वापिस आई, तो देखा, ताई धीरे-धीरे मुकद्दम से बात कर रही है।

उसने कहा, "अरे, रेवती बुढ़ापे में मेरी मति भ्रष्ट हो गई है। देखो, भभूति की पुड़िया यहीं भूल गई। वह तो अच्छा हुआ, जो बाज़ार में ही याद आ गया। निक्की के बेटे को चटानी है न। अरे हां, देखो तो मैं भूल ही गई।"

मुकद्दम ने कहा, "भाभी यह तुम्हारा दोष नहीं, तुम्हारी उम्र का दोष है।"

"हां, तुम्हें तो जवानी चढ़ रही है भाऊ।"

"अरे, रेवती, निक्की अपने बेटे के लिए तावीज़ लाने घान पर गई थी, तेरे लिए भी लाई है।" ताई अपनी थैली में तावीज़ ढूंढ़ने लगी। काला-सा धागा मिलां, तो उसकी

बांछें खिल गईं, "ओन्म नमः शिवाय। यह देखो मिल गया। मैंने सोचा कहीं गुम न गया हो। करो रेवती बांह।" उसने रेवती की गोरी बांह पर काला धागा बांधा, तो वह हीरे-सा जगमगाने लगा।

ताई ने देखा, बीमारी के बाद रेवती नक्षत्र-सी चमकने लगी है। इतनी छोटी उम्र में इतना तेज। उसने सोचा, ऊपर हो आई है। दूसरा जन्म है इसका। उस दिन तो नाड़ी मिल ही न रही थी। अचानक ताई को रेवती से डर-सा लगा। बड़ी चरित्रवान लड़की है। ताई उठ कर जाने लगी, तो रेवती ने आंचल थाम कर कहा, "ताई जी, मेरी मां के आने की ख़बर रखना।"

ससुराल भेज कर मां-बाप का फ़र्ज़ तो पूरा हो जाता है, पर बेटियों की रूह तो वहीं भटकती रहती है।

रेवती ने अपने बहते आंसुओं को पोंछने का कोई यत्न न किया।

ताई ने उसके सर पर हाथ फेरा और रोनी आवाज़ में बोली, "यह क्या तुम्हारे बार-बार याद दिलाने की बात है? इधर वह बस से उतरे, मैंने तुम्हें खबर भेजी। अब चलूं। तुम्हारा ताया खांस रहा होगा। कल से मलट्ठी के कहवे में भभूति मिलाकर पिलाई थी, तो सो लिया था। नहीं तो न खुद सोता है, न दूसरों को सोने देता है। बुढ़ापा सबसे बड़ी बीमारी है बेटी, वैसे भी मुझसे दस साल बड़ा है।" यह कह कर ताई चली गई।

मुकद्दम हाथ में तम्बाकू पीने वाली साफ़ी लिए उकड़ूं बैठा कश पर कश लगा रहा था। एक कश साध कर बोला, "गिरीबाबा आज कुछ सुस्त हैं। तुम्हारे बारे में पूछ रहे थे। अगर मौज हुई तो शायद आ भी जाए। बड़ा संकट है बेटी, बाहर तेरी चाची मन्दिर की सीढ़ियों पर बैठी गोसाईंन से बातें कर रही है। दोनों को सुनाई नहीं देता, पर बातें ऐसे हो रही हैं, जैसे नेहरू और जिन्ना कोई गंभीर मसले पर बात कर रहे हों। अभी मैं उधर से गुजरा, दोनों एक-दूसरे से नाराज़ थी। गोसाईंन को तो थोड़ा सुनाई भी दे जाता है। चलूं, तुम्हारी चाची को ले आऊं।" हाथ में पकड़ी साफ़ी को कोने से टिका कर चाचा आगे बोला, "आज शाम मन्दिर से खिचड़ी आएगी। कल कोई भक्तिन देसी घी दे गई थी, तो संकटमोचन का खिचड़ी पर भक्ति-भाव उमड़ आया है। खिचड़ी के गुण ऐसे बता रहा है, जैसे संजीवनी बूटी है। सवेरे उसने गिरीबाबा के दूध में वही घी डलवा दिया था। गिरीबाबा ने पिया ही नहीं ··· चलूं तुम्हारी चाची को लिवा लाऊं। तुम अब सो जाओ।"

शाम को रेवती में और शक्ति आ गई थी। उसने सोचा तुलसी पर दीया जला देती हूं। आंगन में रोशनी हो जाएगी।

रेवती उठ कर बत्ती बंटने लगी। बत्तियां ख़त्म हो गई थीं। मुकद्दम ख़ुश हो गया।

कहने लगा, "दीया जलाओगी? जलाओ बेटी, बुढ़िया को शाम को वैसे भी रतौंधी होती है। पिछले साल बैल ने मार दिया था, तो डॉक्टर यहीं था। अपनी जीप में शहर ले गया। बच गई, नहीं तो अब तक मुक्ति पा गई होती। तुम जीती रहो बेटी, मांगे की रोशनी हो, पर तुम्हारे साथ रोशनी तो मेरी कुटिया में होती ही रहेगी।"

रेवती दृढ़ निश्चय से उठी। मुंह हाथ धो कर तुलसी के चौरे पर दीया बाती कर के मत्था टेक दिया। मिट्टी की गंध नथुनों में घुस कर सुख देने लगी। उसने सोचा, उस दिन यहीं पर तो महन्त जी आकर खड़े हुए थे। वह माथा नवाए-नवाए ही बोली, "आओगे नहीं महन्त जी, कब तक नहीं आओगे? मुझमें बड़ा सब्र है। विश्वास भी है। आप आएंगे तो जरूर। देखती हूं, कैसे नहीं आते। भक्ति क्या आप ही कर सकते हैं?" फिर वह उठी और दरवाज़े पर जाकर खड़ी हुई। मुकद्दम की पत्नी और गोसाईंन सिर जोड़े बातें कर रही थीं।

"मैं तो नहीं जाती, मेरी जाती है जूती।" गोसाईंन कह रही थी।

चाची ने उसके पांव देखकर कहा, "जूती तो मैंने आज तक तुम्हारे पांव में नहीं देखी। क्या संभाल कर रखी है?"

"तू मर। कभी ठीक बात नहीं सुन सकती। मैं कह रही हूं मैं शहर बेटे के पास नहीं जाऊंगी। तू भी कड़क बहरी है, बस।"

चाची ने कान पर हाथ तो रखा था, पर कुछ ठीक से सुनाई न दिया। तुरन्त बोली, "तेरा देवर फिक्र करता होगा। चलना चाहिए। जवानी में तो मंदिर की चौकीदारी करता रहा। अब मेरी करता है।"

दोनों हंस पड़ीं। एक सुन कर, दूसरी कह कर।

रेवती को चाची पर ममता हो आई। बोली, "चाची, अब घर आ जाओ।"

उसकी आवाज़ इतनी धीमी थी कि ड्योढ़ी पर बैठी कबूतरी भी उड़ी नहीं। न ही रतौंधी की वजह से बुढ़िया ने देखा। पर मुकद्दम ने देख लिया। उसने कहा, "बेटी तू अन्दर चल, मैं इसे ले आता हूं।"

अन्दर आकर रेवती चारपाई पर लेटी, तो उसे लगा, वह उतनी अशक्सत नहीं है, पर है तो कमज़ोर ही। अगर घर लगने वाला यह आसरा भी न होता, तो कहां जाती मैं! अम्मा-बाबूजी आएंगे तो भी मैं जाऊंगी नहीं। वहां मेरा कुछ नहीं है कोई नहीं है। यहां भंडारे में रहूंगी तो महन्त जी को देख सकूंगी। कितना बड़ा लालच हे। सिर्फ़ देखने की इच्छा है और कोई इच्छा नहीं। देखने की यह हसरत उस दिन भी कितनी तीव्र हो उठी थी, जब बारिश हुई थी! वही थे। दूर-बहुत दूर से भी पहचान लिया था उसने। बारिश भी

तेज़ थी, देखने का लोभ भी। यूं लगता था, सारा संसार सुन्दर हो उठा है। हर व्यक्ति निर्मल है, उदार है। हर आवाज़ बांसुरी है। बारिश की धड़धड़ाती आवाज़ जैसे शादी-ब्याह के घर में छोटी-छोटी लड़कियां घाघरों के पांयचे उठाए-धड़-धड़ करती बौछारों-सी बरस रही हों। महन्त जी ऊपर खड़े थे, पर सिर्फ़ बिजली की चमक में ही दिखाई देते थे। उनके क़दमों की आहट, जैसे हथेली पर पानी का एक क़तरा बह गया हो। महन्त जी दिव्य-पुरुष से खड़े थे। उस दिन जब बावड़ी से निकाल लाए थे, उस दिन एक कपड़े में मैं निर्वस्त्र-सी ··· ओह। कितनी लज्जा की बात है! अगर उस दिन चाहते, तो अपने इतने बड़े दालान की कोठरियों में कहीं भी मुझे छुपा लेते, तो क्या कभी कोई जान पाता?

रेवती ने ज़ोर से कहा, "पागल" तभी उसके कानों में मुकद्दम की आवाज़ आई, "चले, आइए महाराज, धन्य भाग जो आप पधारे···· आइए।"

रेवती की सांस थम गई। वक्त रुक गया। शाम का झुटपुटा हैरान हो उठा। ऊपर पहाड़ी की चट्टान मानो ज़रा-सी हिली। रेवती के हाथ-पांव ठंडे हो गए। वह सांस लेना भूल गई। उसने आंखे बन्द करके चारपाई की पाटी कस के पकड़ ली। आंखों में आंसू रोक लिए।

मुकद्दम ने कहा, "रेवती, गिरीबाबा आए हैं।"

रेवती के सिरहाने मुकद्दम था और सामने गिरीबाबा। शान्त, निश्चल, दृढ़ और सुन्दर जैसे आकाश। बदन पर एक सफ़ेद कपड़ा, सिर के बाल बढ़े हुए, दाढ़ी अस्त-व्यस्त, उसे अपलक देखते हुए।

मुकद्दम ने कहा, "बैठिए, महाराज!" सामने दूसरी चारपाई पर गिरीबाबा बैठ गए। जैसे कोई अदृश्य ताक़त बिठा गई हो, "पांव छुओ बिटिया।" दोनों को गुमसुम देख कर मुकद्दम बोला।

गिरीबाबा ने गर्दन हिला कर मना कर दिया, जैसे मुकद्दम बाहर निकला। उसने सोचा, जल तो ग्रहण करेंगे।

रेवती की आंखों में भरे आंसू झर-झर कर गिर गए। मानो बांध टूट गया। वह घबराहट में उठ कर बैठी। मोतियों से गोद भरने लगी।

उसने आंसुओं में ही देखा, गिरीबाबा अपने दोनों हाथ ज़ोर से भींच रहे थे।

रेवती ने रोते-रोते ही कहा, "नहीं, मैं आपको कोई दुःख न दूंगी। कभी नहीं। हो सकेगा, तो सुख दूंगी। आपको, सिर्फ़ आपको।"

अचानक गिरीबाबा ने पाटी पर रखा रेवती का हाथ थामा, फिर बोले, "तुम मर जाती, तो हमें बड़ा सुख देती क्या?"

“कहां मर पाई। आपने कहां मरने दिया। न उस दिन, न इस दिन।”

गिरीबाबा ने उसका हाथ दबा कर छोड़ दिया। कुछ न बोले।

रेवती ने मान में भर कर पूछा, “समाधि में क्यों चले गए थे आप? भागने से क्या होगा?”

उसी समय बाहर गड़गड़ाहट के साथ बारिश शुरू हुई, तो आवाज़ से दोनों चौके।

गिरीबाबा बोले, “भगवान की क्या इच्छा है। इस बारिश से तो कुछ पता नहीं चलता।”

रेवती को कुछ न सूझा, क्या कहे? उसने अपना हाथ उनकी रुई के गालों जैसे हाथ के ऊपर रखा। उनका हाथ अवश-सा पड़ा था। वह उसी को देखने लगी।

गिरीबाबा ने पूछा, “भंडारे में कब आओगी?”

“जब आपकी आज्ञा हो।”

“अभी तुम निर्बल हो। हमारे भंडार-गृह में बड़ी उथल-पुथल है। तुम सब संभाल लोगी न? हमें तो हिसाब नहीं आता।” गिरीबाबा रुक-रुक कर बोल रहे थे।

रेवती ने अपना दूसरा हाथ भी उन्हीं के हाथ में रख दिया, फिर आंखें बंद करके बोली, “आप सिर्फ़ मेरे हैं। सिर्फ़ मेरे।”

गिरीबाबा ने कहा, “यह क्या कह रही हो? हम तो सभी के हैं।”

रेवती होश में आई। उन्हें देखा, अपने दोनों हाथ उसने धीरे से खींचे। जैसे मां बच्चे के सो जाने पर अपना आंचल धीरे से खींचती है, फिर थोड़ा हंस कर बोली, “यह क्या बात हुई? आपने सभी के प्राण तो नहीं बचाए, सिर्फ़ मेरे प्राण बचाए हैं। क्या भूल गए हैं?”

यह बात उसने इतने अधिकार और विश्वास से कही कि गिरीबाबा असमंजस में पड़ गए, फिर धीरे से बोले, “सब के सामने हमसे बात नहीं करना।”

“ठीक है महन्त जी, बात चाहे महीने में एक ही बार करिए, लेकिन देख तो रोज़ सकूंगी न?”,

गिरीबाबा जैसे स्वप्न में बोले, “जो उसकी इच्छा।”

रेवती ने फिर उतने ही विश्वास से कहा, "उसकी इच्छा नहीं। इच्छा मेरी और दया आपकी।"

गिरीबाबा सिकुड़ कर बैठ गए, पर दोनों के बीच एक समझौता फड़फड़ाता रहा।

मुकद्दम भीतर आया, तो दोनों चुपचाप अजनबियों की तरह बैठे थे। मुकद्दम ने कहा, "चीनी ख़त्म हो गई थी। झट से भंडारे से ले आया। इसीलिए शरबत बनाने में देर हुई।"

गिरीबाबा ने शर्बत ऐसे पिया, जैसे जन्म से प्यासे हों और रेवती की तरफ़ नज़र उठाए बिना चले गए। पीछे-पीछे मुकद्दम भी गया।

कमरा अकेला हो गया, तो रेवती ने मुस्करा कर कहा, "डरपोक कहां के।"

फिर चद्दर में मुंह छिपा कर सोती रही। उसी अवस्था में उसने सोचा, कुछ भी हो जाए, गिरीबाबा की प्रतिष्ठा को धब्बा न लगने दूंगी। मेरी वजह से उन्हें कभी कोई कष्ट न होगा। न ही कोई आंच आएगी। उनका यहां आना कोई बड़ी बात नहीं। मन्दिर के कर्मचारियों का ध्यान रखने से तो उनकी प्रतिष्ठा में कमी नहीं आएगी। रेवती मन्दिर की दासी होकर उम्र निकाल सकती है। जीने का एक बहाना तो मुझे यहीं आकर मिला है। मैं अपना जीवन उत्सर्ग करूंगी, पर महन्त जी, आपको भी मुझे कुछ तो देना ही पड़ेगा।

"आप सिर्फ़ मेरे रहेंगे·· मेरे।! और अपना हिस्सा रेवती अब कभी किसी को न देगी। 'बड़े महन्त जी की तरह आप किसी सूबेदारनी पर मेहरबान नहीं हो सकते।' यह सोचकर रेवती ने कहा, 'छी छी, मैं भी क्या सोच रही हूं। इतनी जो ख्याति है इनकी, यह उसके अनुरूप नहीं है। क्या हो गया है मुझे? क्या प्यार में ऐसे ही होता है? मैं तो नहीं जानती।'

तीन-चार दिन रेवती मानो हवा में उड़ती रही। लेटे हुए, चलते-फिरते, काम करते, सोते-जागते उसे लगता। यह हवा सिर्फ़ मेरे लिए बह रही है। ये चांद सिर्फ़ मेरे लिए चमकता है। दीये की लौ सिर्फ़ मेरे लिए थरथराती है। फूल सिर्फ़ मेरे लिए खिलते हैं। मैं हूं··· मैं हूं। सभी को रेवती यही कहती। फिर एक दिन मनसू आकर सीढ़ियों पर बैठ गया।

रेवती ने मान में कहा, "मनसू, आज कैसे मेरी याद आ गई?"

मनसू रो पड़ा। दु:खी मन से बोला, "जब तुम बीमार थीं, सारा दिन यहीं बैठा रहता था। सोचता था तुम मर गईं, तो क्या करूंगा। अब तुम्हारी बुढ़िया ने जब से अपना सर फोड़ा है, कहीं निकलने ही नहीं देती। अरे, हां, शाहजी और शाहनी दोनों तीर्थों से लौट आये हैं। कल शाह तुम्हें देखने आएंगे। शाहनी की तबीयत ठीक नहीं है।"

रेवती ने रुलाई रोक कर पूछा, "क्या हुआ मेरी मां को?"

मनसू सकुचाते हुए कहने लगा, "वह कहते हैं, कुछ बाल-बच्चा होने वाला है। वहां एक महात्मा की सेवा दोनों करते रहे, तो जाकर कोई आशा बंधी हे। नहीं तो तुम अब अठारह की हो जाओगी।" फिर हंस कर बोला, "तुम मुझसे छ: साल छोटी हो बुआ, फिर भी बचपन में मैंने तुम्हारी मार खाई है और तुम्हारी हर ज्यादती सही है।"

रेवती यह खबर सुन कर पत्थर जैसी हो गई। खुशी का अहसास और यक़ीनी -बेयक़ीनी में झूलने की ऊहापोह। मनसू फिर बड़े उत्साह से बोला, "और बुआ लो एक और खुशखबरी सुनो। सुन रही हो? मेरी शादी भी पक्की हो गई है। लड़की मेरे मामा ने पसन्द की है। शादी धर्म-पुन्न से होगी। वह लड़की का कोई पैसा नहीं लेंगे। सिर्फ़ उसे गहने देने होंगे। तुम आओगी न बुआ?"

"हां, ज़रूर आऊंगी।" यह कह कर वह फिर मानो अपने आप से बोली।

"पर मैं कैसे आ सकती हूं। शादी-ब्याह में मेरा जाना ठीक नहीं। तुम्हारी बहू आएगी तो यहीं ले आना। मैं यहीं देख लूंगी।"

मनसू प्रसन्न होकर बोला, "तुम्हें याद है, जब तुम छोटी थी मुझे चिढ़ाती थीं कि मेरी बहू कानी होगी। हैं, चिढ़ाती थी न? बड़ी सुन्दर है वह। अपने,गांव के कूएं पर पानी भर रही थी, तो मुझे मेरे ममेरे भाई ने दिखा दिया था। डगडग पानी भर रही थी।"

रेवती ने कहा, "तब तो तुम्हें खूब पीटेगी, फिर तो रोते हुए यहीं मेरे पास आओगे।"

मनसू को हैरानी हुई। दु:ख होकर बोला, "तो क्या तुम हमेशा यहीं रहोगी बुआ?"

रेवती ने कहा, "और कहां जाऊंगी मूर्ख। द्वार तो सभी बन्द हैं। यहां भंडारा देखूंगी और महन्त जी की सेवा करूंगी।"

"कौन महन्त? गिरीबाबा?"

"हां।" रेवती ने धीरे से गर्दन हिलाई।

मनसू मूर्खों की तरह बोला, "पर उन्हें सेवा की क्या ज़रूरत है। वह कोई बूढ़े हैं क्या?"

रेवती को गुस्सा आया। बोली, "जाओ मनसू, तुम मूर्ख के मूर्ख ही रहे। शादी करने के बाद भी तुम्हें अकल न आएगी, पर मेरे भाई अक्ल से काम न लोगे, तो पत्नी भाग जाएगी।"

मनसू नाराज़ हुआ, तो रेवती बोली, "मेरे तो तुम्हीं भाई हो। तुमने मेरी इज़्ज़त बचाई है।"

"ऐसे मत कहो बुआ, मैं तुम्हारा नौकर हूं। जब मेरी ज़रूरत पड़े, बुला लेना। तुम्हारी भाभी भी इसमें कुछ न कह सकेगी, हां। आए तो सही, फिर देख लूंगा।"

रेवती हंस पड़ी, फिर हंसते-हंसते बोली, "मुश्किल से तो तुम्हारी शादी हो रही है। वह आएगी तो क्या मेरे लिए उसे डांटोगे?"

जोश में आकर मनसू बोला, "क्यों नहीं डांटूंगा। सभी मर्द क्या अपनी औरतों को नहीं डांटते। ऐसे औरतें हाथ से निकल जाती हैं।"

"तुम्हें ये सब कौन सिखाता है मनसू? क्या बहू को डांटने के लिए ही शादी कर रहे हो?"

मनसू शर्मा गया, लज्जित भी हुआ, फिर बोला, "चलता हूं। तुम्हारी सास के लिये फिटकरी लेने आया था। माथे पर सेंक करेगी। अगर मैं देर से पहुंचा, तो मेरे माथे पर भी कर सकती है।"

"कैसी है अब मेरी सास?" रेवती ने पूछा।

जल-भुन कर मनसू बोला, "अच्छी भली है। सवेरे दूध से उतरी सारी मलाई रात के खमीरों पर रख कर खा जाती है, फिर मक्खन नहीं निकलता, तो मुझे डांटती है। सच कहता हूं बुआ, अब मैं यहां नहीं रहूंगा। शाह जी, शाहनी आ गए हैं। मेरे बापू से इतने सारे खेत अकेले नहीं संभलते। मैं उनका हाथ बंटाऊंगा।"

रेवती ने छेड़ा, "अभी बहू आई नहीं और अभी से अलग होने लगे।"

मनसू ने गंभीर होकर कहा, "तुम वहां होतीं तो अलग बात थी। अगर तुम्हारी बुढ़िया मेरी लच्छी को कुछ कहेगी, तो मैं फिर···हां···मार डालूंगा।"

"जा-जा बड़ा आया मेरी सास को मारने वाला। तुम मेरी सास को मारोगे, तो मैं क्या तुम्हारी सास को छोड़ दूंगी।"

"वह तो पिछले साल ही मर गई बुआ, अब मैके का सारा काम लच्छी ही संभालती है। सभी कुछ आता है उसे, हां।"

"कुछ तुम भी सीख लेना। अब जाओ, मेरी सास डांटेगी, फिर हल्ला करोगे।"

मनसू रेवती के मुंह की ओर देखता रहा, तो उसे ख्याल आया कि रेवती तो पहले

जैसी हो गई है। उसने कहा, "बुआ, तुम तो पहले जैसी हो गईं। तुम्हारी सास ने तुम्हें चट्टान बना दिया था।"

"हां, मनसू, मैं यहां बड़ी खुश हूं।"

"बुआ, गिरीबाबा का दर्शन पाया?"

"हां।" उसने गर्दन हिलाई।

"बुआ, सवेरे आएंगे शाह जी।"

"तो यह तुमने मुझे पहले क्यों नहीं बताया?"

"तुमने बात कहां सुनी। बचपन से तुम्हारी यही खराब आदत है। सभी जानते हैं, तुम और किसी को बोलने ही नहीं देतीं, पर ससुराल में तुम कैसी हो गई थीं।"

"मनसू वह रेवती मर गई।" फिर रेवती ने पिछवाड़े से उतरे दो अमरूद मनसू को देकर कहा, "लो एक तुम खाओ, एक अपनी लच्छी को देना।"

मनसू 'हो-हो' करके हंसने लगा और अमरूद खाता-खाता मौज में सीढ़ियां उतरते-उतरते गाता गया," ओ तुगी शहरै दी सैल कराई देग्गे, गजरे टड़िए।" (गूजर की बेटी तुम्हें शहर की सैर करवाएंगे।)

रेवती सीढ़ियों के ऊपर मुकद्दम के घर के दरवाज़े पर खड़ी थी। उसे ख्याल आया, जब वो आठवीं में पढ़ती थी, तो उसकी सहेली गोमती ने एक दिन आकर सब को गुड़ की बर्फी खिलाई थी और बताया था, इतने बरसों के बाद उसका भाई हुआ है। सब लड़कियां कितनी खुश थीं। यह खबर जो खुशियां लेकर आई है, आज वह किसे सुनाए? क्या गिरीबाबा को नहीं?

उसे अच्छी तरह याद है। गोमती बड़ी मुश्किल से आठवीं में से पास हुई थी, पर वह यूं नाच रही थी, जैसे क्लास में अव्वल आई हो। तब रेवती ने भी सोचा था, मेरा भाई क्यों नहीं होता? जब शादी में फुल्लियां देनी थीं, तब मामा के बेटे ने भाई का शगुन किया था। रेवती की आंखें भर आईं। क्या अपना भाई होता, तो वह मन्दिर में आकर रहती?

फिर उसे लगा, जब वह यहां इतने उतार-चढ़ाव में से गुजर रही थीं, तब उसके मां-बाप को अपनी जायदाद के वारिस की पड़ी रही। मन में कहीं दर्द का एक कांटा गड़ गया। मां को बेटा होगा। मेरा भैया होगा, पर आज मैं कहां हूं? क्या हूं?

फिर अचानक उसे ख्याल आया , यह बच्चा मेरा भी हो सकता था। हां , क़ायदे से तो ··· यह बच्चा मेरा ही होना चाहिए था। अगर सुन्दर न मरता , तो··· उसने अपनी रुलाई को कलेजे में घुमड़ने दिया।

बेटी और बेटे में कितना फ़र्क़ है। भगवान करे मां को बेटा ही हो। पर मैं नहीं जाऊंगी। सवेरे बापू जी आएंगे, तो मना कर दूंगी। मैं नहीं जाऊंगी। मैं कभी नहीं जाऊंगी।

भागे-भागे मुकद्दम आया , "कहां नहीं जाओगी बेटी?"

रेवती को शर्म आई , फिर बोली , "चाचा, बापू कल लिवाने आएंगे , पर मुझे भेजना नहीं। मैं यहां से कहीं न जाऊंगी। मुझे मत भेजना।"

मुकद्दम को सारी बात समझ में आ गई। बोला , "तुम्हें कौन भेज रहा है। मेरे बुढ़ापे में इस अंधेरे घर में दीया जलाने आई हो तुम। तुम कहीं नहीं जाओगी। यहां गिरीबाबा तुम्हारा बहुत ख्याल रखते हैं। मैं हूं, किस बात का डर है।" फिर थोड़ा रुक कर मुकद्दम बोला , "मैं तुम्हारे बाप को अच्छी तरह जानता हूं। वह धर्मदास शाह का बेटा है। वह ज्यादा न नुकर न करेगा। विधवा बेटी बड़ा बोझ होती है बेटा , पर मेरे लिए तो तुम बुढ़ापे की लाठी हो। पता नहीं कौन से पुण्य आ गए आगे , जो तुम मेरे घर आईं। तुम कहीं न जाओगी। तेरी बुआ की समाधि इस बात की गवाह है कि ज़मीदारों को ज़मीन के सिवाय कुछ अच्छा नहीं लगता।" यह कह कर बूढ़ा बाहर चला गया।

रेवती निश्चिन्त होकर लालटेन साफ़ करने लगी। उसने सोचा शीशे पर कितनी कालिख़ पुत गई है। इसकी रोशनी से कौन-सा उजाला होगा!

फिर उसे याद आया , जब रेवती की मां ने कहा था। अभी ये छोटी है इसकी शादी दो साल ठहर कर करना , तब रेवती के बापू ने कहा था, "याद नहीं तेरी ननद जो कालिख़ पोतने जा रही थी , वह पुत जाती तो कहीं मुंह दिखाने के काबिल न रहते। लड़की को होश आने से पहले ब्याह देना चाहिए।"

तब उसकी मां धीरे से न जाने क्या फुसफुसाई थी कि उसके पिता ने आसमान से भी ऊंची आवाज़ में कहा था , "तुम जैसे छोटे खानदान की हो , वैसे ही समझती हो , वह भी ठीक थे। पर हमारे खानदान से उस मास्टर के बच्चे का क्या मुकाबला। न उससे ट्यूशन करवाते , न मुसीबत आती। खबरदार जो फिर कभी शादी में आनाकानी की तो , मुझसे बुरा कोई न होगा।"

फिर जब उसकी शादी में सीता बुआ कमरे में बहुत रो रही थी , तो उसने पूछा था , "बुआ क्यों रोती हो।"

तब सीता बुआ ने बताया था, "तुम नहीं जानती करमो का गला मेरे चाचा, तुम्हारे दादा ने काठ दिया था। उसे स्कूल मास्टर से मुहब्बत थी। जिस देहरी पर यह पूजा करते हैं, वहीं हुई थी उसकी हत्या। बाल विधवा थी तो क्या हुआ? यह कितनी-कितनी शादियां करते हैं। मेरा तो मन इस द्वार पर आने को नहीं करता, पर क्या करूं। करमो मेरी बड़ी सहेली थी। आज होती, तो उसके बच्चे मेरे बच्चों के जितने होते। तेरे बाप की शादी तो बाद में हुई। कोई हत्यारों को लड़की न देता था, पर तेरी नानी गरीबनी फंस गई। यह दूर गांव की थी। पता न चल पाया। इतना नाम था खानदान का। उस असहाय को मार कर कालिख़ पोत दी।"

रेवती ने लालटेन साफ़ करके जलाई, तो सारा घर उजला हो गया। चांद जैसा उजला। बाहर चांदनी बिछी थी। पिछवाड़े में पौधे बड़े-बड़े होकर चांदनी को लेने लपक रहे थे।

उसी रात गिरीबाबा भी चांद देख रहे थे। मन्दिर में सब सो गए थे। विशाल प्रांगण के एक कोने में तख्तपोश पड़ा था। वहीं टोकरी में मोतिए के फूलों के हारों का ढेर लगा था। जिस पर मालिन गीला कपड़ा डाल गई थी। मोतिया व चंपा के हारों की मिली-जुली ख़ुशबू मानो चांद से ही आ रही थी। गिरीबाबा चांद को मस्त होकर निहार रहे थे। गहरे नीले आकाश की स्वच्छता सिर्फ़ चांद ही भंग कर रहा था।

गिरीबाबा ने सोचा, दुनिया कितनी सुन्दर है। मोतिये के फूल कितने सुन्दर हैं, सफ़ेद चांदनी में धुला आसमान सुन्दर है। चांदनी में चमकते सफ़ेद चांदी की तरह झिलमिलाते पत्ते सुन्दर हैं। बाहर उनके तख्तपोश पर रखा सफ़ेद गावतकिया बेहद सुन्दर है। सामने एक रस्सी पर चांदनी में ध्वजा की तरह फरफराती हुई सफ़ेद चद्दरें सुन्दर हैं। मन्दिर में पार्वती की नाक में चमकती हीरे की लौंग सुन्दर है। सुन्दर हैं शिव की आंखों की सफ़ेद पुतलियां, संगमरमरी उंगलियां, सुन्दर है नीचे बहती नदी के जल की पतली धारा का झिलमिल जल, सुन्दर हैं मछली के मुंह से निकल रहे सफ़ेद बुलबुले, सुन्दर है यह निस्तब्धता, जिसमें चांदनी खिलखिला रही है। सुन्दर है चांद और चांद जैसा मुख। सुन्दर हैं दोनों गुलगुथने हाथों पर छोटे-छोटे हाथों का ठहर गया अदृश्य-सा स्पर्श, सुन्दर है वह क्षण, जिसमें गुंथ आई मोतिये की माला और दीये की रोशनी में गुंथ आए चार आतुर हाथ।

कितनी सुन्दर है यह दुनिया! इसे छोड़ कर संन्यास लेने की तुक क्या है?

पर ये सब उन्हें पहले क्यों नहीं दिखाई दिया था? पहले कैसे नहीं सूझा? उन्होंने चांद को देखा, वह उन्हीं को देख रहा था।

गिरीबाबा ने पूछा, "तुम कौन हो, चांद हो, या चांदनी? तुममें किसका चेहरा छुपा हुआ है? कितनी ठंडक है चांदनी के हाथों में, और मिलन के समय ठहरे हुए क्षणों में?"

एक सांस खींच कर गिरीबाबा बोले, "प्रभो, हम पहले वंचित थे, या अब वंचित हैं?"

गिरीबाबा को लगा चांद हिला है। चांद ज़रा-सा मुस्कराया है। ज़रा-सा हिला है फिर। स्वच्छ निर्मल आकाश में अकेला चांद बोला है, शरमाया है और कांप गया है, पर बाक़ी तो हर कोई मौन है। चांदनी को छूकर आती हवा शऽ ऽ ऽ करके चुप रहने का संदेश दे गई है। सबको मौन कर गई है। शायद चांद सोना चाहता है।

उन्होंने खुले में सोए संकटमोचन व उसके समुदाय को देखा। चांदनी उनके खुले मुंहों के भीतर महुए-सी टपक रही थी। संकटमोचन का सोने का दांत खर्राटा भीतर जाते ही चमक उठता था। गिरीबाबा को याद आया, कैसे बड़े महन्त जी ने उसे डांट था और कैसे संकटमोचन ने एक भक्तिन से सोने के दांत के लिए माल ऐंठा था।

तब गिरीबाबा छौटे थे। समझ न पाए कैसे सोने का दांत, दूसरे दांत से बढ़िया हो सकता है? यह बात वह अब भी नहीं समझते, पर देख कर हैरान होना बंद कर दिया है। अभी रात ज्यादा नहीं हुई, पर यह भंगेड़ी दल ऐसे सोया है, जैसे जंग के बाद इतमीनान से सिपाही सोते हैं, अस्त-व्यस्त बिखरे हुए कागजों की तरह।

अचानक इस निस्तब्धता में एक स्वर उभरा, "महाराज, पांव दबा दूं।" सोने से पहले कभी-कभी छोटा आनंद उनके पांव दबाता था। उसकी आवाज़ उस चुप्पी में मुकद्दम की लाठी की ठक जैसी लगी।

"महाराज, नींद नहीं आई?"

किसकी आवाज़ कितनी मधुर। खुमारी में गिरीबाबा चौंके। नंदू को देखा, गर्दन हिलाई।

"नहीं, नंदू रहने दो।"

"महाराज, संकटमोचन बाबा कान मल देते हैं और आप के पांव दबाए बग़ैर मुझे नींद भी तो नहीं आती।"

"चलो, नंदू जी, यहीं तख्तपोश पर बैठते हैं।" नंदू पायताने बैठा। पांव मसलते-मसलते उसने देखा, गिरीबाबा अपने दोनों हाथ मसलते हुए तकिए पर सिर रखे मन्द-मन्द मुस्करा रहे हैं।

पांव दबाते-दबाते नंदू ऊंघने लगा। गिरीबाबा ने कहा, "बस नंदू, तुम जाओ। एक गिलास पानी रख जाना।

पानी पीकर दोनों हाथ गोद में रखे, तो उनकी मुट्ठी में वही कांपता हुआ दुबला-सा हाथ आ गया। उनके हाथों पर दूसरा हाथ आकर पंख समेटे कबूतर की तरह बैठ गया। आंखें मूंदे-मूंदे गिरीबाबा ने मोतिये की सुगंध में मचलती चंपा की सुगंध को पहचाना, फिर बोले, "रेवती, कितनी आसानी से आज हमने तुम्हें तुम कह दिया। आज तक कभी किसी औरत से भी हमने हूं-हां के सिवाय बात न की थी!"

उनके कानों में अपने ही शब्द गूंजे, "तुम मर जातीं तो हमें दुःख थोड़े ही होता।"

फिर बोले, "हां, पर तुम मर जातीं तो हम इस उधेड़बुन से जी जाते। मुक्त हो जाते। कैसे जकड़ गए हैं हम। भागने की कोई राह नहीं सूझती। तुम शायद भागने भी न दोगी। हम भी अब कहां भागना चाहते हैं। तुम जो पूरे वजूद पर चांदनी की तरह छा गई हो। हम क्या करें?"

रात की निस्तब्धता में भी उन्हें अपनी फुसफुसाहट बड़ी ज़ोर की सुनाई दी। यही वक्त है, जब मनुष्य अपने आप से मिलता है। तभी उस निस्तब्धता से उभर कर संकटमोचन का स्वर निकला, "जा-जा, भाग चांडाल! अगले जम्म में गधे की जून में जाएगा।"

गिरीबाबा का ध्यान भंग हुआ। उठकर अपने कमरे में गए। दोनों हाथों को सिकोड़ कर छाती पर रखा। ठंड-सी गमक रही थी।

यूं लगा बाहर से कोई चलता हुआ उनके संग ही कोठरी में दाखिल हुआ है।

कोठरी में शान्ति है। हवा है, एकान्त है, पर वह भी है। कहां भाग जाएं। बूंद बूंद टपकती बर्फ़ से बना शिवलिंग भी मेरे मन के ताप को न हर सका। शंकर भी गरल पीकर क्या पार्वती से अलग हों सके। वह तो अमृत है, पर शंकर भगवान हैं और मैं एक क्षुद्र प्राणी। वह अपनी शैया पर लेट कर आश्वस्त हुए। मुंह से निकला,

> "न दक्षिणा वि चिकते न सव्या न प्राचीनमा दित्या नोत पश्चा।
> पाक्याचित वसवो घीर्याचिद, युश्मनीतो अभय ज्योतिरश्याम ॥"

(आजकल मैं एक अंधेरी रात्रि में घिरा हूं। न दाईं तरफ़ कुछ दिखाई देता है, न बाई तरफ़। इसलिए मैं चाहे कितना अपरिपक्व होऊं, चाहे कितना धैर्यरहित दीन होऊं, हे आदित्य, किसी तरह तुम्हारे द्वारा ले जाया गया मैं भयरहित प्रकाश को प्राप्त हो जाऊं।)

गिरीबाबा ऋग्वेद के आसरे-आसरे सो गये। सुबह उठे, तो दोनों हाथ खाली थे।

रात में छाई चांदनी आकाश को रीता कर गई और सुबह गिरीबाबा के हाथों में अटका मोह झर गया। एक बगूले की तरह मंडराता कमज़ोर सा अहसास उन्होंने सरं से फटका और नित्य कर्म में लग गए। पुराने ग्रन्थ फिर से निकलवाए। साफ़ करवा कर चौकियों पर सजवाए और पढ़ने शुरू किए, कभी सस्वर, कभी चुपचाप। अपनी कोठरी से निकलना कम कर दिया।

कई दिन हो गए। रेवती भंडार-घर में सफ़ेद धोती से निकले दो हाथों से काम करती रही। मंदिर की व्यवस्था और अच्छी हो गई ओर छोटा नंदू रेवती का जैसे पालतू हो गया।

रेवती के पिता उसे लेने आए थे, पर रेवती गई नहीं। पिता क्रोधी स्वभाव के थे। रेवती को लगा, नाराज़ भी हुए हैं, पर रेवती ने दृढ़ स्वर में कहा था, "जब तक एक वर्ष नहीं होता, मैं अपना गांव छोड़ कर नहीं जाऊंगी।"

पिता ने सोचा होगा, बेटी है, पर विधवा भी है। इतने बरसों बाद साधु का पुत्र-प्राप्ति का आशीर्वाद मिला है। अगर विधवा का साया ठीक न हुआ, तो सब गुड़-गोबर हो जाएगा। फिर लड़की का तेवर तो देखो! मन पिघला भी था। पिता ने हाथ उसके सर पर रख कर कहा था, "जैसी तुम्हारी मर्ज़ी, पर तुम्हारी मां रो रोकर हलकान हो रही है।"

रेवती ने कहा था, एक दिन आकर मां को मिल जाऊंगी, पर वहां रहूंगी नहीं। जब तक साल न हो, कहीं जाना नहीं चाहिए। उसके बाद आऊंगी।" पिता की आंखें छलछलाने को हुईं, पर बही नहीं।

रेवती ने देखा और कहा, "मेरी चिन्ता न करें। मैंने अपने आप को शिव अर्पण कर दिया है। आपने अपना कर्त्तव्य पूरा कर दिया, फिर मेरा भाग्य।"

शाह ने कहा था, "मेरे घर में किसी चीज़ की कमी नहीं।" पर यह न कह सका सब तुम्हारा है।

तभी मुकद्दम ने रेवती को इस ऊहापोह से बचा लिया था। उसने कहा था, "शाह जी, इसने बड़ा कष्ट पाया है। यह भी तो इसका मैका ही है। सारी ज़िन्दगी तो राजा-महाराजा भी बेटी को नहीं रख सकते। इसके सास-ससुर ने भी बड़ा ज़ोर किया था , पर मैंने रेवती को नहीं भेजा। इसका मन यहां आकर शान्त हो गया है। जब तक सहज हो जाए इसे यहीं रहने दें। अब तो सुन्दर की बरसी भी आ जाएगी। उससे पहले ही इसे ससुराल जाना होगा।"

शाह ने मन में सोचा, बेटी का बाप मैं और भाषण इसका सुन रहा हूं। बड़ा धूर्त है बूढ़ा। घर का सारा काम तो रेवती ही करती होगी।

तभी चाची ने कहा, "शाह जी, रेवती मेरी बेटी है। इसका ख्याल मैं रखूंगी। आप

इसे लेकर नहीं जाना। रेवती, चलो अन्दर। पिछवाड़े में तुम्हारे मोर का एक बच्चा कूएं की जगत पर बैठा था। गिर गया , तो फिर मुझे न कहना।"

शाह ने समझ लिया , यत्न व्यर्थ है। सो वह बेमन से लौट गए। शाहनी को डॉक्टरनी शहर से आकर देख गई थी। इतने बरसों बाद आशा बंधी थी। हिलना-डुलना भी ज्यादा मना था। शाहनी रेवती के न आने पर बड़ी दुखी हुई।

फिर एक दिन मनसू ने आकर कहा , "शाहनी , तुम दुखी न होओ। बुआ ने कहला भेजा है कि मैं अपना मनहूस साया लेकर न आऊंगी। सुन्दर का साल , अभी होना है। मैं तभी आऊंगी, जब मेरा भैया आ जाएगा।"

शाहनी ने सब्र कर लिया था। शाह ने शाहनी का बाहर निकलना कड़ाई से बंद कर दिया था। बेटी के वियोग में तड़पती शाहनी बच्चा पैदा होने का इन्तज़ार करने लगी। दिन पर दिन बीतते गए , जैसे बीतते हैं। शाहनीं दिन गिनती रही।

सुन्दर की बरसी पर सारा। गांव आया दोबारा वैसे ही रोना-धोना शुरू हुआ , जैसे सुन्दर अभी मरा हो। रेवती मशीन की तरह सारा काम करती थी , जैसे मन्दिर में करती थी। लोग उसे देख कर ताज्जुब करते। इतनी छोटी उम्र और इतना ज्ञान। शाहजी भी आए थे। हारे हुए जुआरी की तरह बेटी को दांव पर लगा देखते रहे। जाती बार उन्होंने रेवती को अनुनय के स्वर में कहा, "बेटी , बहुत हो गया , अब घर चलो।"

रेवती ने उनकी ओर ऐसे देखा , जैसे पूछ रही हों, "कौन-सा घर?" पर फिर वह नज़रें झुका कर अदब से बोली , "बापूजी अब भगवान से यही मांगिए कि मेरा भाई हो और मेरा मैके का दरवाज़ा खुला रहे। मैं आऊंगी , पर अभी नहीं। मैंने अपने भाई के लिए शिव मन्दिर में मन्नत मानी है। मैं वहां रोज जल डालती हूं। उसमें विघ्न नहीं आना चाहिए मैंने अपने मन में यह संकल्प किया है , भाई के आने पर ही जाऊंगी।" यह कहते हुए रेवती की वाणी भर आई , पर आंसू न झरे।

बाप का दिल तो पहले ही पिघला हुआ था। वो रोते-रोते बोला , "मुझे क्या पता था तुम्हें कूएं में ढकेल रहा हूं। मन करता है , चौधरी का सर फोड़ दूं। कितना बड़ा धोखा हो गया।"

"नहीं , बापूजी , मेरे भाग्य में यही लिखा था। मन्दिर की सेवा करूंगी। मन को अब उसी से शान्ति मिलती है।"

बाप फिर हार कर चला गया।

जब रेवती ने बाप को भी मना कर दिया, तब सभी को यकीन हो गया कि रेवती को ज्ञान प्राप्त हो चुका है। अब उसके सास-ससुर को भी यकीन हो गया कि यह अब ऊपर से हो आई है। गृहस्थी में नहीं पड़ेगी। ताई ने तो औरतों के बीच बैठे-बैठे अनुमोदन तस्दीक[१] ही कर दिया, "इसकी नब्ज़ तो कितनी ही देर बंद रही थी। सारी उम्र लोगों की नब्ज़े देखी हैं मैंने। ऐसा चमत्कार कभी नहीं देखा। मैं क्या यह नहीं पहचान सकती कि लड़की ऊपर से हो आई है। नहीं तो इस कच्ची उम्र में चेहरे पर ये तेजास्वीता जलाल[२] यह तेज होता। मर्द की बरसी हुई, पर मजाल है, जो चेहरे पर शिकन बन भी पड़ा हो शिकन[३] भी आई हो। ऐसा तो ज्ञान भई मैंने अपनी उम्र में नहीं देखा।"

फिर दूसरे ही दिन शाम को रेवती ने गठरी बांध ली। भीतर-ही-भीतर रेवती की सास ने सुख की सांस ली। राहत से भर कर बड़े प्यार से रेवती को कहने लगी, "बेटी, अपने घर में रहो। तुम्हारे गहने, कपड़े-लत्ते सब बक्सों में अटे पड़े हैं।"

रेवती ने कहा, "मैं उनका क्या करूंगी? मेरे किस काम के। गरीब लड़कियों की शादियां हों, तो उन्हें दे दीजिए। कितने ही कपड़े मैंने पहने ही नहीं हैं। गहने भी यहीं पड़े रहें। मैं वहां क्या करूंगी?"

बरामदे में बैठे हुए मुकद्दम ने कहा, "गहनों का फैसला हो चुका है। आप चार जनों के सामने इसे दे दें। मन्दिर में लोहे के कमरे में, या जहां यह चाहे रख सकती है। हमारे मन्दिर के गहने भी लोहे ही के कमरे में रहते हैं। इतनी पहाड़-सी ज़िन्दगी इसके आगे पड़ी है। कब किस चीज़ की ज़रूरत पड़ती है, कौन जान सकता है।"

रेतती की सास दहाड़ी, "हमने इसके गहने क्या करने हैं। क्या मैंने पहनने हैं। इसके गहने इसी की कोठरी में मेरे ससुर की लोहे की तिजौरी में पड़े हैं। चाबी इसको दे देती हूं। जब चाहे रखे, जब चाहे निकाले।"

रेवती ने कहा, "मां, जब मैंने घर-बाहर ही छोड़ दिया, तो इन गहनों का कैसा लोभ? आप जो चाहें करें।"

तब तक पसार वाली ताई भी मैदान में आ चुकी थी। उसने आते ही कहा, "रेवती, तेरे बाप के गहने तो तेरे ही हैं। तू बड़े घरों की बहू-बेटी है। अपने गोखरू और गले की ज़ंजीर इस वक्त पहने रखो। कान में भी बालियां डालो। सुन्दर अपने साथ तो कुछ नहीं ले गया। बिना गहनों के फ़कीरनी-सी लगती हो बेटी, इतना बड़ा तुम्हारा ससुर, इतना बड़ा बाप, हाथ-कान खाली क्यों रहें? फिर गले की ज़ंजीर तो भाई की रक्षा होती हे। भगवान ने चाहा, तो तुम्हारे भाई ही होगा। भाइयों का बड़ा मान होता है।"

---

१. प्रमाणित २. तेज ३. सिलवट

रेवती ने दृढ़ स्वर से कहा, "ताईजी, मां तो बहुत कह रही हैं, पर मैं कोई गहना न पहनूंगी।"

तभी रेवती की सास उसके गहने निकालने गई। ताई ने फुसफुसा कर रेवती को कहा, "पागल न बनो रेवती, मैं तुम्हारी मां जैसी हूं। ये गहने अब तुम्हें कोई बनवा कर न देगा। पच्चीस तोले के तो तुम्हारे गोखरू ही हैं। पन्द्रह की ज़ंजीर भी होगी। ये गहने पहन के जा, फिर चाहे उतार ही देना। मंदिर में संभाल के रख देना। जब औरत का कोई नहीं होता, तब यही गहने उसके मां-बाप होते हैं। ये तुम्हें नंगी-बुच्ची भेजना चाहती हैं। तू भी उन्हीं के खेल को खेलने लगी है। तुझे तेरे ताये की सौगन्ध। बुढ़िया गहने ला रही है, पहन लेना।"

हालांकि ताई के लिए ताया का कोई महत्व न था, पर ऐसे वक्त कसमें दिलाने के लिए वह हमेशा उसी को घसीट लाती थी।

रेवती ने दोनों बाहें आगे कर दी। ताई ने ज़ोर लगा कर गोखरू खोले और उसे पहना दिए। लंबी-भारी सोने की ज़ंजीर से रेवती की गर्दन दर्द करने लगी। उसकी मां ने चाव से घर में सुनार बिठा कर बनवाए थे, ताकि सुनार खोट न डाल सके। रेवती की रुलाई फूट पड़ी। मैके से विदा हुई थी, तो ये गहने पहने थे। सुन्दर की मौत पर उतार दिए थे। आज फिर ये गहने पहने तो सारे चाव याद आ गए। इनमें विदाई की घड़ियां भी थीं, सुख के सपने भी। उसे लगा, आज वह फिर विदा हो रही है। उसने सास के पैर छुए। दोनों रो पड़ीं, फिर ताई के आगे झुकी, तो उसने रेवती को अपने ऊंक में ले लिया, फिर बोली, "मैं तुझे मन्दिर में रोज़ मिलूंगी। जी छोटा न कर। बाहर तेरा ससुर भी लुटा-पिटा-सा खड़ा है और देखो, निक्की भी आ गई। इसकी सास भी नंबरी हरामी है। सारा दिन बैठी रहती है। खटे तो निक्की।"

निक्की आते ही रेवती के गले लग कर बुक्का मार कर रो पड़ी। उसका बेटा मंगलू भी गों-गां करने लगा। दो रोती औरतों में पिसता मंगलू हैरान होकर चिल्ला रहा था। रेवती ने अपने आंसू पी लिये।

निक्की बहू ने ही रोते-रोते कहा, "मैं तो बंधन में हूं रेवती, पर तुम कभी-कभी आती रहना। जब टैम लगा, मैं भी आऊंगी। कुन्तों की भी चिट्ठी आई है। यह ले, यह तुम्हारे लिए है। इसमें उसका पता भी है। उसे जवाब ज़रूर देना।"

रेवती ने कहा, "हां दूंगी मेरी तो वह जान-प्राण थी। मेरी कुन्तो सुखी है, इसी बात का मुझे बड़ा संतोष है।"

मुकद्दम ने कहा, "बेटी, अंधेरा हो जायेगा, चलो। शाम गहराने से पहले ही पहुंच जाना चाहिए। तुम्हारी चाची को फिर किसी बैल ने मार दिया, तो वह तो बचेगी नहीं और यह तुम्हारी ताई मेरी बदनामी करती रहेगी।"

ताई तमतमा कर बोली, "जा, बड़ा आया बदनामी वाला। मुझे उससे क्या मिलेगा?",

मुकद्दम बोला, "औरों की बदनामी से क्या मिलता है?" सब हंसने लगे। माहौल थोड़ा हलका हो गया।

रेवती चली गई, तो फिर सब सूना हो गया, घर में यूं लगा अब कभी रेवती लौट कर न आएगी।

रेवती की सास बड़ी चालाकी से अपने पति को धीरे-धीरे तैयार कर रही थी। एक दिन बोली, "अब तो कुछ भी नहीं रहा सुन्दर के बापू, तुम्हारे सारे खानदान में भी कोई नहीं, जो इस घर में दीया जलाए। इतने ज़ंजाल का अब मैं क्या करूंगी? तुम भी बूढ़े हो चले हो। कहां कोर्ट-कचहरी के चक्कर काटोगे? मुझे अब तुम काशी छोड़ आओ।"

बूढ़ा खांसा, फिर कहने लगा, "यह सब नखरे रहने दे। बहू के साथ अगर तुम्हारा व्यवहार अच्छा होता, तो वह मन्दिर में क्यों जाती। क्या मैं नहीं जानता देवराज जब पीछे तबेले में शराब में औंधा पड़ा था, तब पहली मर्तबा रेवती मंदिर गई थी। जिस घर में हर वक्त इज्ज़त का खतरा हो वहां कोई शरीफ लड़की कैसे रह सकती है, पर जब तक मैं ज़िन्दा हूं तुम्हारा कोई इरादा पूरा न होगा। हां, मर जाऊंगा, तो चाहे जो करना। अगर तुम पहले मर गई, तो मैं अपनी सारी जायदाद मंदिर के नाम लिख जाऊंगा। मेरी बूढ़ी हड्डियों में दीया जलाने का दम है। तुमने जाना है, तो जाओ।"

अब बुढ़िया को सांप सूंघ गया उसने सोचा था, सुन्दर की बरसी के बाद देवराज के परिवार को बुला लूंगी। उसके बच्चे का मुंह देख कर लिखा-पढ़ी भी हो सकती है, पर यहां तो उसका ही बिस्तर गोल हो रहा है। दम साथे चुप रही।

मन्दिर में जाकर रेवती ने कुन्तो की चिट्ठी दीये की रोशनी में पढ़ी। नीचे कुन्तो ने अपना नाम खून से लिखा था। रेवती को याद आया स्कूल में जब उसकी और कुन्तो की लड़ाई हुई थी तो भी कुन्तो ने चिट्ठी में अपना नाम खून से ही लिखा था। चिट्ठी क्या थी कुन्तो ने अपना मन चीर कर रख दिया। दुःख का एक-एक लफ्ज़ रेवती के सीने में गढ़ गया। पर उसे गर्व भी हुआ कि कुन्तो बड़े आदर्श परिवार में गई है और उसे अपने पास बुला रही है। कुन्तो ने लिखा था :

मेरी सास यहां अपना स्कूल चलाती है। तुम यहां आ जाओ तो वहां भी काम कर सकती हो। तेरी चिन्ता में मैं जी भी नहीं पाती। तुम्हारे जीजाजी भी बड़े चिन्तित हैं। मेरी सास तो कहती है रेवती की फिर शादी करवा देंगे। ये अन्याय क्युं हो।

रेवती ने एक सांस भर कर कहा, "मेरी शादी तो अब श्मशान में ही होगी।" रेवती सारा दिन काम में व्यस्त रहती। महन्त जी कभी-कभी दिखाई दे जाते, पर उसने कभी बात करने का यत्न नहीं किया। घूंघट में से देख लेती बस। वैसे भी मन्दिर में कई जोड़ी आंखें उसकी पहरेदारी करती थीं। गिरीबाबा के सारे समाचार उसे नंदू दे देता था। एक दिन नंदू की कमीज सीते हुये रेवती ने पूछा, "नंदू क्या महन्त जी सारा दिन पढ़ते रहते हैं।"

नंदू बोला, "हां बुआ सवेरे अंधेरे से ही उठकर पहाड़ी पर जाते हैं। वहां से मेरे लिए कभी-कभी बेर लाते हैं। कभी कोई सुन्दर-सा पत्थर।"

"तुम उनके पांव दबाते हो न?"

"हां, रोज दबाता हूं। वह सो जाते हैं, तो मैं भी सो जाता हूं।"

"तुम कहां सोते हो?"

"वहीं, उनके तख़्तपोश के नीचे। पहले ख़ाली चटाई पर सोता था। अब गद्दे पर सोता हूं। सर्दियों में तो गिरीबाबा ने चारपाई डलवा दी थी।"

"नंदू, कभी घर की याद आती है?"

नंदू हैरान हुआ। ऐसा सवाल तो उससे कभी भी किसी ने न पूछा था। अचानक, उसे याद आया, हां, उसका भी एक घर था। धीरे से बोला, "पता नहीं बुआ, एक बूढ़ी औरत आकर कभी-कभी मुझे गोद में लेकर रोने लगती थी। पिछले दिनों सुना वह मर गई, फिर कभी कोई नहीं आया।"

रेवती के हाथ में सूई चुभ गई। उसने सीने का सामान एक तरफ रख कर उसे कहा, "नंदू, इधर आओ मेरे पास।" बालक सकुचाता हुआ आगे बढ़ आया। रेवती ने उसे गोद में बिठाकर उसका माथा चूमा। बाल सहलाए। बालक रो पड़ा।

रेवती ने कहा, "मैं तुम्हारी बुआ हूं न। कोई भी बात हो, मुझसे कहना नंदू, कहेगा न?"

बालक ने गर्दन हिलाई और उठकर भाग गया। रेवती ने सोचा, इसके हाथ कितने छोटे-छोटे हैं। महन्त जी को इससे पांव दबवाने में क्या सुख मिलता होगा? क्या मैं कभी उनके पांव नहीं दबा सकती?

एक हूक-सी उसके मन से उठी। उसने सोचा, अरी, रेवती तू मर क्यों नहीं जाती। तू मर जा, एक वेदपाठी महन्त को क्यों मोह में फंसाना चाहती है? उसका पतन होगा तो तुम्हें क्या हासिल होगा? देखती नहीं, कैसे डरे हुए कबूतर की तरह तुमसे भागता फिरता है।

फिर एक दूसरी रेवती बोली, "मैं महन्त जी को संसार-सागर के सुख में एक डुबकी लगवाना चाहती हूं।"

"और डूब कर वह न निकल पाया तो?"

"न निकले मुझे उससे मतलब?"

"तू बड़ी दुष्ट है। आस-पास के सारे गांव उसकी पूजा करते हैं।"

"मैं भी तो पूजा करती हूं, पर देव प्रसन्न कहां होते हैं। देव तो हाथ नहीं लगता।"

"पूजा जितने लोग करते हैं, उनके हाथ क्या देव लगता है? फिर तुम फल पाए बिना कर्म किए जाओं।"

रेवती हंस पड़ी, "नहीं, वैसी पूजा में मेरा विश्वास नहीं है। आंखें जल रही हैं, क्या उन्हें ठंडक न पहुंचाऊं? मैं··· मैं प्यार करती हूं। सिर्फ़ पूजा नहीं।"

"यह भी हो सकता है कि वह कभी तुम्हारी तरफ़ देखें ही नहीं। इतने महीनों से कहा देखा है? हो सकता है,सारी उम्र न देखें।"

रेवती उठ खड़ी हुई। उठते ही दूसरी रेवती गायब हो गई। सवाल जवाब का सिलसिला ख़त्म हुआ।

रेवती ने कहा, "नहीं, सिर्फ़ यह कभी नहीं हो सकता। कभी न कभी तो ज़रूर देखेंगे। नहीं तो मेरे मन में क्यों हमेशा अग्नि-कुण्ड जलता रहता है। उसमें आहुति स्वयं महन्त जी देते हैं। समिधा उनके हाथ में रहती है। घी की हांडी भी उन्हीं के पास है। मैं तो सिर्फ़ हवन की लकड़ी की तरह जल रही हूं। जल रही हूं पूर्णाहुति की प्रतीक्षा में। उसके बाद जब आग ठंडी होगी, तो छींटे महन्त जी ही देंगे। तब मैं राख होकर सुच्चे मोतियों की माला में बदल जाऊंगी। यह माला महन्त जी के गले में पड़ेगी। मेरे भीतर का दावानल एक दिन ज़रूर शान्त होगा। यह निरन्तर जलता ही नहीं रहेगा। जिसने ज़िन्दा रक्खा वही ज़िन्दगी भी देगा। नहीं देगा, तो मैं छीन लूंगी। हां, मैं छीन सकती हूं।

रेवती धीरे-धीरे रसोई-घर में गई। वहां जाकर उसने रसोईए से पूछा, "महाराज का दूध औटा दिया क्या?

रसोइए ने पीतल की पतीली की ओर इशारा किया, "हां, बुआ।"

रेवती ने कहा, "इसकी कलई कम हो गई है। आज करवा लेना। दूध गिलास में भर दो, मैं दे आती हूं।"

"आप जाएंगी बुआ? अभी संकटमोचन आते ही होंगे। रोज़ तो वही भिजवाते हैं।"

"संकटमोचन तो बाज़ार की ओर गए हैं। दूध में देरी नहीं होनी चाहिए। लाइये आज मैं ही दे आती हूं। नंदू भी यहीं कहीं होगा।"

दूध का गिलास रेवती ने अपने आंचल से ढंका और गिरिबाबा के कक्ष की ओर चल पड़ी।

उसे बरस-भर पहले की वह गर्म दोपहरी याद आई, जब इसी तरह दूध ढंक कर सुन्दर के लिए ले जा रही थी। वह दूध आंगन में ही बिखर गया था। तब रेवती कितनी नासमझ थी! एक बरस में ही वह कितनी बड़ी हो गई है! कितना पानी सर से गुज़र गया है! तब वह समझती थी, भगवान की पूजा करके ही सुन्दर ठीक हो जाएगा। अब उसे मालूम है, ऐसा नहीं होता।

रेवती धीरे-धीरे दूध को छलकने से बचाती हुई जा रही थी, पर माज़ी[१] की यादें छलक पड़ती थीं।

सुन्दर ने कहा था, "रेवती तुम्हारे सोने के ये गोखरू मेरे माथे पर चुभते हैं। इन्हें उतार कर रखो न।"

रेवती ने कांप कर कहा था, "कैसी अपशगुनी की बातें करते हो! ये गोखरू मेरी मां ने दिए हैं। तुम्हारे कहने से सारा चूड़ा तो उतार दिया। अब सिर्फ़ यही है।"

सुन्दर ने कहा था, "इतने भारी है, तुम्हारी नाजुक कलाइयां कैसे इनका बोझ ढोती हैं?"

रेवती चुपचाप सुन्दर का सिर दबाती रही थी।

आज खुद ही उसका मन कुछ भी पहनने को नहीं करता। अपने गोखरू, चेन सब उतार कर एक डिब्बे में बंद करके रसोई में चूल्हे के पास दबा दिए हैं। जब वह वहां सोती है, तो दोनों कड़े उसे घेर लेते हैं। सोने की ज़ंजीर उसे बांध रखती है। रसोई के मिट्टी से बने चौतरे पर क्या फर-फर हवा आती है?

सोने और मिट्टी में अब कोई फ़र्क नहीं है। अचानक उसने पाया, वह गिरीबाबा के कक्ष के आगे खड़ी है।

नंदू ने कहा, "यहां क्यों खड़ी हो बुआ?"

१- अतीत

रेवती उसका स्वर सुन कर चौंकी, फिर बोली, "चल, महन्त जी को दूध दे आएं।" दोनों भीतर गए। गिरीबाबा हस्तलिखित पन्नों पर झुके हुए थे। धोती पहनी थी। उस पर सिर्फ़ एक धवल यज्ञोपवीत था। उनके काले घुंघराले बाल मस्तिष्क पर मुकुट की तरह सज रहे थे। लंबी काली दाढ़ी छाती पर लहरा रही थी। रेवती ने वहीं से उन्हें देखा। जैसे बरसों से देख रही हो।

नंदू ने उसका आंचल थाम कर कहा, "चलो न बुआ, महाराज को प्रणाम करो!"

गिरीबाबा पन्नों पर झुके ही रहे। इस तरह भक्तिनें प्रणाम करने आती ही रहती थीं। बिना देखे ही कहा, "नंदू, भीतर आ जाओ।"

"महाराज, बुआ आई हैं।"

गिरीबाबा ने नज़र उठाई। हाथ में चांदी का बड़ा-सा गिलास उठाए रेवती घूंघट में से उन्हीं को देख रही थी। हां, वही थी और उन्हें ऐसे एकदम सीधे कौन देख सकता है।

गिरीबाबा सकपका गए। जैसे किसी कथा की नायिका साक्षात् सामने आ खड़ी हुई हो।

"तो आ गईं तुम? आओ, बैठो, रेवती।"

रेवती ने दूध का गिलास चौकी पर रखा और झुक कर उन्हें प्रणाम किया। पांव पर माथा टिका दिया, तो स्पर्श से तड़प कर गिरीबाबा बोले, "यह क्या करती हो रेवती?"

फ़िर खुद ही झेंपकर लाल पड़ गए। मुस्करा कर कहा, "आजकल बड़ी भक्ति हो रही है।"

रेवती से कुछ बोला न गया। उसके हाथ पांव ठंडे हो गए। वाचालता भाग गई। इतनी बातें करने की हैं। एक भी तो याद नहीं रही।

गिरीबाबा ने नंदू से कहा, "नंदू जी, अपनी बुआ को भीतर से प्रसाद तो ला दो। दोने में लाना।"

उसके जाते ही गिरीबाबा ने स्नेह से रेवती को देख कर पूछा "अब कैसी हो रेवती?"

रेवती सिर झुकाए खड़ी थी। वैसे ही बोली, "इतने महीनों बाद, कोई और बात पूछिए। उसके बाद तो मैं बीमार नहीं पड़ी।"

गिरीबाबा झेंप गए। सच है, प्राणप्रण से वह इतने दिन रेवती की परछाईं से भी दूर रहे, पर उन्हें कुछ और सूझा ही नहीं। फिर कुछ सोच कर बोले, "मन्दिर में कैसा लगता है?"

"बहुत अच्छा।"

गिरीबाबा उसके आने से थोड़ा अप्रतिम हो गए थे। एक बार पूछा, "इधर आज कैसे कृपा की?"

"आपकी दया तो होती नहीं। देवता के बग़ैर मन्दिर कैसा?" यह कह कर उसने थोड़ा सहज होकर हिम्मत करके पूछ ही लिया, "आज से मैं आपको दूध देने आया करूंगी।"

"नहीं।" गिरीबाबा ने दृढ़ता से कहा। पलक झपकते ही रेवती आसमान से नीचे आ गिरी।

तभी नंदू प्रसाद का दोना लिए आया। रेवती को थमा कर बोला, "तुम रुको, मैं तुम्हारे लिए चरणामृत लेकर आता हूं।"

गिरीबाबा ने कहा, "प्रसाद खाओ।"

रेवती ने दोना उनकी ओर बढ़ाया, फिर कहा, "इसे छू दीजिए।"

गिरीबाबा ने दोना हाथों में लेकर उसे प्रसाद दिया, फिर कहा, "यह सब पागलपन है।"

रेवती ने आस-पास देखा। किताबों, काग़ज़ों, क़लमों के ढेर लगे थे। रेवती ने कहा, "आजकल यह भी पढ़ रहे हैं?"

"हां, अब तुम जाओ!··· जाओ रेवती!" उनका स्वर भर्राया हुआ था।

रेवती ने दोना उठाया और चल दी। उसने गिरीबाबा की तरफ़ नहीं देखा। द्वार पर ही नंदू मिल गया। उसे लेकर रेवती भंडारे में चली गई।

गिरीबाबा को कुछ नहीं सूझा। वह दूध का गिलास उठा कर घूंट-घूंट पीने लगे।

भंडारे में संकटमोचन चिल्ला रहा था, "कहां गई भक्तिन? अरे, पहले दूध औटता था, तो पतीले में कुछ बचता भी था। अब हम ठहरे जड़ी-बूटी वाले शंकर के गण। थोड़ी चिकनाई भीतर न जाएगी तो सूख जाएंगे। देखो, तो पहले ही बदन कैसा सूख रहा है! यह बित्ते भर की छोकरी हमारा ध्यान नहीं करती।"

तभी उन्होंने देखा, दूर से नंदू का हाथ पकड़े रेवती आ रही थी। चिकनाई के मोह में मुलायम आवाज़ निकाल कर बोले, "बिटिया, तुम तो ऊपर से हो आई हो, पर हम यहां के जीव हैं। देखो, तुम्हारा यह पुत्र कैसे सूख गया है माई, कुछ तरावट हो, तो भजन भी

करें। भंडार में किस चीज़ की कमी है! और हमें इस वक्त दूध पीने की लत लग चुकी है।"

रेवती को पता नहीं क्या सुझी! उसने कढ़ाई के ऊपर की सारी मलाई पत्थर के कटोरे में रखी, ऊपर मिश्री की तह जमाई और संकटमोचन के आगे रख दी। संकंटमोचन का मुंह खुशी के मारे खुल गया।

संकटमोचन प्रसन्न हो गए। उनके मुंह में लार भर गई। जैसे-तैसे बोले, "वाह, अनपूर्णा! तुम खाते-पीते घर की बहु-बेटी हो। सब समझती हो। बिटिया, आज से तुम ही हमारा ख्याल रखना। रसोइया जी ने आज तक इतनी मलाई न दी थी। यह क्या खाकर देंगे। भुक्खड़ कहीं के। कभी देखा हो कुछ तब है न। शिव! शिव! बड़े घर की बेटी ऐसी ही होनी चाहिए, पर बिटिया, मिश्री तो हम ऐसे ही खा गए, अब मलाई के ऊपर थोड़ी और बुरक दो।

तभी रसोइया भीतर आए। संकटमोचन ने अपनी मलाई छुपा ली। रेवती ने वहीं उनकी मलाई पर मिश्री बुरक दी। रसोइया ने देख तो लिया, पर अनदेखा कर के निकल गया। रेवती को वह भी बहुत स्नेह करता था। संकटमोचन प्रसन्न होकर गए। उसके जाते ही रसोइया ने कहा, "बिटिया, तुमने तो सुबह से पानी तक नहीं पिया। इन बूढ़े ठट्ठरों को खिलाते-खिलाते अपने को भी याद रखा करो। तनिक इधर आओ, न हो तो थोड़ा दूध ही पी लो।"

रेवती ने कहा, "नहीं चाचा, अभी प्रसाद लेकर पानी पी लिया है। खाना अब दोपहर को ही खाऊंगी।"

"तुम्हारी इच्छा, पर भोजन तैयार है। हम अभी ज़रा तम्बाकू पीकर आते हैं। तुम यहीं बैठो।"

रेवती उठ कर रत्नजोत बनाने लगी। जोतें बनाना रोज़ का काम था। सुबह-शाम मन्दिर में ज़रूरत पड़ती थी।

बनाते-बनाते ध्यान कहां चला गया। वह तब बहुत छोटी थी। दादी रत्नजोत बनाती तो रेवती मनोयोग से उनको देखती रहती। वह थोड़ी-सी रुई उसे भी देती। वहीं से धीरे-धीरे उसने रत्नजोत बनाना सीखा था। एक दिन उसने दादी से पूछा था, "दादीजी, आप भगवान जी से क्या मांगती हैं?"

दादी ने तपाक से कहा था, "तुम्हारे लिए एक भाई मांगती हूं, जो मेरे मरने पर अर्थी के पीछे चंवर झुलाता हुआ चलेगा।"

रेवती ने बड़े भोलेपन से पूछा था, "दादी, भगवान से क्या हमेशा मांगते ही रहते हैं। उन्हें कुछ देते नहीं हैं?"

"नहीं, बेटी, ऐसा नहीं है। उसे कौन दे सकता है। वह सर्वशक्तिमान है।"

"वह क्या होता है, सर्वशक्तिमान··?"

दादी ने सुना नहीं और कहने लगी, "मांगते रहो, तो उसे याद रहता है। कभी तो वह मेरी भी सुनेगा। रेवती, क्या तुम्हारा मन नहीं करता कि तुम्हारा भी भाई हो, उसे राखी बांधो? करता है न? तुम भी मांगा करो। बच्चों की बात भगवान जल्दी सुनता है।"

"फिर तो मैं अपने लिए अच्छा सा दूल्हा मांगूंगी।"

दादी हंस पड़ी थी। रेवती ने पोपले मुंह से हंसती दादी को कहा, "दादी, तेरे दांत कब आएंगे?"

"वह तो आ जाएंगे, पर तुझे दूल्हे की ऐसी चिन्ता क्यों है? दूल्हा तो बिना मांगें मिल जाएगा। तुझे कैसा दूल्हा चाहिए?"

"शिव जी जैसा। मुझे सांप बड़े अच्छे लगते हैं।" अचानक उसने पूछा था, "दादी तुम्हारी शादी कब होगी?"

"मुझसे कौन शादी करेगा बेटा?"

"क्यों तुमसे तो मनसू ही कर लेगा। वह तो हमेशा कहता है, मैं तुम्हारी दादी से शादी करूंगा। तुम उसे ख़ाने को जो देती हो।"

दादी हंसते-हंसते खांसने लगी थी।

फ़िर उस दिन की बात जब बापू ने उसे शहतूत की छड़ी जमाई थी।

उस दिन मां बीमार थी। दादी रसोई में लगी थी। दादी ने कहा था, "रेवती ज़रा दाल बीन दो; मुझे ठीक से दिखाई नहीं देता।"

रेवती ने कहा था, "धूप में जाकर बीनो तो दिखाई देगा।"

दादी बोली, "मुझे मन्दिर भी जो जाना है।"

"रोज़ ही तो जाती हो, एक दिन नहीं गई, तो क्या होगा?"

"इसीलिए तो सारी उम्र का यह नियम भंग नहीं करना चाहती। पचास से ज्यादा बरस हो गए शिवजी को जल चढ़ाते। कभी नागा नहीं किया।"

रेवती ने कहा, "पचास बरस! बाप रे! तुम इतने बरस जाती रही हो। शिवजी समझते हैं, तुम रोज़ ही आओगी। एक दिन नहीं जाओ न, फिर देखो शिवजी तुम्हें मिलने आते हैं, या नहीं। बड़ा मज़ा आएगा दादी।"

रेवती के बापू कहीं खड़े-खड़े सुन रहे थे। उन्होंने आकर रेवती को शहतूत की टहनी से चेताया और अपनी मां से कहा, "अच्छा यह तुम्हें सबक सिखा रही है। अरे, दूसरी बुआ पैदा हुई है। अपनी बुआ की तरह ही बड़ों को जवाब देती है।"

दादी ने कहा था, "चुप रहो रामदयाल। उसकी याद मत करो। इस ख़ानदान में कीड़े न पड़े, तो मेरा नाम नहीं।"

रेवती शहतूत की टहनी की मार याद करके रोने लगी। रत्नजोतों का ढेर लग गया था। एक साया-सा उन पर पड़ा, तो रेवती ने सिर उठाकर देखा, गिरीबाबा थे।

उन्होंने देख कर पूछा, "रो क्यों रही हो रेवती, क्या हुआ?"

"कुछ नहीं। रोना विधवा की ज़िन्दगी का एक ज़रूरी अंग है। इससे बड़ा मेरा अपना और कौन है।"

"रोने से शान्ति मिलती है क्या?"

"शान्ति कहां है महाराज, भोजन का समय हो गया। रसोइया आते ही होंगे।"

गिरीबाबा भी चैतन्य हुए, कहने लगे, "हम नंदू को दूढ़ रहे थे। पढ़ने बिठाया था। पता नहीं कहां चले गये।"

रेवती ने हंस कर पूछा, "आप कभी किसी को ढूढ़ते भी हैं महाराज?"

गिरीबाबा ने कहा, "दूढ़ते तो न थे। अब शुरू किया है।"

"ढूढ़ने से कुछ मिलता है, महन्त जी?"

"हां, जिन ढूंढ़ा तिन पाइया, गहरे पानी पैंठ।"

"पानी में काफ़ी कुछ मिलता है।"

रेवती मुस्कराई, फिर कहा, "जो प्राप्त होता है, उसे सहेज कर कोई नहीं रखता।"

गिरीबाबा ने एक दीर्घ निःश्वास लिया। उत्तर नहीं दिया। रेवती को देखा, फिर आवाज़ की ओर ध्यान दिया, तो पाया नंदू आ रहा है। उससे पूछा, "नंदू महाराज, कहां की तैयारी है?"

नंदू उन्हें वहां देख कर घबरा गया। सकपका कर बोला, "मेरे ख़रगोश के बच्चे भूखे थे। उनके लिए घास और नर्म-नर्म पत्ते लाया हूं।"

गिरीबाबा नंदू की घबराहट देखकर मुस्कराए, फिर नंदू का कान खींच कर बोले, "मोह माया बड़ा बंधन है महाराज, चलिए आज आपका पाठ अधूरा ही रह गया। कुछ ही देर में भोजन का समय भी हो जाएगा।"

रेवती ने सुना-समझा। मन में विद्रोह क्री एक लपट उठी। हूं, मोह ममता जाल हैं। चेले के पीछे घूमना मोह ममता नहीं है क्या? बंधन तो सिर्फ़ मेरा है। मैं ही मोह माया हूं। उसी से बचना चाहते हैं। महीनों हो गए यहां आये हुए, देखने भर को नहीं मिलते। लोगों से घिरे महन्त जी को देखकर में क्या करूं। इनके मोह और आशा में मैं बीमार मां को देखने नहीं जाती। पता नहीं कब बुलावा आ जाए।

उसी दिन जब शाम की आरती के वक्त रेवती घी में सान कर जोतें जमा रही थी, तो मनसू हांफता हुआ आया। उसने कहा, "बुआ जल्दी चलो, शाहनी घड़ी-पल की मेहमान है। मैं घोड़ी लेकर डाक्टरनी को बुलाने गया था। डाक्टरनी को वहां छोड़ कर सीधा आ रहा हूं, चलो जल्दी!"

रेवती घबरा कर रोने लगी। उसने आरती नीचे रखी। ज़मीन पर माथा टेका और कहा, भगवान, मेरी मां को ठीक रखना। मुझे चाहे जो हो, मेरी मां को कुछ न हो।"

ऐसे दुख के मौके पर वह क्या करे। मनसू को वहीं रुकने को कह कर रेवती तीर की तरह गिरीबाबा के पास गई।

और तो उसका कोई न था।

गिरीबाबा पहाड़ी पर जाने को तैयार थे। उसे घबराया देख कर खड़े रह गए। रोते-रोते रेवती की आंखें सूज गई थीं। रेवती उनके कदमों में गिर गई। आंसुओं से गिरीबाबा के पांव भीग गए। गिरीबाबा कुछ भी समझ न पाए। अभी तो बात हुई थी, फिर लड़की मूर्ख तो नहीं है। फफकती रेवती उठकर उनकी छाती से लग गई।

"मां··· मां बहुत बीमार है। पता नहीं बचेगी भी, या नहीं। मैं जाऊंगी मां के पास।"

गिरीबाबा ने उसके सर पर हाथ फेरा। उसे अपनी नंगी छाती से लगा लिया। रेवती के कोमल मुंह पर खद्दर का मोटा खुरदुरा यज्ञोपवीत चुभा, तो उसने सिसकारी भरी। ब्रह्मचारी के शुद्ध पसीने की खुशबू में सांस लेते-लेते वह मर जाना चाहती थी। कहीं कोई

न था। गिरीबाबा ने उसका चेहरा ऊपर उठाया। उसमें झांक कर कहा, "रेवती!" रेवती ने चेहरा फिर उनकी छाती में छुपा लिया। गिरीबाबा ने उसके बालों में धीरे से अपना मुंह रख कर कहा, "रेवती, जल्दी आ जाना। अब हमें छोड़ कर कभी नहीं जाना।"

रेवती को जाने का ख्याल आया। संयत हो कर बोली, "मैं जाती हूं महन्त जी, मेरी मां के लिए प्रार्थना करिएगा।"

"जाओ, रेवती, सब कल्याण होगा। उनके ठीक होते ही लौट आना," फिर अटक कर बोले, "तुम नहीं होतीं, तो पूजा में मर नहीं लगता।··· और रोना नहीं रेवती।"

"नहीं महाराज, क्यों रोऊंगी?"

उसने गिरीबाबा के चरण छुए और तीर की तरह निकल गई। अगर उन्हें देख पाती, तो शायद जा न सकती।

दूर तक उसका सफेद साया ओझल होता रहा। गिरीबाबा वहीं खड़े रहे। लुट गए राहगीर की तरह।

फिर उन्होंने पहाड़ी पर जाने का विचार त्याग दिया। सोचा, अब मन पर रक्खी चट्टान सरका कर देखेंगे, इसके नीचे क्या है? जब अमरनाथ गए थे, तब बर्फ में ढंकी सफेद चोटियां उन्हें अपनी ओर खींचती रहती थीं। कई बार हर मोड़ पर खड़े होकर मुड़ कर खड़े हो जाते और देखते रहते।

उन्हें वे पहाड़ियां कभी शिवलिंग लगतीं, कभी बर्फ में ठिठुरता कोई देव। धीरे-धीरे बर्फ़ से ढंकी वो चोटियां ओझल हो जातीं। उसने सोचा, इसी तरह रेवती का सुन्दर चेहरा भी कभी-न कभी ओझल हो ही जाएगा। पर वैसा तो नहीं हुआ। आज रेवती कुछ दिनों के लिए गई है, पर लगता है, जैसे सारी सृष्टि उठ कर चली गई हो। उन्होंने अपनी छाती पर हाथ फेरकर रेवती का चेहरा हटाने की कोशिश की, पर वह तो तस्वीर की तरह चिपका हुआ था। उन्होंने लम्बी वास्कट पहन कर उसे छिपा लिया, फिर कठोपनिषद् के पन्ने पलटने लगे

हर पन्ने पर एक सफेद साया-सा फड़फड़ाने लगा। अक्षर मिटते चले गए। यहां तक कि पन्ने भी दिखाई देने बंद हो गए! बस, एक सफेद फड़फड़ाता-सा साया, दो जोड़ी आंखें। उन्होंने पुस्तक बंद की। बाहर टहलने लगे। यह एक ऐसा ऊंचा स्थान था, जहां से बाज़ार का रास्ता साफ़ दिखाई देता था। थोड़ी देर बाद उन्होंने देखा, ममसू और मुकद्दम थे। पीछे-पीछे रेवती और नंदू भी। दूर से भी पहचानने में उन्हें कोई यत्न न करना पड़ा। पीछे दो घोड़ियां थीं। कोई पकड़े हुए था। उन्होंने सोचा, गांव का मोड़ मुड़ते ही दोनों घोड़ी पर ही जाएंगे, पर यह नंदू ···! यह ऐसा गुस्ताख़ कब से हो गया? बिना आज्ञा के तो कहीं न जाता था!

धीरे-धीरे सब ओझल होते गए। मोड़ पर रेवती नंदू के कानों पर झुकती-सी लगी, उसके माथे पर फिर मन्दिर की ओर भी शायद देखा और ओझल हो गई, फिर नंदू भागता हुआ दिखाई दिया। गिरीबाबा वहां से हटे। अगर कोई देख ले, तो··! उनकी खड़ाऊं की आवाज़ मोटी बारिश की तरह प्रांगण में बरसने लगी। अपनी खड़ाऊं की आवाज़ को उन्होंने धीमा किया।

संकटमोचन सिर खुजाते हुए वहीं आ गए और कहने लगे, "भक्तिन चली गई महाराज, अभी-अभी सुन कर आ रहा हूं। बड़े घर की बेटी है। अब वह नहीं आएगी। मैं जानता हूं।" गिरीबाबा को चुप देखकर उसने जोड़ा, "तब तो बड़ी मुश्किल है। भंडार का सारा काम-काज फिर से अस्त-व्यस्त हो जाएगा। दूध की जितनी मलाई बिटिया की आंखों के सामने निकलती रही··।"

गिरीबाबा ने बात काटी, "अब भी उतनी ही निकलेगी, मलाई साथ तो नहीं ले गई।"

"आपकी इच्छा हो तो थोड़े दिन किसी और को रख लें। रसोइया पर तो इतनी मलाई का भरोसा नहीं किया जा सकता।"

अब गिरीबाबा को समझ आया कि सारा रोना मलाई का है। नंदू ने एक दिन पैर मलते-मलते बताया था, "बुआ पर संकटमोचन बड़े प्रसन्न हैं। जब उसे रखने की बात की, तब कहते थे, 'स्त्री मायाविनी होती है। सब घोटाला कर देगी।' पर बुआ ने खिला-पिला कर उन्हें प्रसन्न कर लिया है।"

गिरीबाबा को संकटमोचन का संकट समझ में आ गया। तभी संकटमोचन बोले, "आप तो चिन्ता करते नहीं, कौन खाता है, कौन फेंकता है।"

गिरीबाबा ने कहा, "आपकी खुराक में कमी न होगीं। चिन्ता मत करिए।"

"हां ऽ ऽ ऽ, नहीं, आप क्या कह रहे हैं गिरीबाबा, आपके हुक्म से ही भक्तिन कभी-कभी तर-माल खिला देती थी। हां, ख़ुराक तो सब ठीक है, पर भक्तिन कब तक आने को कह गई है। हम ठहरे साधु, पर बिटिया पर मोह हो गया है। साक्षात पार्वती है रेवती, हां, तो कब तक आएगी अन्नपूर्णा!"

"पता नहीं, उसकी मां ठीक होगी, तो आ जाएगी।"

"मां ऽ ऽ ऽ!" संकटमोचन ने आख फाड़ कर यूं कहा, जैसे रेवती के मां होना कोई आश्चर्य की बात हो।

तभी हांफता-हांफता नंदू मन्दिर में घुसा। आते ही दोनों को देख कर "महाराज! महाराज!" करने लगा।

गिरीबाबा बोले, "पहले सांस तो ठीक से ले लो नंदू, फिर कहना।" यह कह कर वो पहाड़ी पर चले गए।

पहाड़ी पर पहुंचे, तो अजीब आलम था। एक तरफ़ डूबता-डूबता सूरज, दूसरी ओर उगता चांद। मानो सारी उज्ज्वलता, सारा प्रकाश, सारी ज्योति, यहीं आसमान पर इकट्ठी हो गई हो। सूरज, कभी लगता टेसू से भरा थाल है, कभी रंग का बड़ा-सा लट्टू जो आकाश में अडोल खड़ा है। लोहे का लाल-सा पिण्ड गायब हो गया। चांद, जो एक दम पतला-सा उग रहा था, अब उजला होने लगा! सूरज जब एक पहाड़ी के पीछे दरख्तों के पत्तों की ओट में होकर तीर की तरह रश्मियों में भर-भर कर उजाला फेंकता रहा, वैसे ही चांद उजला और उजला हो गया। सूरज के डूबते ही पत्ते ललछौंहे से होकर काले फिर गये थे। बचा-खुचा सूरज का रंग आसमान पर दुपट्टे की तरह फैला था। पारदर्शी चोले सा आसमान एक तरफ़ लाल, तो दूसरी तरफ़ नीला था। बारी-बारी इधर-उधर देखने के बाद गिरीबाबा ने पाया आकाश में ललाई उनके देखने भर से खत्म हो गई है। बस चांद है, जो सुरमई चूनर में और उजला होता जा रहा हे और निखर उठा है। चांद में उन्हें एक और चेहरा दिखाई देने लगा, उन्होंने मानो अपने आप से कहा, "पूर्णिमा!"

पत्तों में खड़खड़ आवाज़ हुई, "पूर्णिमा!"

आसमान में शुक्रतारा निकल आया था। उन्होंने उसे भी देखा, फिर सोचा आरती का समय होने वाला है। उससे पहले एक बार स्नान कर लें!

पहाड़ी उतरते-उतरते उन्हें लगा, चांद रेवती के ठीक घर के ऊपर जा खड़ा हुआ है, फिर उन्हें ध्यान आया, आज शाम आरती के रागय एक दुबला पतला हाथ चौकी पर आरती न रखेगा। न ही उनके ध्यान लगाने पर कोई दो जोड़ी आंखें उनकी ओर टकटकी लगाकर घूंघट की दरार में से झांकेंगी। न ही रात के खाने की थालीं में आग्रह जुड़ा होगा। न ही तख्तपोश पर बिछी सलवटहीन चद्दर में जूही फूलों की खुशबू के झौंके होंगे।

कैसे-कैसे तो अद्दश्य रह कर वह यह सब कर लेती है। अपने होने का आभास दिलाना सब आता हे उसे। मैं हूं यहां भी, वहां भी। कभी तकिए में आती चंदन की ख़ुशबू कानों में कह जाती है, मैं हूं। कभी-कभी आहिस्ता से खुलता बन्द होता दरवाज़ा कह जाता है, मैं हूं··· मैं हूं। कभी उनके कक्ष में लिपा गोबर अपनी विभिन्न आकृतियों से जता जाता है, मैं हूं··· मैं हूं। जब यह सब न भी हो तो रात को नंदू पांव दबाते-दबाते कहता है, "बुआ कहती है, रात ज्यादा देर तक नहीं पढ़ना चाहिए।" ज्यादा पढ़नें से आंखें खराब हो जाती हैं।"

टन्न! टन्न! टनन!

मन्दिर का घंटा बजा। शायद बूढ़े शिवजी के महल में कोई आया है। गिरीबाबा के

सुस्त पड़ते कदमों में फुर्ती झलकी। बड़े महन्त कहते थे; खड़ाऊं पर क़दम साधना बड़ा ज़रूरी है। पहले क़दम साधो।

पहाड़ी के अन्तिम चरण पर चमेली की झाड़ी के पास रेवती का गण खड़ा था। गिरीबाबा ने कहा, "नंदू महाराज, कहिए, क्या आज्ञा है?"

ऐसा वो कई बार कहते थे।

नंदू ने कहा, "बुआ, आपकी एक माला ले गई हैं। कहती थीं, वहां पर जपेंगी।"

"कब तक आने को कह गई हैं।"

"कौन बुआ? वह तो तभी आएंगी, जब उनका भैया आ जाएगा। उनका मन थोड़े ही लगेगा वहां। मुझे तो बुआ बहुत प्यार करती हैं। आपका जल तैयार है महाराज। मुंह-हाथ धोकर मन्दिर में चलिए।"

"यह भी बुआ ने कहा है नंदू?"

"हां, महाराज, उसने यह भी कहा हे। मैं अब बड़ा हो गया हूं। आपका ख़ूब ध्यान रक्खूं। आपको कोई तक़लीफ़ नहीं होनी चाहिए।"

गिरीबाबा गिरीबाबा हुए, बोले, "आज हम नहाएंगे नंदू, और देख रहे हैं, तुम्हारा पढ़ने में मन नहीं लग रहा। पाठ याद करो, हम सुनेंगे।"

रात को पांव दबाते-दबाते नंदू ने पूछा, "महाराज, बुआ सारा वक्त रोती क्यों हैं। सफ़ेद कपड़े क्यों पहनती हैं, और होली क्यों नहीं खेल सकतीं।"

"नंदू, अब सो जाओ। इन बातों के बारे में हमें नहीं सोचना चाहिए।"

नंदू चुप हो गया। उसके चलते हाथ एकदम शिथिल हुए, तो गिरीबाबा ने पूछा, "तुमने कैसे जाना वह होली नहीं खेल सकती।"

"उसने ही क्या था। होली के दिन वह बाहर ही नहीं निकली।"

"हम संन्यासी हैं। हमें होली नहीं खेलनी चाहिए।"

"क्या बुआ भी संन्यासी हैं?'

"पता नहीं, पर उसे होना तो चाहिए। मन्दिर में सिर्फ़ संन्यासी ही रह सकते हैं। हमने दुनिया स्वेच्छा से छोड़ी है।"

"स्वेच्छा से कैसे छोड़ते हैं।" नंदू ने पूछा।

गिरीबाबा ने कहा, "अब सो जाओ नंदू, हमें भी नींद आ रही है।"

तभी संकटमोचन के चिल्लाने की आवाज़ आई, "पकड़ो! पकड़ो! भाग न जाए। देखो, साली भाग रही है। बड़ी चांडाल गऊ है। इससे तो वैतरणी पार करने में भी दोष है।" इसके बाद संकटमोचन का रोने का स्वर आने लगा, फिर धीरे-धीरे मद्धम होता गया। अब वह खुर्राटे मार रहा था

गिरीबाबा ने कहा "अब हम भीतर चल कर सोएंगे। संकटमोचन फिर न जाने कब बड़बड़ाना शुरू हो जाए।"

उसी रात रेवती घर पहुंची। जैसे शाम के वक्त गाय के आने पर उसकी बछिया दौड़ कर उतावली-उतावली मां के पास जाती है, वैसे ही रेवती घोड़ी से उतर के भीतर जा रही थी। आशंकाओं में उसके क़दम रुक जाते। कभी रोती, कभी गिरने को होती। पहाड़ी रास्ता। शाम घिरने के वक्त दरख्तों पर तरह-तरह के पक्षी आवाज़ें निकालते, तो माहौल डरावना हो उठता। घोड़ी की गरंदन पर के बालों को वह कस के पकड़ लेती कब मां की दहलीज पर आ कर रुकी, पता नहीं चला। दरवाज़ा आधा खुला था, उसने पूरा खोला और देखा बाहर पड़ौस की भाभी डाक्टरनी के हाथ धुला रही थी। रेवती दौड़ कर भाभी से लिपट गई और फूट फूट कर रोने लगी। डाक्टरनी ने कहा, "क्यों रोती है, पगली! तेरी मां ठीक है। क्षय भाई भी बिल्कुल ठीक है। चल, मेरे साथ, चल देख, कैसे दीये में आंखें मिचमिचा रहा है।"

रेवती ठिठकी। यही घर-द्वार,यही आंगन, यही अमरूद का पेड़ साक्षी है। कल तक यह सब कुछ मेरा था, पर आज अपना नहीं लगता। वह धीरे-धीरे आंखें पोंछ कर भीतर लपकी, फिर ठिठक गई, जैसे विश्वास न हो रहा हो। दीये की रोशनी में एक खेस से लिपटी मां का उज्ज्वल चेहरा थक कर टिका हुआ था। एक तरफ़ सफ़ेद कपड़े में लिपटा उसका भाई। उसे देखकर रेवती का सारा वजूद उमड़ आया। उसके भीतर जाने के खटके से मां ने आंखें खोलीं। रेवती को देखकर उसने दोनों बाहें फैला दीं। रेवती उसके सीने से लग कर फूट-फूट कर रो पड़ी। मां ने कहा, "मैं अब ठीक हूं। बच गई हूं। तेरी तपस्या, तेरे पुण्य से ही बची हूं, रेवती। देखो देखो, तेरा भाई आया है।"

रेवती ने देखा, दाई फलालैन के कपड़े में लिपटे गुड़े को उसे ही दे रही थी। रेवती ने उसे गोद में लिया, तो लड़के ने ज़ोर से अंगड़ाई ली और मुस्कराया, रेवती भी मुस्कराई।

दाई ने कहा, "बुआ, तुमसे शनील का सूट लूंगी।" रेवती ने सोचा, उसके पास तो

कुछ नहीं है। तुलसी की माला गले में है, पर यह तो नहीं दें सकती। उसने मोटे गहने दबा दिए थे, पर कान से बालियां मुकद्दम की पत्नी ने ही उतारने न दी थीं। रेवती ने बालियां उतारीं और दाई को दीं, फिर बोली, "शनील का सूट भी दूंगी, पर अब क्यों तुम्हें खाली लौटाऊं।"

दाई ने कहा "क्यों नहीं बिटिया, बड़े घर की बहू बेटी हो, फिर तुमने तो संसार ही त्याग दिया। कितना बड़ा पत्थर रखा कलेजे पर! तुम्हारी तपस्या फलीभूत हुई। देखो, तुम्हें देख रहा है।"

रेवती ने कहा, "पहले क्यों नहीं आ गया भैया? हम दोनों साथ-साथ बड़े होते।"

बच्चे ने एक और अंगड़ाई ली।

रेवती की मां ने दाई को कहा, "इसे रेवती से ले लो। जा, रेवती, पहले हाथ-मुंह धोकर चाय पी ले। साथ में कौन आया है।"

"मनसू है और मुकद्दम चाचा हैं।"

मां की सिसकी फूट पड़ी। आज मेरी बेटी विधवा होकर आई है। नहीं तो पति के साथ आती।... और यह मनसू, यह न होता, तो उसकी बेटी मर गई होती।... और मुकद्दम ही तो उसे बावड़ी से निकाल कर लाया था। वह रोते-रोते बोली, "यह पता नहीं कब बड़ा होगा। तेरा भाई तो मनसू ही है। मुकद्दम भाऊ जी और मनसू को चाय पिये बग़ैर नहीं जाने देना।"

डाक्टरनी ने कहा, "देखो, रेवती की मां, मैं अब जा रही हूं। रोना नहीं, जच्चा रोए, तो नज़र कमज़ोर हो जाती है। मैं कल फिर यहां क्षत्रियों की बहू को देखने आ रही हूं। तुम्हें देख जाऊंगी। मन उदास नहीं करना।"

रेवती के पिता मनसू और मुकद्दम से बातें कर रहे थे। रेवती ने चाय बना कर दी, तो हाथों में पीतल का गिलास पकड़ कर रोने लगे।

मुकद्दम ने कहा, "शाहजी, रेवती के लिए नहीं रोना। ऐसी ज्ञानन बेटी क्या हर किसी के पैदा होती है। मन्दिर में सब का ख्याल रखती है। जैसे यही हमारी मां हो। मेरी बुढ़िया तो इसी को देख-देख कर जीती है। संकटमोचन जो किसी स्त्री को नहीं देख सकता,इस बेटी बेटी कहते थकता नहीं।"

शाह ने कहा, "मेरे घर से तो गई। अगर अपने घर में सब ठीक होता, तो क्या था? बेटी का दुख पी लिया है, पर ज़हर हरदम खौलता रहता है। न मैं ज़िन्दा हूं, न मुर्दा। अब यह जीव जो बुढ़ापे में आया है, इसे पालना होगा। सभी कर्म करने पड़ते हैं।"

मुकद्दम ने कहा, "शाह तुम्हारी उम्र ही क्या है? दो बीस से दो चार साल ऊपर होगी। यह क्या बुढ़ापा है। जी न छोटा करो। शिव सब की भली करेंगे। बिटिया तो शिवमय गई है।

"इसकी उम्र क्या संन्यास लेने की है? अपराध तो मुझसे ही हुआ। पता कर लेता, तो शायद यह दुःख न भोगना पड़ता।"

"यह भाग्य की बात है शाह," मुकद्दम ने कहा, "तसल्ली करो। अब मैं जाऊंगा। बुढ़िया को पड़ौस में बिठा कर आया हूं। घोड़ी भी वहीं से मांगी है," फिर उसने मनसू को पूछा, "तुम यहीं रहोगे क्या? नहीं तो मेरी घोड़ी के पीछे बैठ जाओ।

मनसू बोला, "मुकद्दम जी, हम तो बुआ के चाकर हैं। यह यहां है, तो मैं भी इसकी ससुराल में नहीं जाऊंगा। घर तो मुझे काटने को दौड़ता है।"

मुकद्दम ने घोड़ी कसी और चला गया।

रात को रेवती ने मां के पासअपनी चारपाई बिछाई और अपने भाई को अपने सीने पर सुला लिया। रात भर कई बार उठ कर उसे देखती रही। मां ने दूध पिलाते समय कहा, "रेवती, अब तुम सो जाओ। इसे मेरे पास सुला दो।" पर रेवती नहीं,मानी। उसे सीने से लगा कर वह भूल गई कि पिछले महीनों में क्या क्या हुआ है। बस, याद रहा, भाई उसका नन्हा सा आस्तित्व, छाती पर धीरे-धीरे सांस लेते हुए। उसने सोचा, बचपन में मैंने इस भाई के लिए कितने हौके भरे हैं। जब भी राखी आती, रेवती बुआ की देहरी पर भाग जाती। कितनी ही बार वहां से खोज कर मनसू ने उससे राखी बंधवाई है।

सुबह मां का हाथ-मुंह धुला कर रेवती ने अपने भाई को गर्म पानी से भिगोए कपड़े से पोंछा। अपनी दोनों टांगें जोड़-कर उसे पांवों पर लिटा कर पावडर मला, तो मां ने पूछा, "रेत्तो,यह कहां से सीखा।"

रेवती ने कहा, "मां, कुन्तो का भाई हुआ था, तो वह इसी तरह नहलाती थी। मैं देखती रह जाती थी और सोचती थी, मेरा भाई होगा, तो मैं भी ऐसे ही नहलाऊंगी।"

मां बोली, "रेत्तो, अब तू ही इसे पालना। मैं घर गृहस्थी देखूंगी, या इसे पालूंगी। ...और अब मुझे नये ज़माने का कुछ मालूम भी नहीं है।"

रेवती चुपचाप भाई को ढीला कुरता पहना कर चादर में लपेट कर काजल लगाने लगी। वह टुकुर-टुकुर उसे ही ताक रहा था। उसने एक काला टीका उसके कान के पीछे लगा दिया।

रेवती जानती है, वह रुक नहीं सकती। महन्त जी का मोह उसे कहीं रहने न देगा, फिर उसकी जो बुआ बाल विधवा थी, उसे किसी ने इस घर में नहीं रक्खा था, यह रेवती जानती थी। रेवती की दादी हमेशा कहती, "जित्त घर बुआ, उत्त नी दुआ।" (जिस घर में बुआ हो, वहां कोई दूसरा नहीं रह सकता।) ये शब्द उसे बहुत पीड़ा देते थे।

जब रेवती अपने भाई को मां की चारपाई पर सुला चुकी, तो मां ने कहा, "छोटा भाई बेटा ही होता है रेवती, तू इसका भार ले ले।"

रेवती ने तपाक से कहा, "मेरा भार कौन लेगा मां, इस घर में विधवा बेटियों के लिए कोई स्थान नहीं है। यह तुम भूल गईं क्या?"

"नहीं बेटी, जिन महात्मा के आशीर्वाद से ये मुन्ना आया है उनसे तेरे लिए पूछती थी, तो वह कहते कुछ न थे, फिर एक दिन उंगलियों पर कुछ गिनकर बोले, "बड़ी भाग्यशाली पुत्री है तेरी। इसका मंगल होगा, पर क्या मंगल होगा, बेटी, वही नहीं जानती मैं।"

"मां फिक्र न करो। संन्यासी झूठ नहीं कहते। मैं बड़ी सुखी हूं। बचपन से ही शिव को पूजती थी, उन्हीं की शरण मिल गई है।"

"जानती हूं रेत्तो, तुझे मैंने कितने टोटकों के बाद पाया था। एक बार तुम्हारे बापू से मैंने कहा था, रेत्तो को कहीं बाहर जाकर ब्याह देंगे, तो तुम्हारे बाप ने आसमान सिर पर उठा लिया था। मैं तेरी मां हूं, मैं क्या तेरा दुख नहीं जानती?"

"मां, रोओ नहीं। मेरे भाग्य में पति-सुख होता, तो सुन्दर ठीक रहता। सिर्फ़ शादी ब्याह ही सब कुछ नहीं है। मैं बड़ी संतुष्ट हूं।"

"रेत्तो, मुझे तो कभी-कभी लगता है, तुम्हारा ब्याह ही नहीं हुआ।"

तभी रेवती की गोदी में लेटा मुन्ना रोने लगा। उसने सोचा, इसे भूख लगी होगी। मां की गोदी में डाल कर कहा, "जा दूध पी, फिर मेरे पास आ जाना।" तभी पड़ौस की एक बुढ़िया लाठी टेकती हुई आई ओर रेवती को देख कर उससे लिपट गई, " ओ, मेरी बच्ची! इन सफेद कपड़ों में तुझे देखने से मेरा कलेजा फटता है। अरे, ओ सुन्दर, तुम्हारी मां ने कौन-सी दुश्मनी निभाई हमारे साथ। उसका कभी भला न होगा।

तभी एक दो और औरतें आईं। एक ने कहा, "दादी, यह क्या अपशगुनी कर रही हो। शुक्र-शुक्र करके इस घर में वारिस आया है। शरीकों (याने रिश्तेदार) के मुंह काले हुए हैं और तुम रो रही हो।

बुढ़िया दुःख के मारे चुप हो गई।

तब उसी औरत ने रेवती की ओर मुख़ातिब[1] होकर कहा, "कहो, कैसी हो बेटी?"

"अच्छी हूं मौसी, आप कैसी हैं?" यह कहकर उठकर रेवती बाहर चली गई।

उसकी मां का चेहरा दुःख के मारे स्याह हो गया। उसने कहा, "मेरी रेवती संन्यासिन हो गई है। इस घर की बेटियों के भाग में सुख नहीं हे। पता नहीं कितनी देहरियां बनेंगी। जितना उजला रूप लेकर आती हैं, उतना ही काला भाग्य लेकर आती हैं।"

एक औरत ने बच्चे को गोद में लेकर कहा, "बहुओं के भाग में तो सुख हे। इसकी बीवी आएगी, तो राज करेगी। तुम्हारे घर में किस चीज़ की कमी है।"

रेवती को मां ने कहा, बहन, बेटी का सफेद आंचल मन में शूल की तरह गड़ता रहता है। रंगदार कपड़ों को देख कर मेरा तो जी जलता है। अभी तो मेरी रेत्तो बच्ची है।"

"भगवान की यही इच्छा है बहू," बुढ़िया बोली, "उस पर किसका बस चलता है। अभी कल ही तो पुच्छो के साथ गुड़िया खेलने आती थी। पुच्छो को तो कोई घर ही नहीं मिल रहा।"

रोज़ का यही क्रम रहता। औरतें आतीं, तो मुबारिक देने पर रेवती को देख कर झूठे आंसू बहाने लगतीं। कई तो आते ही बिसूरतीं। रेवती उठकर चली जाती तो मुबारिकें देने लगती। रेवती के लिए वहां रहना मुश्किल हो गया। बच्चा पैदा होने के ग्याहरवें दिन उसका नामकरण था। रात को रेवती ने अपनी मां से कहा, "मां मेरी एक बात मानोगी?"

मां को भय हुआ, फिर भी विह्वल होकर पूछा, "क्या है रेत्तो?"

"भैया के नामकरण के पहले मुझे चली जाने दो। मेरा मन इस संसार में नही है मां, तो भी अपने इस भाई के आने पर मैं घर आई औरतों का झूठा-सच्चा रोना नहीं देख सकती। रोओ मत मां। मेरी बात ध्यान से सुनो। देखो, जो औरत आती है, वह मुझे इसी तरह देखती है, जैसे में अपने भाई पर अपना मनहूस साया क्यों डालने आई हूं। उनकी नज़रें मुझसे बर्दाश्त नहीं होतीं। अगर मैंने यहां रह कर भी अपने भाई से दूर रहना है, तब तो अच्छा है मंदिर में जाकर इसका सुख मांगू। संकटमोचन सब को तावीज़ देते हैं, मैं एक इस के लिए भेज दूंगी। इसे कभी गर्म हवा भी न लगे मां। मुझे जाने दो। बापू भी सारा दिन चोरों की तरह इधर-उधर छुपते फिरते हैं। इसमें इनका क्या दोष है? वह तो भार से मुक्त हो गए हैं या उन्होंने अपना फ़र्ज़ तो पूरा कर दिया। अब यह घर मेरा नहीं है। मुझे लगता भी नहीं है।"

"मां रोओ मत, मैं जानती हूं, बापू के आगे तुम्हारी एक नहीं चलती। जब एक दिन

१- सम्बोधित

तुमने बापू से कहा था सुन्दर के बारे में उस डाक्टर को पूछो, जो शहर से इनके घर उसे देखने आता है, तो बापू ने तुम्हें कितना डांटा था। मैंने छुप कर सब सुना था। मां, बापू ने जानबूझ कर ऐसा नहीं किया। यह मेरे भाग्य का दोष है। मुझे आज जाने दो मां। मुकद्दम चाचा आज आने वाले हैं। उन्हीं के साथ चली जाऊंगी। मन्दिर में काम अभी नया-नया संभाला है। सब गड़बड़ा जाएगा। अब कुछ नहीं कहना मां, तुम्हें मेरी कसम है।"

मां रोते-रोते बोली, "जब तेरा मन विरक्त हो गया है, तो मैं क्या कहूं? पर बेटी इसको नामकरण हो और तू ही न होगी, इसके गले में सुतली कौन बांधेगा। यह इतना अभागा है कि बहन के होते हुए भी···। क्या पाप किए थे मैंने कि ये दिन देख रही हूं।"

रेवती ने कहा, "मां मैं जहां भी रहूंगी अपने भाई के लिए भगवान से सुख मांगूगी। मेरा ख्याल तुम से छुड़ाने के लिए ही भगवान ने इसे भेजा है। मेरा मन वहां लग गया है मां, इसके नामकरण पर सारा गांव आएगा। मैं उन सब की नज़रों को न सह पाऊंगी। न ही उनकी बातें सुन सकूंगी।" रेवती ने रोते हुए कहा, "मां मैं भूख बरदाश्त कर सकती हूं किसी की दया नहीं। दया से मैं मर जाऊंगी मां। मुझे किसी की दया नहीं चाहिए। नहीं चाहिए मां।"

मां ने कहा, "तुम्हारी बुआ भी ऐसी ही ज़िद्दी थी। उसने भी कभी दया सहन नहीं की। मेरी नई-नई शादी हुई थी। सिर्फ़ मुझी से कभी-कभी बात करती थी। ससुरजी के तो सामने भी न जाती थी। विधवा होने के बाद यहां रही। मेरी शादी के बाद ही तो ससुर जी उसे ससुसाल भेजने पर ज़ोर देते रहे थे। उसकी ससुराल से क़ई बार पुरोहित आकर लौट चुका था। बड़ी रूपवती थी तेरी बुआ। आज उसी की याद आ रही है।"

रेवती ने मां को डरते देख कर दृढ़ स्वर में कहा, "मैं बुआ नहीं हूं। रेवती हूं मां। मरूंगी नहीं। बस, यह याद रखना।" यह कह कर उसने गोदी में पड़े अपने भाई को भींच लिया, फिर उससे बातें करते हुए बोली, " सब कुछ तुम्हारा है। अब मैं जाऊंगी। अपनी पोटली बांध लूं। फ़क़ीरों का क्या, आज यहां कल वहां!" मां ने सुन कर कहा, "तुझे फ़क़ीरनी करने के लिए तो नहीं ब्याहा था। उन मुओं के घर सब कुछ है। तू क्यों फ़क़ीरनी हुई। उनका भी कभी भला न होगा। मेरी फूल-सी बच्ची मेरी आंखों के सामने मुर्झा गई और मैं कुछ न कर सकी। कितनी मन्नतों के बाद, शादी के कितने सालों बाद तुम पैदा हुई थी।"

रेवती ने मां के गले में बाहें डालीं। बचपन में वह ऐसा ही करती थी। उसने कहा, "मां रो मत। तुम्हारी आंखें खराब हो जाएंगी। यह लो, मेरा भाई! इसके लिए तुम्हारा ठीक होना बड़ा ज़रूरी है। मैंने इसे शिवजी से मांग कर लिया है। मैंने मन्नत मानी थी, भगवान मैं दिल पर पत्थर रख लूंगी, पर मां को मिलने तभी जाऊंगी, जब मेरा भाई आएगा। मैंने यह बात चोरी रक्खी थी।"

"तभी इसे छोड़ कर जा रही हो रेवती?"

"इसी के सुख के लिए मां, इस पर कोई साया, जो अभागा हो, नहीं पड़े मां।"

"तू अभागी है क्या बेटी, तू अभागी होती, तो क्या मेरे घर में भगवान कृष्ण आते। यह तो तेरे ही पैरों की ख़ैरात है।"

रेवती हंस पड़ी। हंसते-हंसते ही बोली, "मां इसका नाम ख़ैराती रख दो। अच्छा है न, ख़ैराती मल्ल, पर जब यह स्कूल जाएगा, तब इसका नाम आनन्द रखना।"

"ठीक है, जो तुम कहो।"

तभी उनके घर दो-तीन औरतें आईं। दोनों मां-बेटी चुप हो गईं। एक औरत ने पूछा, "रेवती की मां, सुनाओ, सुनते हैं, रेवती जाना चाहती है। यह यहीं रहे, तो अच्छा है। मुन्ने की देख-भाल भी करेगी। बाक़ी इस घर में इसे दो रोटी की कमी थोड़े ही है।"

दूसरी बाली, "इसको सास नो बड़ी दुष्ट है। यहां तो सभी ख़बरें आती रहती हैं। रेवती का तो दूसरा जन्म हुआ है।" यह कह कर सभी औरतें बैठ गईं।

उनके बैठते ही पशेमान-सी रेवती उठ खड़ी हुई और बोली, "मेरी सास को आपको ऐसे नहीं कहना चाहिए। दुष्ट है, याःअच्छी है। मेरी है।"

कमरे में सन्नाटा छा गया। रेवती उठ कर बाहर चली गई। उसके जाते ही रेवती की मां ने रोकर कहा, "क्या करूं बहन, इसका दुख मैं समझती हूं, पर मेरे बस में कुछ नहीं है।"

एक औरत बोली, "यह तो सच में स्वर्ग से होकर आई है। नहीं तो इतनी छोटी उम्र में इतना ज्ञान नहीं हो सकता!"

दूसरी बोली, "रेवती की मां, आजकल तो गांधी जी ने पुंडरब्याह[१] भी शुरू किए हैं। तुम कहीं बात तो करो। भाई जी से कहो। कोई दुहाजू भी हो, तो भी उम्र तो कटेगी।"

रेवती की मां ने कहा, "यह नहीं सुनेंगे बहन, और फिर रेवती की बातें तो मेरी समझ में नहीं आती। वह भी माने, न माने, कौन जानता है।"

एक स्त्री सही बोली, "इसकी बुआ की कथा ही अभी कौन भूल सका है। भई यह मुसीबत किसी पर न आए। रंडापा कटवाना बड़ा मुश्किल काम है।"

रेवती की मां ने देखा। औरतें खुद ही बात करती हैं, खुद ही उसका फैसला कर लेती

१- पुनर्विवाह

हैं। वह चुपचाप सुनती रही। उसका मन हुआ, रो कर कहे कि आप लोगों की वजह से ही मेरी बेटी अपने मांजाए के नामकरण पर नहीं रुक रही, पर अपने इसी गांव में इन्हीं औरतों के साथ रहना है, वह चुप ही रही। अपनी बेबसी पर उसकी आंखों से आंसू निकल आये।

औरतों का ध्यान बंट गया। एक बोली, "रो मत रेवती की मां, औरतों की आदत तो बातें करने ही की होती है। अभी कल ही की बात है, रेवती छतें फलांग कर आंगन में धम्म से आकर बैठ जाती थी। अभी तो ये नादान है।"

रेवती की मां ने कहा, "मेरे रोने, या हंसने से कुछ नहीं होता। मेरी बच्ची की ज़िन्दगी के साथ खिलवाड़ हुआ है। लोग उड़ती चिड़िया की चाल पहचान लेते हैं, पर सुन्दर की बीमारी के बारे में कभी किसी को न पता चला, न किसी ने बताया।"

एक औरत बोली, "इस बीमारी का तो पता ही नहीं चलता रेवती की मां, अच्छा भला आदमी देखते-ही-देखते सो जाता है।"

एक और बोली, "लड़का भूखा होगा चल इसे दूध पिला। इसे भूख लगी होगी।"

खिसियाई-सी औरतें चली गईं, तो रेवती की मां ने सोचा, औरत का औरत से बड़ा दुश्मन कोई नहीं है।

वह गोदी में बालक को लेकर दूध पिलाने लगी। नौसिखिया-सा बच्चा इधर-उधर मुंह मारने लगा, तो खुशी से उसकी झोली भर गई।

रेवती दुःखी होकर अपने घर के चौबारे पर जा बैठी। ऊपर शहतीरों के बीच अभी भी उसकी गुड़िया के कपड़े एक मैले से थैले में खुंसे हुए थे। वहीं एक रस्सी पर एक और गठरी बंधी थी, जिसमें उसके शादी से पहले के कपड़े थे। उसी कमरे के एक आले में उसके सतपुड़े गेंद, गिट्टे, एक दो माला, एक रबर, एक छोटा-सा पेन्सिल का टुकड़ा था। इसी टुकड़े से खेलते समय वह दीवारों पर एक-दूसरे की हार-जीत के फैसले करती थी। उसे हंसती हुई लड़कियां याद आईं। एक ने कहा था, "जा, ले जा यह पेन्सिल। अपने सुन्दर को देना। अब वो हिसाब रक्खेगा। तुम्हारे गालों पर पड़ने वाले गड्ढों का भी और तुम्हारी आंखों की गहराई का भी।"

"हा-हा-हा···।" सब हंसते-हंसते लोट-पोट हो गई थीं। यह कमरा रेवती के खेल का मैदान था। गेहूं रखने के बड़े-बड़े पिटारे भी यहीं थे। इन्हीं में वो कभी-कभी छुप जाती छुप जाती थी। यहीं पर गुड़ियां खेलती। इसी विशाल कमरे में देखते-देखते ही कितनी

शादियां होतीं, कितनी आसान थी ज़िन्दगी। न टूटने का दुःख था, न जुड़ जाने की परवाह। मस्त, अलमस्त और ठेंगे पर की दुनिया। वैसे भी गुड़ियों की दुनिया इन्सान की ज़िन्दगी से कितनी सहला[१] है।

रेवती ने सोचा, अब इस कमरे में मेरे भाई का अड्डा होगा। यहीं पर वह सिगरेट या हुक्के का पहला कश खींचेगा। यहीं बैठ कर दोस्तों के साथ बातें करेगा, शरारतें करेगा।

उसके बच्चे होंगे, तो यहीं खेलेंगे। तब क्या कभी उसे यह याद आएगा कि इस कमरे पर कभी मेरी मिलकियत थी। इस कमरे के हर कोने में मेरी छाप है। क्या कभी वह यह याद करेगा कि उसकी बहन उसे कितना प्यार करती है।

पता नहीं मैं तब कहां रहूंगी।

रेवती कमरे से बाहर छत पर आई। छत के एक कोने पर नीम की वह बड़ी-सी टहनी अब पहले से भी बड़ी हो गई थी। खेल में कितनी ही बार वह और उसकी सहेलियां इसे घोड़े की पूंछ बनाकर घुड़सवारी करती थीं। छत के पीछे पिछवाड़े में खट्टे सेब, ज़ेबीरी नीम्बू, खट्टे संतरे सब के सब वैसे ही खड़े हैं। सिर्फ़ में बदल गई हूं। अकेली पड़ गई हूं। सब खो दिया है। सब पा लिया है।

उसे गिरीबाबा का ख्याल आया। फिर वह अपने आप से बोली, "एक सपने, एक मृग मरीचिका के पीछे भाग रही हूं, पर कितना सुख है इस भागमभाग में।"

फिर उसे सुन्दर का ध्यान आया। उस पर उसका रोग इतना हावी रहता था कि वह कभी रेवती का हाथ पकड़ता, तो भी डर जाता। रेवती को कभी उससे प्यार नहीं हुआ। एक नर्स और मरीज़ का-सा रिश्ता। रात को वह कभी अपना हाथ उस पर रख देती तो वह डर जाता। उसे हर बार डाक्टर बाहर निकाल देता था, फिर सुन्दर से खुसुर-फुसर करता रहता था। बचपन से जिस दूल्हे के बारे में वह सुनती आई थी, यह वह दूल्हा कहां था! कांच का गुड्डा था जिसे छूने से डर लगता था।

पर कितनी चाह थी सुन्दर में जीने की। वह सोचता, जब ठीक हो जाऊंगा, तब नशे की यह बंद बोतल खोलूंगा। बस, मन-की मन में ही रह गई।

रेवती को कभी लगा ही नहीं कि उसका ब्याह हुआ है। खेल-खेल में जब मां की किनारी जड़ी पोशाकें पहन लड़कियों में से एक दूल्हा बनी लड़की से फेरे होते, तब वैसी ही अनुभूति होती थी। गहनों का उसे लालच न था। सुन्दर का सिर दबाती, तो अपने मोटे गोखरू उसे बोझ लगते।

पर महन्त जी ···! जब से उन्होंने उसे बाहों में लिया है, उसकी सारी सृष्टि महन्त

१-आसान

जी की छाती के जंगल में समा गई है। कैसे-कैसे वह उससे दूर जाने का यत्न करते हैं, पर उसके सामने आते ही उनकी आवाज़ में शहद घुल जाता है। आंखें प्यार से बरसाती बावड़ियों की तरह भर जाती हैं। उन्हें समझ नहीं आता क्या करें। 'रेवती' कहते हैं, तो हरसिंगार का सारा दरख्त जैसे खाली हो जाता है। "रेवती", उसने वैसे ही कहा।

"महन्त जी, कहां हैं आप?" उसने अपने दोनों हाथ दो प्रेमियों की तरह आलिंगन में कस लिए। "महन्त जी, मैं आ जाऊंगी। कल ही आ जाऊंगी।"

तभी उसे हलके से क़दमों की पद्चाप सुनाई दी। देखा, दाई खड़ी-थी। उसकी भी यही दाई थी। इसी ने उसे मां की कोख में से बाहर लाकर यह दिखाया था। न जाने वह कब से खड़ी थी। रेवती को थोड़ा भय भी हुआ। सीढ़ी की आवाज़ तक न होने दी दाई ने। यह भी हो सकता है कि रेवती ने सुनी ही न हो।

दाई ने उसके कंधे पकड़ कर कहा, "रेवती इतनी भार ज़िन्दगी अकेली कैसे काटेगी? बड़ा मुश्किल है बेटी।"

रेवती का स्वाभिमान जागा। उसने अपने दोनों हाथ पसारे, फिर कहा, "दाई मां, भगवान ने ये दो हाथ मुझे दिये हैं। इनके सहारे काटुंगी मैं अपनी ज़िन्दगी। दाई मां, मर्दों के क्या चार हाथ होते हैं?"

दाई ने एक लंबी सांस ली, फिर बोली, "खाना कपड़ा ही तो सब कुछ नहीं है! जिस घर में मर्द नहीं होता, वह घर भांय-भांय करता है। मैं सोलहवें बरस में विधवा हो गई थी, पर बेटे के आसरे ज़िन्दगी का यह दुर्गम पहाड़ लांघ लिया। इतने-बड़े घर की बहू बेटी मैं भी थी, पर अपने बच्चे को पालने के लिए दाई का काम सीखना पड़ा। इतनी बड़ी ज़मीन-जायदाद में से कुछ नहीं मिला। बेटी, विधवा एकदम अकेली होती है। चांद-सूरज भी उसके नहीं होते। अब बेटा पढ़-लिख कर बाहर नौकरी करता है, तो घर खाली हो गया, पर मन भर गया है। बड़ा मुश्किल है यह पहाड़ लांघना। मैं यह दुख जानती हूं।" यह कह कर दाई रो पड़ी।

रेवती जानती थी, दाई उसे बहुत प्यार करती है। उसने कहा, "दाई मां, यह भी हो सकता है, मेरा कल आज से बहुत सुन्दर हो।"

"ज़रूर हो पुत्तरु यही तो मैं चाहती हूं, पर तुम्हारा बाप भी एक जल्लाद है। अपनी शाही की ऐंठ में न होता, तो···" यह कह कर दाई चुप हो गई, फिर बोली, "जो मैंने सहा है वह तुम न सहो, यही तो मैं चाहती हूं। तुम्हारे पास तो कोई आसरा भी नहीं है।"

रेवती ने कहा, "दाई मां बापू कहैं भी तो भी मैं शादी न करूंगी। मेरे भाग्य में सुख होता, तो सुन्दर को कुछ न होता। शिव जी के चरणों की सेवा में ही बीत जाएगा। जीवन ही तो है।"

"बड़ी मुश्किल है रेवती, जवान और खूबसूरत औरत की तक़दीर अपने हाथ में नहीं होती। क्या मैं नहीं जानती रेवती, जवानी घूंघट में काट दी, ताकि चांद सूरज न देख पाएं, पर लोग मुए तो कपड़ों के भीतर भी झांक लेते हैं। इसी मन्दिर में क्या कुछ नहीं हुआ। गिरीबाबा ठहरे अवतारी। इसके पहले का महन्त बड़ा लुच्चा था। सूबेदारनी के आए बग़ैर पानी न पीता था।"

रेवती को थोड़ा गुस्सा आया, पर सच बात पर क्या गुस्सा? उसने कहा, "दाई मां, मन्दिर में शिव हैं, वही मेरी रक्षा करेंगे।" नीचे से उसे अपने भाई के रोने की आवाज़ आई। रेवती छत्त की मुंडेर को पकड़े हुए मुस्कराने लगी। दाई नीचे चली गई। रेवती ने सोचा, क्या सिर्फ़ पुरुष ही स्त्री के पीछे भागता है? महन्त जी के पीछे तो मैं ही भाग रही हूं। नहीं तो डरपोक महन्त जी अमरनाथ तक तो गुहार कर आए हैं। अब पता नहीं कहां भागेंगे, पर मैं भागने दूंगी तब न!

उसने आकाश को देख कर कहा, "महन्त जी, मैं आपको भागने न दूंगी।"

यह कह कर रेवती निश्चिन्त होकर नीचे उतरी। अपने भाई को गोद में लिया। बन्द कोठरी में सरसों के तेल का दीया टिमटिमा रहा था। दूध पीकर तृप्त मुन्ना ने रेवती की गोद में अंगड़ाई ली। उसके होंठों के कोने से दूध बाहर आने लगा। रेवती ने प्यार से उसकी बंद मुट्ठी खोली, उसे चूमा और कहा, "इतनी देर में क्यों आए वीर?"

बच्चा कसमसाया और एक आंख खोल कर उसे देखने लगा। दूसरी आंख उसने ज़ोर से भींच रखी थी। रेवती ने आंचल के कोने से उसका दूध पोंछा फिर प्यार से कहा, "दोनों आंखें एक साथ नहीं खोलना भैया। तुम्हें नज़र लग जाएगी।" यह कह कर उसने आले के ऊपर लगी दीये की कालिमा अपनी उंगली पर लगाई और फिर उसके लटकते गोरे गाल पर दिठौना बना दिया।

हाथ पोंछती हुई मां भीतर आ रही थी। उसने देखा फिर कहा, "क्यों रेत्तो, बड़ा सुन्दर है क्या तुम्हारा भाई? काला टीका लगा रही हो।"

"हां, मां, बड़ा सुन्दर है। भैया दूज पर पता नहीं आ सकूंगी या नहीं। अभी से इसे टीका लगा दिया है।"

"क्यों नहीं आ सकेगी रेवती?" रुआंसी होकर मां ने पूछा, "क्या मन्दिर में रहने से भाई-बहन का रिश्ता ख़त्म हो जाता है। कल की ही बात है, जब तुम मेरी गोदी में लेटी मुझे टुकुर-टुकुर ताकती थी। अब कैसी बड़ी बड़ी बातें करती है। मुझे तो डर लगता है।"

"डर क्या है मां? तुम्हारी रेवती डरपोक नहीं है। मुझे किसी का डर नहीं है। मेरी रक्षा खुद भगवान शंकर करते हैं। बेटी तुमने तो ससुराल भेज ही दी। मेरा मोह न करो।

अब क्या मैं वैसी हो सकती हूं, या क्या यह घर ही मुझे पहले जैसी रेवती समझ सकता है? मैं अपने पैरों पर खड़ी हूं मां, जहां रहती हूं, वहां मेरी ज़रूरत है। यहां तुम्हारी अलमारी खोलती हूं, तो लगता है पराई अलमारी खोल रही हूं। यहां की कोई चीज़ भी तो अपनी नहीं लगती मां।"

मां ने दुखी होकर कहा, "ऐसी बातें करके क्यों मुझे दुखी करती है। तू क्या कोई और है? शादी हो गई, तो मैं सोचती थी, तुम कैसे वहां रहोगी, पर तुम तो एकदम ही बदल गई हो। परायों की तरह बात क्यों करती हो? तुम कौन हो रेवती? मुझे तो डर लगता है।"

रेवती हंसी, फिर कहने लगी, "पराई तो मैं शादी के बाद ही हो गई थी। यह सब बातें फ़िज़ूल हैं। मुकद्दम चाचा आते होंगे। तुम मेरा जिम्मा शंकर जी पर छोड़ दो। बस, मेरे भाई का ख्याल रखना। इसी में मुझे सुख है।"

मां ने फिर पूछा, "रेवती, तुम्हें क्या दूं। बताओ न?"

"अभी तो कुछ नहीं चाहिए। कभी ज़रूरत हुई, तो ले लूंगी।"

मां चुप हो रही।

तभी रेवती के बाप ने आकर कहा, "रेवती, तुम्हारे मुकद्दम चाचा आए हैं।"

रेवती ने गठरी उठा ली। सोए हुए मुन्ने को उठाकर सीने से लगाया, फिर चारपाई पर यूं लिया दिया जैसे कोई फूल हो, बिखरे नहीं, फिर उसे चारपाई से ढंक दिया। उसके बालों पर प्यार से हाथ फेरा, तो उसे रोना आ गया। मां के गले लग कर वही आंसू उसने पी लिए, फिर घुटी हुई मां को कहा, "मां, मेरी फ़िक्र न करना। अपना ख्याल रखना। अब तक तो मैं दवाई तुम्हें टाइम से पिलाती थी। अब तुम ज़रूर दवाई पी लिया करना। जब भी कहोगी, मैं आ जाऊंगी। ऐसे मत देखो मां, मैं तुम्हारी ही बेटी हूं।"

रोती हुई मां को छोड़कर रेवती ने अपनी दहलीज़ लांघ कर एक बार मुड़ कर देखा। मन हुआ एक बार दौड़ कर भाई को सीने से लगा ले। उठते हुए मोह के बगूले को उसने बैठ जाने दिया, पर अब संयम न बरता, तो बांध बह जाएगा। न जाने फिर कब आना हो। उसने अपने आंगन में उगे दरख्तों पर एक नज़र डाली। एक दरख्त पर बैठी चिड़िया फुर्र से उड़ी।

"हां, इसी तरह!" रेवती ने कहा और चल पड़ी। उसकी मां अपने कमरे की चौखट पर तस्वीर जैसी खड़ी थी।

मुकद्दम और रेवती का बाप धीरे-धीरे बातें कर रहे थे। उसे आता देख कर आगे-आगे

चलने लगे। रेवती राह में उगे दरख्तों, पौधों की जैसे बलैयां लेते हुए जाने लगी। उसे बापू ने कहा था, "घोड़ी पर जाओ।" पर रेवती ने कहा इतना ऊबड़-खाबड़ रास्ता है। मैं पैदल ही जाऊंगी। रास्ते में पानी भर कर आती गांव की कुछ औरतें उसे दिखाई दीं। उसने दूर से ही हाथ हिला दिया। सभी को पता था, रेवती रुकेगी नहीं।

मुकद्दम और रेवती के बापू की बातें ख़त्म ही न हो रही थीं। रेवती कुछ क़दम पीछे थी। चलते-चलते उसका आंचल एक कांटे से उलझा। आंचल छुड़ाते हुए उसने देखा, वहीं तो है, उसकी बुआ की देहरी। ओह, कैसे वो भूल गई, उसने आंखों में आंसू भर कर देहरी पर प्रणाम किया, फिर कहा, "बुआ, माफ करना, आज पहली बार यहां से गुज़रते हुए तुम्हारा स्थान भूल गई।" उसने झुक कर देहरी पर माथा टेका, तो मौलश्री के वृक्ष से एक फूल गिर कर उसके सिर पर अटक गया। उसने उसे चूमा। अपने आंचल में ढीला-सा बांधा, फिर कहा, "बुआ तुम्हें तो ज़िन्दगी में कांटों के सिवा कुछ न मिला, पर तुम सब को फूल ही देती हो। बुआ, तुमने अपनी लड़ाई मर कर जीत ली, पर मैं अपनी लड़ाई जी कर ही जीतूंगी। जो तुम्हारे साथ हुआ, वह मेरे साथ न होगा बुआ, फिर मैं अकेली भी तो नहीं हूं। महंत जी का धुंधला-सा साया मेरे आसपास रहता है। वह मेरे नहीं हैं, पर मेरे होंगे ज़रूर।"

"बुआ," रेवती ने देहरी से उठते हुए कहा, "बुआ, तुम्हारी भतीजी जिएगी, मरेगी नहीं। मुझे आशीर्वाद दो।" यह कह कर उसने मुर्दा जैसी ठंडी देहरी पर फिर माथा टेका और रो पड़ी। अब रोना रोकना बड़ा मुश्किल हो रहा था। अपने दोनों गाल ठंडी-ठंडी दहलीज पर रख कर उसने लोट कर कहा, "बुआ, मेरे साथ रहना।" फिर जी कड़ा कर के उठ गई। जल्दी-जल्दी क़दम बढ़ाए, तो उसे सामने मोड़ पर मुकद्दम और बापू दिख गए। उन्होंने भी रेवती को देख लिया था, फिर वह धीरे-धीरे चलने लगी। माया की डोरी जो उसके साथ खिंचती चली आ रही थी पतली से पतली होती गई। बुआ, उसे लगा उसके साथ ही चल रही हैं।

उसने बुआ की कई कहानियां सुनी थीं। एक यह भी थी कि बुआ बाल विधवा थी। ज्यादा मैके में ही रहती थी। ससुराल वाले बुलाना चाहते थे, पर वह न जाने क्यों ससुराल न जाना चाहती थी। ससुराल के नाम से ही अनशन कर देती।

उसने सुना था, एक बार दादाजी ने उसे ज़बरदस्ती ससुराल भेज दिया। मनसू का बाप भी साथ था। बुआ ने इस जगह पहुंच कर दादा जी के तेज़ उस्तरे से अपना कलेजा फाड़ डाला था। कहते हैं, खून का फव्वारा बह निकला था। लोग इकट्ठे हो गये थे। लोगों ने उसे मरते हुए देखा था। उसके होंठों पर मुस्कराहट थी। लोगों को उसने हिकारत की नज़र से देखा था। जीते जी जिसे कभी किसी ने प्यार न किया, मरने के बाद उसी की देहरी को लोग पूजते हैं। दादा जी ने जयपुर से कारीगर मंगवा कर यह देहरी बनवाई थी। उनकी बिरादरी के हर मंगल कार्य से पहले यह देहरी पूजी जाती है। बचपन में कई बार यहां लड़कियां खेलने आती थीं। बुआ की देहरी के पास आमों के, अमरूद के, बेर के, खट्टे

संतरों के कई दरख्त भी हैं। जब लड़कियां आंख-मिचौनी खेलती थीं, तो रेवती देहरी पर जाकर हमेशा सर झुकाती थी। वहां भीतर चांदी के पत्तरे, एक पत्थर की अनगढ़ी मूरत, जिस पर लाल रंग की चद्दर चढ़ी रहती और सिन्दूर लगा रहता, इसे ही रेवती अपनी बुआ समझती।

वाह रे भारतवर्ष! जहां स्त्री ज़िन्दा रहने पर विधवा और मरने पर सुहागिन हो जाती है।

सभी यह कहते थे, बड़ी सुन्दर थी वह, जो मास्टर रामायण पढ़ाने आता था, उसी से दिल लग गया था। बुआ के मरने के बाद वह साधु होकर चला गया। कोई-कोई यह भी कहता था कि रेवती के दादा ने उसे मार डाला था। यह बात वह किसी से पूछ तो सकती न थी। कहानियां सुनती थी, जिनमें यह सत्य सब से विश्वसनीय था कि उसकी बुआ ने या तो आत्म-हत्या की थी, या उसे मार डाला गया था।

रेवती ने गुस्से में अपने दांत भींच लिए। आगे जाता अपना ही जनक उसे कोई अजनबी-सा लगा। उसने सोचा, दादा जी ने क्यों बुआ को मरने दिया? कितने ज़ालिम रहे होंगे? तभी तो बापू भी ऐसे हैं। क्या बापू नहीं जानते में अभी सिर्फ़ अठारह बरस की हूं?

मुकद्दम और बापू अब काफी धीरे चल रहे थे। इस गुप्त मंत्रणा में रेवती को कोई दिलचस्पी न थी। इसलिए वह और भी आहिंस्ता हो गई। उसे मालूम था, बात तो उसी के बारे में होगी। वह अनमनी-सी चलती जा रही थी। कितने मेलों में वह इसी रास्ते से गई है। यह सब मोड़ उसके अपने हैं। शिव - रात्रि पर तो सभी सारी रात बड़े मन्दिर में कीर्तन करते थे। शायद तब गिरीबाबा कहीं होंगे! पर उसे कुछ पता नहीं।

वह भी बड़े चाव से शिव-रात्रि वाले दिन जागती रहती थी। कभी-कभी मां उसे वहीं चौतरे पर चद्दर डाल कर सुला देती थी। औरतें बटलोइयां, बालटियां, गागरु, गड़वियां भर-भर कर शिवजी को नहलातीं। एक बूढ़ा वहीं-कहीं बैठ कर कहानी सुनाता,

"हां, तो एक भूखा राहगीर, शिव-रात्रि के दिन रात को बेलपत्र के दरख्त पर बैठा, बेल के पत्ते चबा-चबा कर फेंकता रहा। संयोग से नीचे शिवलिंग था। उसी पर बेलपत्र सारी रात पड़ते रहे। बस, उस व्यक्ति की मुक्ति हों गई। शिव प्रसन्न भये। शिव की पूजा से सब मिलता है। शिव ठहरे भोले भंडारी, आशुतोष महाराज, जल्दी प्रसन्न होने वाले। बोलो,

हर-हर महादेव शंभो!
काशी विश्वनाथ, गंगे!"

एक घने नीम के नीचे चाचा और बापू दोनों खड़े थे। दोनों विदा होने की मुद्रा में थे। अब रेवती की बारी थी। वह सिर झुका कर बाप के सामने जाकर खड़ी हो गई। शाह बोले, "तो बेटी, तुम मेरे पास तो रहोगी नहीं। तुम अब इसी मुकद्दम की बेटी हो, पर मेरी इज़्ज़त का भी ख्याल रखना। तुम्हारी मां कहती है, तुमने अपना जीवन शिव-अर्पण कर दिया है, तो भी कभी-कभी घर आना।" यह कह कर बाप की आवाज़ रुआंसी हो उठी। उसने गर्दन तान कर आसमान को देखकर एक हौक्का भरा। ऊपर देखने से आंसू पूरी आंख में घूम गए उन्होंने रेवती के सर पर हाथ रखा, तो आंसू झरने लगे। पाषाण पिघला, तो रेवती भी सुबक पड़ी।

उसने रोते-रोते ही कहा, "बापू, मेरे भाई का ख्याल रखना। उसे खूब पढ़ाना-लिखाना।"

शाह जी ने 'हां' में गर्दन हिलाई और मुकद्दम को जाने का इशारा किया। ख़ुद वह वहीं खड़े रहे। रेवती जाते-जाते बार बार मुड़ कर देखती रही। उसे याद आया, दादी के मारने पर जब घर की गाय पंडित को दान कर दी थी, तो वह ऐसे ही मुड़-मुड़ कर देखती जाती थी। रेवती को लगा, दोनों ओर से उसे कोई खींच रहा है। उसने सोचा, मन्दिर यूं न खींच रहा होता, तो अब भी वह भाग कर बापू को पकड़ सकती थी। दुविधा की दूरी अब बढ़ती जा रही थी। बापू वहीं दरख्त के नीचे खड़े थे। दोनों हाथ पीछे बंधे हुए और निश्चल। मोड़ आ गया। रेवती एक बार फिर मुड़ी.। बापू को देखा। सांस अंदर भरी, दोनों हाथ जोड़े और मुड़ गई। ज़िन्दगी, उसने सोचा, मोड़ों का ही नाम है। ठीक मोड़ मुड़ो, तो ठीक, ग़लत मुड़ो तो ग़लत, पर यह मोड़ निश्चय ही ठीक है। बिल्कुल ठीक। कोई पछतावा नहीं।

मुहब्बत से बड़ा बलवान आसरा और कोई नहीं है। जब अट्ठारह बरस की उम्र है, तब तो यही सब से बलवान अहसास है। उसने सोचा, मैं तो मोड़ काट आई हूं, पर महंत जी तो सिर्फ़ सीधे रास्ते पर ही चलते हैं। इस वक्त कोई पुस्तक पढ़ रहे होंगे। हो सकता है मुकद्दम चाचा बता कर आए हों कि रेवती को लाने जा रहा हूं। हो सकता है, महन्त जी उसकी राह देख रहे हों! फिर नंदू भी याद आया। वहीं किसी खंभे से पीठ टिकाए संस्कृत के श्लोक याद करता, बार-बार सिर उठाकर देखता होगा। इस बचपन की कोमल वय में भी भगवा पहनता है। निक्कर नहीं पहन सकता। निक्कर में किसी को देखता है, तो देखता ही रह जाता है। बाल हर हफ्ते मुड़ा दिए जाते हैं। ज़रा से बाल बढ़ते हैं, तो कितना सुन्दर लगता है। महन्त जी की दाढ़ी और सिर के बाल खूब लंबे हैं। उनके घुंघराले बालों का मुकुट-सा उसे हिमालय की चोटी की तरह सुन्दर लगता है। उनके नीचे दोनों आंखें झील-सी टिकी रहती हैं।

बचपन में उनके बाल भी काट दिए जाते होंगे। बहुत छोटी उम्र में ही मन्दिर में आ गए थे। पहले संस्कृत पाठशाला में भी पढ़े, बाद में बड़े महन्त जी ख़ुद पढ़ाते रहे। कितने

बरस तो काशी में रहे। कभी घर नहीं देखा, मां नहीं जानी। कैसा अभाव है। चारों तरफ़ खाई है। इसी में रेवती तैर रही है। उसने कहा, "महन्त जी मुझे डूबने मत देना। मैं आपको ममता, स्नेह, प्रेम, दुलार सभी दे सकती हूं। हम लोग काशी जा सकते हैं। आप तो काशी पहचानते होंगे। वहीं मैं आपको एक घर दे सकती हूं, पर नहीं, आप बड़े बुज़दिल हैं। मैं जानती हूं। आप मेरा हाथ पकड़ कर कभी यह नहीं कह सकते, आप मुझे संसार में घर देंगें। कभी नहीं, पर आपने मुझ में जीवन के प्रति कितना विश्वास भर दिया है! कितना बल जगा दिया है। यह बल उस प्रेम का है! जो बावड़ी से निकाल कर आपने सीने से लगा लिया था।"

रेवती ने एक हूक को दबाया। सामने देखा, मन्दिर के कलश दिखाई देने लगे थे। सोने के कलश छकर सूरज की किरणें लाल-लाल घेरों में जगह-जगह दरख्तों पर फैल गई थीं। मुकद्दम चाचा ने उसकी मन की बात समझ कर अब तक कुछ न कहा था। अब वह बोले, "लो बिटिया, पहुंच ही गए। तुम बाज़ार से निकल कर घर की तरफ़ चलो। मैं ज़रा तमाकू लेकर आता हूं।"

रेवती ने लंबा घूंघट निकाला। यह उसकी ससुराल थी। बाज़ार में हर कोई, हर किसी को पहचानता था। गांव में तो लोग चाल-ढाल से ही जान जाते हैं कि कौन है! धीरे-धीरे वह पतली नदी की धारा में क़दम रखती बाज़ार लांघ कर मन्दिर की सीढ़ियों तक आ पहुंची। धीरे-धीरे एक-एक सीढ़ी यूं चढ़ने लगी, जैसे कोई भारी बोझ उठा कर चढ़ रही हो, फिर वह मन्दिर के भव्य द्वार पर रुक कर गणेश की प्रतिमा को प्रणाम करके मुकद्दम के घर पहुंची। ठिठक कर खड़ी हो गई। बाहर बरामदे में नंदू चाची को ज़ोर-ज़ोर से कुछ समझा रहा था। चाची को कुछ समझ न आता, तो वह झुंझला उठती, फिर पोपले मुंह से हंसने लगती। नंदू फिर कहता चाची···

अचानक द्वार पर उसकी दृष्टि गई। रेवती खड़ी थी। नंदू चाची को छोड़ द्वार पर लपका और रेवती से चिपक कर रोने लगा, "इतने दिन क्यों चली गई थीं बुआ?"

रेवती ने स्नेह से उसके सिर पर हाथ फिराया, फिर बोली, "आज दस दिन ही तो हुए हैं। कितने दुबले हो गये हो। खाना नहीं खाते थे क्या?"

नंदू रो रहा था, "तुम्हें क्या है, चाहे कोई मरे, कोई जिए? अब फिर मत जाना।"

"अच्छा नहीं जाऊंगी।"

चाची धीरे-धीरे वहीं आ गई थी। रेवती को चिपका कर बोली, "अरे, योगी संन्यासी

होकर रोता है नंदू!" फिर वह नंदू के सर पर हाथ रख कर बोली, "तुम्हारे जितने ही थे गिरीबाबा, जब वह इसी तरह मेरे सीने में लग कर रोये थे। नाई ने बाल काटे, तो तेज़ उस्तरा कान को लग गया था। लहू निकला तो घबरा गए। मैंने कान पर हल्दी मल दी। क्या दिन थे? बड़े महन्त का ज़माना था। आए दिन मालपुए पकते थे। तब लोगों में धर्म-कर्म था। अब नहीं रहा। लो महन्त जी, अपनी बुआ के साथ अब खुश रहो। अब मैं इसे कहीं नहीं जाने दूंगी। ठीक है न रेवती?"

रेवती ने हां में गर्दन हिलाई, फिर इशारे में पूछा, चाय चढ़ाऊं चाची।

बुढ़िया खुश हो गई, "हा-हां, आते ही रसोई में जुट जाओगी। ऐसी होती हैं बेटियां, तो चलो बनाओ। मैं भी तुम्हारे पास रसोई में ही बैठती हूं। तेरे जैसी कौन बनाता चाय! एक दिन गोसांईयों की बहू दे गई थी। सिर्फ़ नमक था उसमें। मीठा तो जैसे दूर से दिखा दिया गया था, पर मलाई डाल कर लाई थी बेचारी। चाय तो मैं बनाती थी। अब तो दिखाई नहीं देता। बड़े महन्त ···" यह कह कर बुढ़िया ने बरामदे पर जाने के लिए रेवती का हाथ थामा, फिर बोली, "ओरे हां बड़े महन्त जी तुम्हारे चाचा को हमेशा कहते, घर से चाय बनाकर लाओ मुकद्दम।"

फिर बुढ़िया हंसी और कहने लगी, "मैं भी इलायची, दालचीनी, सौंफ पीसकर अच्छी तरह उबाल कर चाय बनाती थी। तब गिरीबाबा छोटे थे। सुड़क-सुड़क कर के पीते थे। तुम्हारे चाचा तो यूं करते, जैसे चाय उसी ने बनाई हो, पर यह रह कहां गया। बूढ़े को घूमने की बड़ी लत है।"

रेवती चाची की बातें सुन कर बड़ी खुश हो रही थी। उसने चिल्ला कर कहा, "चाचा के साथ ही आई हूं चाची। वह बाज़ार से अभी आ रहे हैं। तुम यहां चारपाई पर बैठो, मैं चाय बनाती हूं।"

इतनी देर से नंदू रेवती का आंचल पकड़े खड़ा था। अब जाने लगा, तो बुढ़िया ने रोक कर कहा, "बैठो महन्तू जी, आपको भी चाय मिलेगी। बड़ी अच्छी चाय बनाती है हमारी रेवती। मेरे जैसी तो नहीं बनती पर अब वैसी खुशबूदार इलायची भी तो नहीं आती। पता नहीं ज़माने को क्या हो गया है? अभी उसी दिन इलायची वाली चाय पी थी, पर उसमें बीज ही नहीं थे।"

तब तक रेवती चाय बना कर ले आई। गिलास भर के रेवती ने ऊपर ख़ूब मलाई डाली, फिर थोड़ी-सी मलाई छोटे गिलास में डाल दी और नंदू को दी। ख़ुद भी वहीं बैठ कर चाय पीने लगी।

बुढ़िया ने चुस्की ले कर कहा, "आहा, क्या स्वाद है? आते ही चढ़ा दी थी न तुमने, इसीलिए इलायची की महक खूब उठी है। मैंने इसीलिए चूल्हे में उपले की आग दबाई हुई थी। मुझे पता था, तुम आते ही चाय पियोगी। लो, यह मट्ठी भी खा लो।"

फिर नंदू को देख कर बोली, "यह होती है चाय महन्तू जी," फिर बोली, "क्या कहा?"

नंदू हंसने लगा, "कूछ नहीं चाची, मैं तो चाय पी रहा था।"

चाची बोली, "बड़ा बदमास हो चला है!"

हाथ-मुंह धोकर रेवती ने चूल्हे में एक दो लकड़ियां सुलगाईं और दाल चढ़ा दी। फिर नंदू से पूछा, "मन्दिर नहीं जाओगे। अगर गिरीबाबा ढूढ़ें तो?"

नंदू हैरान होकर रेवती को देखने लगा, फिर बोला, "तुम नहीं जानती बुआ, सच में नहीं जानती!"

रेवती का मुंह अनिष्ट की आशंका से खुले का खुला रह गया। आशंकाओं से भर कर उसकी आवाज़ थर्राने लगी, क्या हुआ नंदू?"

"गिरीबाबा तो काशी गए हैं।"

"फिर··फिर चले गए।"

उसे लगा, जिस दरख्त की डाल पर वह तिनके चुन कर ला रही थी, वह दरख्त ही गिर गया है। वह जड़-सी हो गई। उसने हाथ में एक सूखी लकड़ी पकड़ी थी, वही उसके पांव पर गिरी, तो वह बिलबिला उठी। नंदू घबरा गया, "क्या हुआ बुआ, बोलो न बुआ।"

रेवती ने अपना सारा बल इकट्ठा किया, फिर पूछा, "कब गए नंदू, जाने की तो कोई बात नहीं थी?"

नंदू बोला, "तुम्हारे जाने के तीसरे ही दिन तो चले गए थे। काशी से एक पत्र आया था। उसे पढ़ा और कहने लगे, नंदू काशी जाना पड़ेगा। उनके कपड़े लत्ते तो मैंने सब ट्रंक में रख दिये थे।"

रेवती ने पूछा, "क्या जाने से पहले कुछ कहते थे?"

"नहीं बुआ, किसी से कुछ न बोले। सिर्फ़ रात को बूढ़े शंकर से न जाने क्या-क्या कहते रहे। मैं उनकी चद्दर लिए वहीं खड़ा था। उन्होंने मुझे देखा तक नहीं। वहां से उठे, तो ऐसे चल रहे थे, जैसे सपने में चल रहे हों। जाते समय भी मुझे कुछ नहीं कहा।"

रेवती ने नंदू का हाथ पकड़ कर कहा, "जाओ नंदू, भंडारी जी से कहना, मैं कल सवेरे ही आऊंगी। अब तो कोई ख़ास काम भी न होगा।"

"कैसे नहीं होगा बुआ, मन्दिर में जो नई गाय बियाई है उसका बछड़ा अभी ठीक से खड़ा ही नहीं हो रहा उसकी टांगे टेढ़ी-टेढ़ी पड़ती हैं।"

रेवती मुस्कराई। कितना स्वच्छ निर्मल चित्त है नंदू का! रेवती भी मानो सब भूल गई। उसे सिर्फ़ गाय याद रह गई। उसने चाव में भर कर कहा, "अरे, कब बियाई मेरी सोमा? बछड़ी हुई कि बछड़ा? चलो-चलो, गौशाला में चलें।" दोनों हाथों में हाथ डाले गौशाला की ओर चले। शाम टूट कर आकाश में छा गई थी। बुढ़िया को उनके गायब होने का पता ही न चला। जल कर बोली, "अभी तक इसका चाचा आया नहीं और यह निकल गई। मेरे बाहर जाने का वक्त होता है, तो घर पर कोई नहीं बैठता। शाम हो रही है, दीया बात्ती तक करके नहीं गई। क्या मज़ाल जो मैं कभी शाम की आरती में शामिल हो सकूं। सारा पुण्य यह बूढ़ा ही ले जाएगा। वैतरणी पार करने के समय मैंने भी इसकी बांह नहीं छोड़नी है।"

तभी मुकद्दम आकर उसके पास खड़े हो गए और ज़ोर से उसे हिला कर पूछा, "किससे बात कर रही हो?" पर बुढ़िया ने सुना ही नहीं। कहना भी बेकार था। मुकद्दम के हाथ में पकौड़ों का दोना था। उनकी सुगंधि बुढ़िया के नथुनों में घुस गई। उसने गंध के सहारे ही लपक कर दोना ले लिया और खाने लगी। बीच-बीच में प्यार से मुकद्दम को भी देखती जाती। मुकद्दम ने आते ही लालटेन जला ली थी। चारपाई पर बैठने लगा, तो चाय की खुशबू आई। उसने सोचा; रेवती ने बनाई होगी। उठ कर रसोई में गया तो देखा, उपले की सौंधी आग में पीतल का गिलास रखा था। गर्म राख में चाय काफ़ी गर्म थी। मुकद्दम प्रसन्न हुआ। दिन के वक्त बुढ़िया भी चाय तो बना ही लेती थी पर मुकद्दम को काफ़ी उठक-बैठक करनी पड़ती थी। मुकद्दम ने सोचा, चारपाई पर बैठकर हुक्क़ा गुड़गुड़ाते समय गर्म-गर्म देसी चाय की चुस्कियां लेना सब से बड़ा सुखं है। इस समय हवा भी पहाड़ लांघ कर बह रही थी। उसकी खुनकी[१] ने चाय को और भी स्वादिष्ट कर दिया। मुकद्दम ने सोचा, रेवती ज़रूर गऊशाला में गई होगी। गिरीबाबा तो यहां नहीं हैं।

रेवती जब गऊशाला में पहुंची तब सोमा का बछड़ा झूम-झूम कर मां का दूध पी रहा था। गाय उसे चाट रही थी। रेवती को देख कर गाय रंभाई। बछड़े का ध्यान घड़ी भर के लिए बंट गया। एक बार उसने आगंतुकों को देखा, फिर जी जान से दूध पीने में जुट गया।

रेवती ने देखा, हलके गेहुएं रंग के बछड़े के माथे पर लंबा सफ़ेद तिलक था। रेवती ने नंदू को कहा, "इसका नाम तिलकू रखेंगे।" बस नामकरण हो गया। गाय की आँखों से ममता झर रही थी। बछड़ा उचक-उचक कर दूध पीता और अपनी पूंछ को ऊपर उठाता। उसके मुंह से दूध की कुछ बूंद झरने लगीं। रेवती उसे टकटकी लगाए देख रही थी। उसे याद आया, इसी तरह ही तो उसके भाई के मुंह से दूध की बूंदे झरीं थी। उसने अपने आंचल से पोंछी थीं। कैसी निष्ठुर होकर भागी मैं, पर जिनके लिए भागी, वह तो मुझसे भी निष्ठुर निकले।

नंदू बोला, "चलो न बुआ, अब देख तो लिया बछड़ा। मैंने झूठ थोड़े ही कहा था।"

१- ठंडक

रेवती ने पूछा, "नंदू, क्या कभी महन्त जी मेरे बारे में पूछते थे?"

नंदू ने इस समय गिरीबाबा का जिक्र अटपटा-सा लगा। वह बुआ को अपने ख़रगोश दिखाना चाहता था। अनमना-सा बोला, उन्हें क्या पता था, तुम आज आ जाओगी। नहीं तो तुमसे मिल कर ही जाते।"

"संन्यासी किसी का इन्तंजार नहीं करते नंदू, पर तुम उनकी देखभाल तो ठीक से करते थे न?"

"हां, बुआ, पर जब काशी से पत्र ही आ गया, तब उन्हें कुछ याद न रहा करते भी क्या? बस चले गए। जाना ही पड़ा।" फिर बोला, "बुआ, संकटमोचन तो आजकल पांच ही बजे से भांग बूटी घोटना शुरू कर देते हैं। कल मुझे भी पीने को कह रहे थे" उसने संकटमीचन की नक़ल लगाते हुए कहा, "बच्चा एक घूंट चढ़ा जा। तुझे बैकुंठ के दर्शन होंगे।"

"मैं भाग गया दीदी। गिरीबाबा की चारपाई के नीचे छिप गया। भांग से तो चक्कर आते हैं न? फिर शिवजी क्यों रोज़ भांग पीते हैं। क्या उन्हें चक्कर नहीं आतें?"

"वह तो सब को चक्कर में रखते हैं नंदू, उन्हें क्यों चक्कर आएंगे। हां, भंडारी जी से कहकर सोमा को गुड़ की चूरी खिला देना। मैं अब घर चली। घर पर चाचा आ गए होंगे। कल मिलूंगी तुमसे।"

नंदू रुआंसा होकर बोला,"क्या मैं तुम्हारे पास आकर नहीं सो सकता। अगर संकटमोचन भांग पीने को कहेंगे, तो फिर तुम बुरा मनाओगी।"

रेवती चमक कर बोली, "तो तुम संकटमोचन जी को कहना, बुआ ने मना किया है। तुम भांग-वांग कुछ नहीं पियोगे, समझे!"

"हां, बुआ मैं भूल ही गया। गिरीबाबा ने कहा था, अपनी बुआ को कहना, माला नियम से जपे। अरे, मैं तो भूल ही गया था!"

रेवती ने मन-ही-मन कहा, ज़रूर जपेगी, "पर कब आएंगे।"

"वह तो नहीं मालूम, पर जानती हो संकटमोचन क्या कहते हैं? कहते हैं, गिरीबाबा को घूमते-फिरते रहना चाहिए। मन्दिर में शान्ति रहती है।"

"हां, किसी का भय जो नहीं रहता। चाहे भांग पियो, चाहे उसमें नहाओ। अच्छा, अब तुम भी जाओ नंदू, मैं भी जा रही हूं।··· और याद रखना संन्यासी किसी से भी डरते नहीं हैं।"

उसे पूजा की घंटियां सुनाई दीं, पर उसने कहा, "नहीं, मैं मन्दिर नहीं जाऊंगी। थक भी गई हूं, फिर खाना भी तो बनाना है।"

रेवती घर गई, तो रसोई में दीया जल रहा था। वह रोशनी से भी तेज़ भाग कर तुलसी पर दीया जलाने लगी। उसे फिर गिरीबाबा याद आए। भागते-भागते भी क्यों चले आते हैं? जैसे हमेशा यहीं रहते हों।

सब काम निपटा कर रेवती ने रसोई में ऊंचे चौतरे पर चटाई बिछाई और तकिए में सिर को भींच कर लेट गई। मन फिर गिरीबाबा पर जा अटका। उसके आंसू बहने लगे। चुपचाप किसी आहट के बग़ैर। उसने बह जाने दिए।

हूं, डरपोक कहीं के, फिर भाग गए। कितनी देर तक कहां-कहां भागोगे महन्त जी! मुझे काशी जाने का पता होता, तो चाहे गांव में ही दो-चार दिन और रह जाती। नामकरण के दिन मैं ऊपर के अपने कमरे में भी रह सकती थी। भाई को गोद में लेकर कितना सख मिलता है! कैसा-कैसा गोल-मटोल बुद्धू-सा मेरा भाई! मानो सुख की गठरी हो। कितना प्यारा है। कलेजे से लगाओ, तो लगता है, हमेशा से यहीं पर था।

फिर उसने आह भर कर सोचा, यह मेरा भाई मेरा बेटा भी तो हो सकता था, पर बेटा ही तो है। बड़ा होता, तो भाई की ज़िम्मेदारी समझता। नहीं, मेरे नन्हें चांद, अपनी ज़िम्मेदारियां मैं खुद उठा सक़ती हूं। अगर दरिया में डोलती ख़ाली नाव अपनी ज़िम्मेदारी उठा सकती है, तो में भी उठा लूंगी। उसका मन आत्म-विश्वास से भर उठा। और वह आराम से सो गई।

सवेरे भंडार-गृह में उसने सब से पहले गुड़ की चूरी बनाई। देसी घी, रोटियां, सोठ मिली चूरी थाल में भरी तो भंडारी बोले, "बिटिया तुम अन्नपूर्णा हो। तुम्हें जानवरों का भी ध्यान रहता है।" गुड़ की खुशबू नथुनों में घुसते ही सोमा रंभाई-बां ऽ ऽ ऽ! जैसे मां ऽ ऽ ऽ कह रही हो। गाय रेवती की ओर लपकने लगी। बछड़ा भी उसे टुकुर-ठुकुर ताकने लगा। रेवती ने थाली गाय के आगे रखी। गाय एकदम चूरी खाने लगी। मूर्ख बुद्धू की तरह बछड़ा रेवती को देखने लगा। रेवती ने एक कोर उसके मुंह में डाला। उसने बड़ी मुश्किल से उसे चबाया, फिर स्वाद आने लगा, तो रेवती के हाथों को चाटना शुरू कर दिया। रेवती को गुदगुदी हुई। वह हंसने लगी। तभी कहीं से नंदू ने आकर कहा, "बुआ, हंस क्यों रही हो?"

रेवती ने कहा, "तिलकू गुदगुदी कर रहा है।"

नंदू ने भी अपने हाथ उसके आगे कर दिए। रेवती ने कहा, "महन्तू जी ऐसे नहीं, चूरी लेकर खिलाओ, फिर चाटेगा।" बछड़े को अब समझ आ गई थी, वह रेवती के पास आकर और मांगने लगा। रेवती ने एक कौर लेकर उसकी गर्दन अपने हाथ में ली और खिलाने

लगी। अचानक बछड़े का सिर उसने अपनी गोदी में लिया, फिर प्यार से कहा, "मेरा राजा बेटा तिलकू!"

भंडार-घर में अलसाए से संकटमोचन घूम रहे थे। अपने आप बड़बड़ाते हुए कभी इधर, कभी उधर। रेवती को देखते ही बोले, "आ गई अन्नपूर्णा, अरे, हमारे खाने पीने का कोई प्रबंध नहीं है। शंकर की बूटी बड़ी खुश्क रहती है, उसे हज़म करने के लिए माल तो चाहिए। यहां तो पता नहीं तरमाल कहां जाता है! और हम गरल को ऐसे ही पी रहे हैं। मन्दिर में और तो किसी को शौक नहीं है। मंन्दिर की मर्यादा है, भांग तो पीनी ही पड़ेगी। मलाई के साथ थोड़ा शुद्ध घी भी गिरा देना बिटिया, शंकर प्रसन्न होंगे।

रेवती ने हां में गर्दन हिलाई। पीछे से भंडारी ने खूब मक्खन जमा करके घी जोड़ा था। संकटमोचन को भनक लग गई होगी, फिर अगर यहां रहना है, तो शिवजी के गणों का तो ध्यान रखना ही पड़ेगा। उसे चुप देखकर संकटमोचन बोले, " आज शिव को मालपूए का भोग लगना चाहिए। रात सपने में आए थे।··शिव! शिव!" यह कह कर वह बाहर चले गए। रेवती को हंसी आई। सपने में शंकर आएं थे, या मालपूए, इसकी व्याख्या न हो पाई!

मन्दिर का ढर्रा फिर चलने लगा।

अगली शाम को मनसू आया। रेवती के पास रह कर रोने लगा। रोते रोते ही बोला, "बुआ तुम्हारे आने के बाद शाहनी बड़ी रोई। अगर उसे तुम्हारा डर न होता, तो ज़बरदस्ती रोक लेती। शाहनी रोते-रोते कह रही थी। रेवती के चेहरे पर जैसे उसकी बुआ का चेहरा जम गया था। उसी की तरह बातें कर रही थी। बहुत डर लग रहा था। कहीं कुछ कर न ले। शाह भी बड़े दुखी हैं। तुम ऐसी कैसे हो गई बुआ।"

रेवती ने सुना, फिर कहा, "मनसू, अब तो वह मेरा घर नहीं है। मेरा घर तो मेरी ससुराल है। जब में वहां ही नहीं रहती तो मां-बाप के घर में क्यों रहूं, फिर यहां मुझे अच्छा भी तो लगता है।"

"संन्यासिनी बनोगी क्या?" मनसू ने पूछा।

"अट्ठारह बरस की उम्र में कोई संन्यास लेता है! मुझे ऐसा कोई शौक नहीं है। क्यों लू मैं संन्यास। जब कभी मुसीबत की घड़ी आएगी, तब के लिए तुम तो हो ना! सौगन्ध खाओ, हमेशा मुश्किल में साथ दोगे।"

मनसू अब खुल कर रो पड़ा।

"बुआ, ऐसा क्यों कहती हो। मैं तो तुम्हारा चाकर हूं। शाह ने तुम्हारे साथ ही मुझे भेजा था। तुम जब भी बुलाओगी, मैं हाजिर हो जाऊंगा। इस जान की क्या परवाह!

बचपन से तुम्हारे ही घर पल कर बड़ा हुआ हूं। जब शाहनजी मुझे कलेवे के साथ लस्सी देती थी, तो तुम कैसे चोरी से मेरी रोटियों के बीच मक्खन रख जाती थीं। यह क्या मैं भूल गया हूं। उस वक्त मक्खन खाते-खाते लगता था, मैं बुआ के लिए कुछ भी कर सकता हूं। आज भी वैसे ही लगता है। आजमा कर देख लो। मैं हमेशा तुम्हारे साथ हूं। समझो तो बड़ा भाई ही हूं।"

"समझूंगी क्यों नहीं मनसू, भाई तो तुम हो ही। मैं तुम्हें क्या ऐसे ही इतना मानती हूं। हर वक्त यह लगता है कि कुछ होने वाला हे। कुछ होगा ज़रूर, ज़िन्दगी ऐसे ही नहीं रहेगी। रोज दिन चढ़ता है, तो लगता है, कुछ होगा ज़रूरु शायद आज ही हो जाए, पर कब हो? नहीं जानती। मन्दिर की हवा रोज तरोताज़ा होकर मुझे अपने वजूद से नहला जाती है मनसू। पता नहीं क्या होगा?"

"डरो नहीं बुआ, तुम तो पढ़ी-लिखी हो। भूत-प्रेतों पर यकीन नहीं करते। मैं ठहरा गंवार आदमी, जो कहोगी कर दूंगा। अब चलता हूं। अभी तक तो तुम्हारी सास की ही चाकरी बजा रहा हूं। बड़ी नंबरी है बुढ़िया। उसने चौधरी को न जाने क्या पट्टी पढ़ाई है कि सुन रहा हूं, कुछ ही दिनों में देवराज और उसका टब्बर यहां आया ही समझो। मैं भी उसी दिन का इन्तज़ार कर रहा हूं। उसके बाद मैं वहां नहीं रहूंगा। मुझे तो देवराज ऐसे देखता है जैसे कच्चा चबा जाएगा।"

रेवती ने कहा "अभी वहीं रहो भाई, तुम कहीं और चले गए, तो मैं तुम्हें कहां से बुलाऊंगी।"

"सत्त-बचन बुआ, जैसी तुम्हारी इच्छा। तुम्हारी बुढ़िया के लिए नसवार लेने निकला हूं। उसका पेट फूल गया है। पसार वाली ताई को बजा कर दिखा रही थी। पेट फटे ढोल की तरह बज रहा था। जब तक नसवार नहीं खाएगी, ठीक नहीं होगा।"

रेवती अपने ससुराल की दुनिया में लौटी, "मनसू, मेरी निक्की कैसी है?"

"अच्छी है। वह भी तुम्हारे बारे में पूछती रहती है। बड़ा शैतान है उसका बेटा। कल मेरे कंधे पर बैठा, तो एकदम गीला कर गया। जानबूझ कर ही ऐसा करता है।"

रेवती हंसी, कहने लगी, "उसे बता देना, मैं आ गई हूं। बच्चे को भी लाए। देखूं, मुझे गीला करता है या नहीं। आज ही बता देना।"

मनसू ने अंगोछा कंधे पर डाला। लाठी को स्नेह से देख कर सहलाया और चल दिया।

मन्दिर में गिरीबाबा की कोई सूचना न थी। कभी-कभी रेवती को लगता, पता नहीं

आते भी हैं या नहीं। एक बार लौट आएं तो कहूंगी, मुझसे बेशक न बोलिए, पर आंखों के सामने तो रहिए। मैं और कुछ न मांगूंगी। कैसे हैं महन्त जी! जब बात करते हैं, तब यूं लगता है, जैसे कभी अबोला न हुआ हो। जब दूर जाते हैं, तब लगता है, जैसे मुझे जानते तक नहीं। शायद मेरी भक्ति में कहीं कोई कमी रह गई है, नहीं तो क्या इस तरह भागते फिरते? अगर याद रहूं, तो क्या एक चिट्ठी नहीं डाल सकते? पर चिट्ठी डालनी होती तो जाते ही क्यों?

इसी उधेड़-बुन में तीन महीने बीत गए। पहले दिन की तरह ही दूसरा दिन भी चढ़ता, सुस्त बेजान और पुराना-सा। गऊशाला में तिलकू बढ़ रहा था और मैके में उसका भाई। चालीस दिन के बाद मां उसे मन्दिर में मत्था टिकाने लाई थी, तो रेवती ने संकटमोचन से उसे तावीज़ बंधवा दिया था। संकटमोचन ने रेवती की मां को कहा, "मैया, तुम्हारी बेटी अन्नपूर्णा है, शिव की भक्त! इसके भाई को कोई नज़र नहीं लग सकती। यह तो साक्षात शिव है। क्यों जी गोसांई?"

रेवती की मां ने कहा, "गिरीबाबा तो यहां हैं नहीं। आप इसे मेरे साथ जाने की आज्ञा दीजिए।"

"हां, ले जाओ भई, लेकिन बिटिया को ज्यादा दिन नहीं रखना। मन्दिर में सब गड़बड़ा जाएगा।"

"जो आज्ञा!"

रेवती मां के साथ चली गई थी। दो दिन भाई को खिलाकर लौट आई। अब तो मैके से लौटना भी बड़ा मुश्किल था। उसके भाई ने अपने छोटे-छोटे हाथों से रेवती की उंगली पकड़ी, तो खुश होकर खिलखिलाने लगा। उंगली छुड़ानी मुश्किल हुई, तो रेवती ने कहा, भैया, तेरी बहू आकर गुस्सा करेंगी। छोड़ दे मेरी उंगली।"

रेवती को मैके में यही डर लगता, न जाने कब महन्त जी आ जाएं, फिर वह अपने सीने से लगे भाई को वैसे ही छाती से अलग करती, जैसे कभी कर्ण ने अपना कवच अलग किया था। अब तो उसका भाई रेवती की बातें बड़े मनोयोग से सुनता था। रेवती की मां दोनों को देख कर तृप्त होती, पर कहां बांध सका भाई का मोह। रेवती को एक प्रबल आवेग अपनी ओर खींचता था। जैसे-जैसे भाई बढ़ता जा रहा था, रेवती घटती जा रही थी। दो दिन मैके रह कर वापिस चली गई। मन्दिर भी खाली था, पर उसमें आशा की क्षीण ज्योति अभी थी।

एक दिन दोपहर में मन्दिर का सब काम निपटा कर रेवती नंदू का पाठ सुन रही थी, तो मुकद्दम ने आकर कहा, "चलो रेवती, घर में निक्की बहू आई है। उसका बेटा भी आया है। घर में इतने से बच्चे को देखकर बड़ी खुश है तुम्हारी चाची। चलो जल्दी!"

रेवती जल्दी-जल्दी घर गई। निक्की बहू का लड़का खड़ा होकर चाची की बालियां उतारने की कोशिश कर रहा था। रेवती उसके पास गई, तो वह ठुमक कर उसकी गोदी में आ गया। मानो बरसों की पहचान हो।

निक्की हंस कर कहने लगी, "यह तो तुझे पहचान रहा है। कब की दोस्ती है रेवती? कहीं तेरा सुन्दर ही तो नहीं आ गया।" यह कह कर वह शर्मिन्दा हो गई।

रेवती ने कहा, "क्यों, मेरा बेटा है यह। क्यों रे, भोंदू, बड़ा होकर मौसी को घर बुलाया करेगा, या नहीं? तुम्हारी बहू मुझसे झगड़ा तो नहीं करेगी न? देखो, निक्की कैसे देखता है!" बातों से विरक्त होकर बच्चा नीचे उतरा और गिलहरी के पीछे जाने लगा। गिलहरी अखरोट में से गिरी निकाल कर खा रही थी। यह मांग रहा था। रेवती पकड़ने दौड़ी तो "नैंई" "नैंई" करने लगा। रेवती ने मुकदम से कहा, "चाचा इसे गऊशाला में ले जाइए, तिलकू को देख कर खुश होगा।" निक्की को वह खींच कर रसोई में ले गई, पिछवाड़े जाकर रेवती ने कहा, "देखो, मेरा बाग़ कितना लह-लह कर रहा है।"

निक्की खुश हुई, "यह सब तूने लगाया है रेवती?"

"और नहीं तो क्या? अब तो सब्जी भी उतरती है। जाने से पहले तुम्हें भिंडी, टमाटर, बैंगन सब दूंगी, पर यह बता, तुम ने फिर बाग़ लगाने का निश्चय कैसे कर लिया। अभी तो तेरा बेटा साल भर का ही है।"

निक्की ने हैरानगी से पूछा, "अभी तो कच्चा-पक्का मामला है। तुमने कैसे जान लिया?"

"वह बात जाने दे। गांव में किसी की भी बात का कोई पर्दा नहीं रहता, पर इतनी जल्दी निक्की? तुम्हें अपनी सेहत का भी ख्याल नहीं है।"

"क्या करूं? पता ही नहीं चला। बस, एक और हो जाए, फिर छुट्टी।"

क्यों, तुम्हें तो बच्चों का बड़ा चाव था? बस, दो ही?"

"बहुत जान खाते हैं बच्चे रेवती, घर का सारा,काम भी होता है। मां जी भी अभी पाल सकती हैं। दोनों पल जाएंगे।"

"बड़ी सयानी हो गई है निक्की, पर तुम्हारी मां जी तो अच्छी सेहत वाली है। जाने की तैयारी तो नहीं दिखाई देती।" रेवती ने सहेली से चुहल की।

निक्की भी पट्ट से बोल उठी, "अरे, अभी तो पोतों की बहुएं देखेंगी, पर मेरी सास बुरी नहीं है रेवती, काम भले नहीं करती, पर तुम्हारी सास की तरह सब की निन्दा नहीं करती।"

रेवती ने आह भर कर कहा, "हां ठीक कहती हो। मैं भूल चुकी थी, मेरी एक सास भी है।"

निक्की ने बात पलटी "अरे रेवती, तुम लोगों के गिरीबाबा क्या मन्दिर छोड़ गए?"

"क्यों, मन्दिर क्यों छोड़ेंगे। काशी गए हैं। आ जाएंगे। तुमसे किसने कहा मन्दिर छोड़ रहे हैं?"

"ताई कह रही थी।"

"दुनिया से तो गिरीबाबा को पहले ही विरक्ति थी, अब और ज्यादा हो गई है। अब तो जाते ही रहते हैं। मन्दिर में उनके बग़ैर रौनक कहां! आस-पास के गांव से भी लोग नहीं आते।"

रेवती चुपचाप सुनती रही, फिर बोली, "मन्दिर में कौन कम लोग हैं निक्की। सवा लाख शिव पिण्डी है। उन सब की पूजा होती है, फिर देवताओं के मन्दिर। शिव मन्दिर बूढ़े शिव का मन्दिर। कितने ही लोग धोती पहने जनेऊ लटकाए, चुटिया मरोड़े घूमते ही रहते हैं। कितने ही पंडित आते हैं पूजा करने। मैं तो घूंघट काढ़े रहती हूं। कोई भी मेरी तरफ़ देखे, तो बड़ा बुरा लगता है।"

निक्की सुन कर दुखी हुई, फिर उसकी आंखें में आंखें डाले पूछने लगी, "तू यहां सुखी है रेवती?"

"घर से तो सुखी हूं। यहां किसी देवराज का डर नहीं है। बूढ़े शंकर की कृपा रही, तो और सुखी हो जाऊंगी। तूं गांव जा रही है क्या?"

"नहीं, पर तू कहे तो हो आऊं। तीन घंटे पैदल अब मुझसे नहीं चला जाता, फिर इसको भी उठाना पड़ेगा। तू बता क्या काम है?"

"नहीं, निक्की, काम तो कोई नहीं है, पर मेरा भाई पता नहीं कैसा होगा! बीच में एक बार हो आई हूं, पर मेरा मन वहां नहीं लगता। बापू तो, तुम जानती हो खिंचे-खिंचे रहते हैं। एक बार मुझे पता चला, नीचे बाज़ार तक, आए थे। मैं सीढ़ियों पर बैठी देखती रही, पर वह यहां तक नहीं आए।" यह कह कर रेवती बुक्का मार कर रो पड़ी-जैसे रुका हुआ परनाला बह गया हो।

निक्की ने उसे रोने दिया। खुद भी सुबकती रही, फिर उसका सर अपने कंधे से लगा कर बोली, "तू भी तो बड़ी जिद्दी है रेत्ती कल तक वह तेरा ही घर था। तू क्यों नहीं वहां रहती?"

"क्योंकि आज वह मेरा घर नहीं है। कल जब मुन्ना की बहू आएगी, फिर मेरा क्या होगा? वही उम्र काटनी मुश्किल है। इस वक्त तो चलते दो हाथों में हर कोई अपने पास रखना चाहता है। निक्की, मुझे तो लगता है, हम औरतों का कोई घर नहीं होता। नहीं तो क्या सुन्दर के घर से मैं अपनी इच्छा से आई हूं। इस उम्र में दो घर खो चुकी हूं। अब तो यह रैन बसेरा ही अच्छा लगता है।

निक्की ने उसका हाथ पकड़ कर कहा, "कभी मेरे घर तो आ सकती है। रेत्ती, पर तू तो संन्यासिनी हो गई। किसी का मोह नहीं व्यापता तुझे। मैं तेरे लिए रोती हूं। कुन्तो की चिट्ठी आई थी। वह भी तेरे लिए बड़ी उदास है। उसने लिखा है, उसका पैर भारी है। डाक्टर ने ज्यादा दौड़ भाग से मना किया है। घर में भी कुएं पर पानी भरने जाती हूं, तो सभी तेरी बातें करते हैं। पसारवाली ताई तो कहती है, तुम मर गई थी। स्वर्ग से होकर आई हो, नहीं तो इस उम्र में कोई सब छोड़ देता है क्या? बताओ तो रेवती, स्वर्ग हो आई हो तुम?"

"हां," रेवती ने कहा, "हो आई हूं। शंकर के मन्दिर में जब कोई नहीं होता, तब उनसे पूछती हूं, मैं कहां हूं। कितने ही सवाल उनके कमरे में चक्कर काट कर फिर मेरे पास लौट आते हैं। मैं घंटों वहां बैठी जल-धारा से बूंद बूंद टपकते जल की आवाज़ सुनती रहती हूं। निक्की, लगता है, शंकर मुझे थपथपा रहे हैं।"

निक्की ने कहा, "रेत्ती, तुझे ज्ञान हो गया है।"

"हां, और देखो गली में तिलकू के भागने की आवाज़ आ रही है। लगता है, तेरा बेटा भी आ रहा है।"

तिलकू को रेवती ने गोद में लेकर उसका माथा चूमा, तो वह 'बा-बा' करने लगा। उसे अपने आंचल में भींच कर रेवती ने कहा, "देख निक्की यह मेरा बेटा है।"

निक्की ने आंसू पोंछ लिए।

पहाड़ी पर बने इस विशाल मन्दिर में शिव की यह मूर्ति पता नहीं कितनी पुरानी है! गोल से पानी के कुण्ड में है यह मूर्ति। चौबीसों घंटे पानी की बूंद-बूंद शिव के माथे का ताप हरती रहती है, फिर भी जल कुण्ड से भरा ही रहता है। जल चाहे मनों डालो, चाहे बूंद-बूंद, उसकी सतह में कोई फ़र्क नहीं होता। अंधेरी गुफ़ा जैसा मन्दिर है यह। ठंडे अंधेरे और शान्त दोपहर में यहां कोई नहीं होता, तो रेवती ध्यान लगाती है, "ओम नमः शिवाय!"

ध्यान कभी लगता है, कभी नहीं, ज्यादा तो नहीं लगता, पर बीच-बीच में वह शिव में लीन ज़रूर हो जाती है। आंखें बंद करके उसने शिवजी के स्तोत्र पढ़े। फिर धीरे-धीरे गाने लगी:

"बोल मेरे शिव शंभु, भला हुण कुन मेरा रखवाला ए!
कुन मेरा रखवाला ए!
मेरी ज़िन्दगी इच्च जैहर घुलै दा
हर म्हीना दिन पैहर घुलै दा
अऊं ओदी शरनी जो अमरत देई विष पीने आला ए
कुन मेरा रखवाला ए! बोल मेरे

बड़ी तन्मय होकर गा रही थी रेवती। उसकी आवाज़ उसके श्वासों ही की तरह पूरे कमरे में गूंज कर फिर उसी के पास लोट रही थी। एकदम शान्ति थी। आकंठ डूबी थी वह गीत में और उसकी भक्ति में, तभी बाहर के कमरे में उसने टन्न की आवाज़ सुनी। इस वक्त कौन आया है? फिर हलके क़दमों की आवाज़! रेवती का ध्यान भंग हुआ, पर वह मन में ओम नमः शिवाय! जपती ही रही। अब कोई जल-धारा में जल डाल रहा था। उसने बैठे-बैठे ज़रा-सी आंख खोली, कोई सफ़ेद धोती में था। उसने आंखें बंद कीं। क्षण-भर के लिए रोमांच हो आया, कहीं गिरीबाबा तो नहीं! इस सूनी दोपहरी में इस मन्दिर में कौन आया है? उसने आंखें और ज़ोर से मींच लीं। कदमों की आवाज़ दूर होती लगी। उसने आंखें खोलीं, कहीं कोई न था। रेवती को भय लगा। उसका शरीर जड़ हो गया। उठना जैसे मुश्किल हो गया। सांस लेने में भी कठिनाई होने लगी। भीतर घूमने वाली हवा में भी स्पन्दन नहीं। सिर्फ़ कोने में जल रहे दीये की मचलती लौ ही कमरे में जीवन का एक लक्षण थी। बरसों से जलते दीये की कालिमा से सारी छत काली-स्याह थी। सफ़ेदी करवाते रहने पर भी दीये वाली दीवार कभी पूरी तरह सफ़ेद नहीं होती। यहां से औरतें कालिख उतार कर ले जाती हैं। उसमें ज़रा-सा मक्खन छुआ कर काजल बना कर डिब्बी में रख लेती हैं।

कभी-कभी बच्चों को भी लगाती हैं। सरसों के तेल के धुएं से थोड़ी-सी तीखी महक की एक लपट कमरे में उठी है। दीये की रोशनी से दीवार में जड़ी शंकर की भव्य मूर्ति की आंखों से मानो लौ निकलने लगी है। गौरी के गालों की चमक बढ़ गई है। लगता है, वह मुस्करा रही हैं। सन्नाटा भयप्रद हो उठा है। शिव की पिन्डी पर गिरती बूंद-बूंद से चौंक रही है रेवती, पर हिल नहीं सकती। बेलपत्तों में गिरने से पहले अड़ती बूंदें हिलती हैं, चमकती हैं, फिर फिसल कर विलीन हो जाती हैं। निरन्तर धुलते बेलपत्तों की चमक बिजली की तरह तिलमिला रही है, पर रेवती में हिलने-की ताकत नहीं है। वह स्तब्ध है। इस वक्त तो यहां कोई नहीं आता! यह कौन था, जो शिव को इतनी दोपहरी में आकर नहला गया।

काफी देर वह इसी स्थिति में रही। नंदू ढूंढ़ता हुआ वहां आ पहुंचा। रेवती ने उसे

देख कर कस के पकड़ लिया। क्या यह नंदू है? क्या यह सचमुच का नंदू है? अभी-अभी जो एक चमत्कार यहां हुआ है। क्या वह झूठ है? नंदू भी हैरानी से रेवती को देखने लगा। रेवती का चेहरा काग़ज़ की तरह सफ़ेद था। तभी जल-धारा में लगा फूल टप्प से शिव की पिण्डी पर गिरा। रेवती ने उसे उठा कर माथे से लगा लिया। उसकी दो-चार बूंदें रेवती के हाथों को भिगो गईं। रेवती को झुनझुनाहट-सी हुई। उसने आंखें बंद कीं। सफ़ेद धोती में वही साया शिव पर झुका जल-धारा में जल डाल रहा था। जनेऊ नीचे लटक रहा था। रेवती ने आंखें खोल कर नंदू को देखा, उसकी आंखों में भय था।

नंदू ने पूछा, "क्या हुआ बुआ, कोई भूत था?"

"भूत, कहां है भूत?" रेवती ने पूछा।

"फिर तुम ऐसे क्यों देख रही हो, जैसे मुझे जानती ही नहीं। तुम्हारा मुंह सफ़ेद गोले जैसा हो गया है। क्या हुआ बुआ?"

"कुछ नहीं, शिव जी के सिवाय तो यहां कोई नहीं आया।"

नंदू ने आस-पास देखा। बाहर तेज़ धूप होने पर भी यहां बूढ़े शंकर के घर में घुप्प अंधेरा है। ठंड है। मानो यह कोई और ही दुनिया हो। मन्दिर के ऊपर स्तूप-सा गोल शून्य भांय-भांय कर रहा था। वहां से नीचे तक आता बड़ा-सा घंटा ठीक जल-धारा के ऊपर ठहर गया था। जल-धारा का तांबे का बहुत बड़ा बर्तन दर्शनीय था। उनके आस-पास बड़े-बड़े कुण्ड लगे हुए थे। दीवार पर बनी शिव की मूर्ति की जटा में से निकलती संगमरमरी गंगा बहती-सी लग रही थी। गौरी की नन्हीं मूर्ति शिव की गोद में थी। सुन्दर सुकुमार, लाल परिधान में चमकती-सी। शंकर की बड़ी-बड़ी मूंछ अपनी सारी कालिमा में से हंसती हुई चमक रही थी। मन्दिर की स्तब्धता सिर्फ़ शंकर की पिण्डी पर बूंद झरता जल ही तोड़ रहा था। कहीं दूर कबूतरों की गुटर-गूं सुनाई देती। गूं ऽ ऽ ऽ गूं ऽ ऽ ऽ, मानो इसके अलावा और कोई आवाज़ न हो। जल-धारा का स्वर भी गूं ऽ ऽ ऽ में गुम हो गया।

नंदू भी भयभीत-सा खड़ा था। उसकी उपस्थिति भूल कर रेवती अपने सुरीले कंठ से गाने लगी। मानो भय या छलावा सभी इस आवाज़ से भाग जाएंगे।

"बोल मेरे शिव शंभू भला हुन!
कुन मेरा रखवाला ए!

ज़िन्दगी में सच ही तो ज़हर घुल रहा है। रेवती गाते-गाते ही रोने लगी। नंदू भी हाथ जोड़े खड़ा था। भजन ख़त्म हुआ, तो रेवती ने नंदू को पास बिठा लिया, अपनी चटाई पर फिर उससे प्यार से पूछा, "नंदू महाराज, आप कितने छोटे थे, जब यहां आये थे?"

"चार-पांच साल का कहते हैं।"

"कहां था तुम्हारा घर?

"पता नहीं, कोई पहाड़-सी जगह थी। बड़े पहाड़ों से उतर कर आए थे। कई बच्चे थे, और एक मां बाप भी थे।"

"नंदू तुम्हें वे सब याद हैं?"

नंदू ने दृढ़ता से कहा, "नहीं।"

"गुस्सा आता है?"

नंदू ने अपनी मुट्ठी में रेवती का आंचल ज़ोर से भींच लिया, फिर कहा, "नहीं, हम संन्यासियों को गुस्सा नहीं आना चाहिए।"

"मुझे भी नहीं बताओगे नंदू, मैं तो तुम्हारी बुआ हूं।"

"हमारा कोई नहीं होता। हम संन्यासी हैं। शंकर ही हैं हमारे बस।" नंदू नें गिरीबाबा की सी आवाज़ बनाकर कहा।

रेवती मुस्कराई फिर बोली, "बच्चों के साथ खेलने को तो मन करता है न।"

"नहीं, हम खाली तिलकू के साथ खेलते हैं। वह बच्चा नहीं है।"

रेवती खुल कर हंसी, फिर नंदू का हाथ पकड़ कर कहा, "अच्छा एक बात बताओ, जब यहां आए थे, तो क्या डर लगा था?"

नंदू सहम गया, फिर बोला, "हम उस रात गिरीबाबा के पैताने सोए थे। उस रात गिरीबाबा भी सारी रात नहीं सोए। हम दोनों ही जाग रहे थे। गिरीबाबा रात को उठ-उठ कर पानी पीते रहे। कभी मुझे कंबल उढ़ाते रहे, कभी सर पर हाथ फेरते रहे। मेरी आंखें खुली थीं, पर उन्होंने एक बार भी मुझे सोने को नहीं कहा। हम रोए, तो उन्होंने चुप भी नहीं कराया, पर हमें सब से अच्छे गिरीबाबा ही लगते हैं। दूसरे दिन सवेरे उन्होंने हमें खिला-पिला कर अपनी कोठरी में, अपने ही तख्त पर सुला दिया था, फिर शाम को किताब हाथ में देकर कहा था, ज्ञान ही मां है। तब से हमें डर नहीं लगता। वही किताब हम अब तक सोने के समय पास में रखते हैं।"

"घर से कभी कोई आता है?"

"नहीं, कभी नहीं। अब तो हमें कुछ याद भी नहीं है। संस्कृत का पाठ याद करते-करते सब कुछ ही भूल गए हैं।"

"तिलकू तो सारा दिन आपके साथ ही खेलता है?"

"हूं वह तो बड़ा हो जाएगा। जैसे सोमा है। जब हम यहां आए थे, तो सोमा छोटी-सी थी" फिर तिलकू की तरह मचल कर नंदू बोला, "बुआ, तिलकू के लिए माला मंगवा दो न। जब कहीं भागेगा तो पता चल जाएगा।"

"मंगा दूंगी, पर यह तो बता, तेरे गिरीबाबा कब आएंगे।"

"पता नहीं बुआ, पर संकटमोचन कहते हैं, अब शायद न ही आएं।"

"संकटमोचन की ज़बान काली है।"

"नहीं बुआ, भयंकर लाल है। मैंने ख़ुद देखी है। चलो न रसोई में। अब तो सभी खा चुके होंगे। मुझे भी भूख लगती है।"

"तुमने अब तक खाया क्यों नहीं?"

"जब तक तुम न खाओगी, तो मैं कैसे खाऊं, बच्चा!" दोनो हंस पड़े। संकटमोचन सभी को बच्चा कहते थे। रेवती ने उसे छेड़ने के लिए प्रणाम किया, "प्रणाम महाराज, अब चलिए भोजन करें।"

"चलो, बच्चा!" नंदू ने भी नकल लगाई।

नंदू के साथ ही रेवती ने अपने बचपन के बचे खुचे लम्हे फिर से जीने शुरू कर दिए थे। नंदू अपने आप को रेवती का संरक्षक समझता था, पर उसे संरक्षण रेवती की गोदी में मिलने लगा। सारा दिन दोनों इकट्ठे ही रहते। मन्दिर की पूजा और रोज़ के काम तो मशीन की तरह होते ही रहते थे। सुबह-सवेरे कितने ही पुजारी शिव की संवा लाख पिण्डियों की सेवा करते-करते श्लोकों की संगीतमंय झंकार से सारा मन्दिर ही नहीं पूरा वातावरण ही मधुर हो उठता। यह पंडित सिर्फ़ सुबह व शाम ही पूजा के लिए आते थे, बाक़ी सारा दिन वह अपने घर में यजमानी करते, या दूसरे गांव में ब्याह आदि पढ़वाने जाते रहते। मन्दिर में आजकल संकटमोचन का राज्य था। उसका बदन भी भर गया था। और संतोष भी थोड़ा आ गया था। अराजकता तो सब से ज्यादा भंडारे में ही थी। शाम को मेवे पक्षियों की तरह उड़ते और भांग-बूटी की तरावट देते।

गिरीबाबा कुछ नहीं करते थे, तो भी उनका होना और चुप रहना ही सब से बड़ा अस्त्र था। मन्दिर में कभी कुछ भी गलत नहीं हो सकता था। वह मन्दिर में कहीं भी रहते, उनके होने का अहसास सब जगह रहता। वह कभी कुछ भी गलत न करते थे। उनके सामने ग़लत करने की किसी की हिम्मत न होती थी।

आठ दस दिन यूं ही बीत गए। एक दिन सवेरे किसी भी पूर्व सूचना के गिरीबाबा

आ गए। उनके साथ तीन-चार जटाधारी अघोरी साधु भी थे। बस एक लंगोटी और हाथ में चिलमें। यही उनकी धज थी। सर पर जटाओं की पगड़ी, नंगे बदन भभूत में लिपटे बम-बम-बम का नाद करते मन्दिर में विराज गए। रेवती घर में चाय बना रही थी। मुकद्दम आज रात काम से किसी दूसरे गांव गए थे। मन्दिर ही के सिलसिलों में उन्हें कभी-कभी बाहर गांव में जाना पड़ता था। सुबह ही उनकी लाठी की ठक-ठक ज़रा उतावली में सुनाई दी। रेवती चौकन्नी हुई, तो चाचा आ गए। मन्दिर में कोई डर न था। तो भी उनके आने से जैसे अच्छा लगता था। मुकद्दम ने हांफते हुए आकर कहा, "रेवती, जल्दी कर। गिरीबाबा आ गए हैं। संकटमोचन अपनी मंडली के साथ खर्राटे भर रहा है। सुबह की पूजा के पंडित आने शुरू हो गए हैं। और अभी तक भोग तैयार नहीं हुआ। रसोइया परेशान है।"

रेवती के हाथ में पीतल का पानी भरा गिलास था। उंगलियों से बह कर आती ठंडक कलेजे तक आ के उसे सराबोर कर गई। उसने पानी चाय में डाला ओर खौलने का इन्तजार करने लगी। खौलती चाय में एक बार ठंडा पानी डाला जाए, तो देसी चाय का रंग निखर आता है। चाय बन जाने पर उसने लकड़ियों पर पानी छिड़का और मन्दिर चली गई।

रसोइया बड़बड़ा रहे थे। रेवती ने कहा, "मैं दूध औटाती हूं आप बादाम पीस लीजिए। बादाम तो रोज़ भिगोए जाते हैं। मैं केसर और मिश्री घोल देती हूं। पूजा करके ही तो महन्त जी दूध पिएंगे। उसके पहले तो वह मुंह में जल भी नहीं डालते।"

"वह तो ठीक है बिटिया, पर जो दूसरे साधु हैं। उन्हें क्या देना होगा, यह समझ नहीं पा रहा। वह तो सुबह ही चिलम चढ़ा लेंगे। उन सब के लिए भी थोड़ा मेवा निकाल दो। लगता है, भांग की पत्तियां राह से उखाड़ लाए हैं। जिस घर के लोग गांव छोड़ कर शहर जाते है, वहां यही तो उगता है, फिर राह में तो कितना है। एक से एक बढ़ कर भयानक है। तुम सामने नहीं जाना। शिव! शिव! हमारे गिरीबाबा ने कभी नहीं छानी, पर उठना-बैठना सब उन्हीं के साथ है। काशी से गंगा-जल लाये हैं। मैंने बर्तन उन्हीं के कमरे में चौकी पर रखवा दिया है। लगता है, गिरीबाबा बीमार थे। एकदम सूख गए हैं। तुमने देखा क्या?"

रेवती ने 'न' में गर्दन हिलाई। भंडार-गृह की चाबी उसी के पास थी। अंदर अंधेरे में बादाम निकालने गई तो लकड़ी के बक्से पर हाथ में कुछ लिजलिजा-सा लगा। वह दीया लेकर भीतर गई, तो देखा, फन उठा कर नाग देवता खड़े हैं। रेवती झट से एक रकाबी में दूध लाई। कोठरी के बीचों-बीच बर्तन रखकर कहा, "क्षमा कीजिए महाराज कल आपके लिए दूध नहीं रखा। अब ऐसी गलती न होगी। आप बक्से से उतरेंगे तभी बादाम निकाल पाऊंगी।" दीया एक तरफ रखकर रेवती बाहर आई।

रसोइया ने पूछा, "किससे बात कर रही थी रेवती?" रेवती मुस्करा कर बोली, "महाराज थे। कल दूध देना भूल गई थी। आप देख आइए, पूजा हुई कि नहीं। साधु भोजन में क्या लेंगे? यह भी पता कर आइए।"

उसके बाद रेवती कोठरी में गई। नागदेवता तृप्त होकर अपने बिल की तरफ़ जा रहे थे।

सारा काम निबटा कर दोपहर को उठी, तो रसोइया ने पूछा, "बिटिया खाना यहां खाओगी, या घर ही पहुंचा दें।"

"आज नहीं खाऊंगी। मन ठीक नहीं है। घर जाकर चाय पी लूंगी।"

रेवती को बीच-बीच में फ़ाक़ा करने की आदत पड़ चुकी थी। घर जाते समय उसने देखा। पीपल के नीचे चार पांच साधु उकड़ूं बैठे चिलम फूंक रहे थे। बाहर की दुनिया से उन्हें जैसे कोई मतलब न था। किसी और ही दुनिया के लोग थे। रेवती ने सोचा, इनसे गिरीबाबा को क्या मिलता है?

घर जाकर उसने छोटे मोटे काम किए और रसोई में जाकर लेट गई। मुकद्दम चाचा ने एक मोटा काश्मीरी गब्बू वहां बिछवा दिया था। उस पर लेटते ही उसे रुलाई आ गई। गोल तकिए को अपनी बाहों से घेर कर वह कितनी देर रोती रही। आज रेवती सुन्दर के लिए रो रही थी। उसने कहा, " सुन्दर अगर तुम रहते, तो मेरी यह दुर्दशा न होती। जिस साए के पीछे मैं भाग रही हूं, वह पता नहीं क्या है? कितनी अकेली हो गई हूं मैं। सुबह से ही आ गए हैं, पर मेरे लिए अभी भी बिदेस में हैं। साधुओं की इतनी बड़ी गारद क्या अपने बचाव के लिए लाए हैं?

"सुन्दर मैं क्या करूँ। मरने के बाद भी अगर आत्मा यहीं रहती है, तो मुझे बता जाओ, मैं क्या करूं? ज़िन्दगी का मक़सद कोई नहीं। तुम थे, तो भले ही हम पति पत्नी की तरह न रहे, पर मिलता तो थी। एक सहारा तो था। तुम्हारी बीमारी को मैंने भी भुगता है, अपनी बीमारी की तरह। जब तुम बीमारी के डर से पलंग की पाटी से चिपक जाते थे, तो मैं सारी-सारी रात तुम्हारे सर पर मालिश करती रहती थी। सिर्फ़ यह तो बता जाओ कि मरने के बाद क्या होता है? लाल-लाल आंखों वाले ये अघोरी अगर इस मन्दिर में रहेंगे तो मैं डर कर मर जाऊंगी।" रोते-रोते उसकी आंख लग गई।

थोड़ा जागते, थोड़ा सोते उसने देखा, वह चारों-पांचों साधु पहाड़ी पर चढ़े हैं। और महन्त जी के बैठने की चट्टान तोड़ रहे हैं। अचानक रेवती ने चट्टान पर अपने हाथ रख दिए हैं। हथौड़ी ज़ोर से उसके हाथ पर गिरी है। उसके गले से गों-गों की आवाज़ निकल रही है, पर वह बोल नहीं पाती। छाती पर जैसे मनों बोझ है। रेवती ने ज़बरदस्ती आंखें खोलीं। रसोई के पिछवाड़े वाला दरवाज़ा खुला था। सामने पहाड़ी पर से दरख्तों को चीर कर आती हवा की सांय-सांय आवाज़ डरावनी लग रही थी। दोपहर के ढलते नर्म धूप के साय दरख्तों से आंख मिचौनी खेल रहे थे। उसके पेट में हलका-हलका दर्द-सा था। रेवती ने उठ कर घड़े में से ठंडा पानी निकला कर पिया। ख़ाली पेट में दर्द का एक बगूला-सा उठा। उसने रोटियों की टोकरी में देखा। चार-खमीरी रोटियां पड़ी थीं। उसने आम के

अचार के साथ सारी ही खा लीं। सारा दर्द ग़ायब हो गया। ख़ेस लेकर वह ज़रा-सा लेटी। नींद ने फिर घेर लिया। चाची दोपहर में सोकर घर-घर बतियाने जाती है। और मुकद्दम चाचा या तो मन्दिर में कहीं सोये होंगे, या बाज़ार में गप लड़ा रहे होंगे।

अब तो सारे गांव में अघोरियों की ही चर्चा हो रही होगी।

गिरीबाबा के आने की चर्चा ज़ोरों पर थी। गांव-गांव से लोग आने लगे। गिरीबाबा के दर्शन पाकर लोग भक्तजन अघोरियां को देखने आते, पर उनका ध्यान अपने में ही रहता। सूटे का दम लगा कर इधर-उधर बिखरे रहते। भांग की तो यहां कोई कमी न थी। पीपल के तले शुद्ध वायु में ध्यान भी खूब लगता। भांग भी आसमान छूने लगती। जब वह होश में रहते, तो गिरीबाबा से बातें करते रहते।

एक दिन दोपहर को रेवती बूढ़े शिव के मन्दिर में पूजा करके आई, तो देखा बाहर हाथ में चिलम लिए एक साधु नग्न खड़ा था। लाल-लाल आंखों से वह कहीं ऊपर देख रहा था। रेवती को डर लगा। वह धीरे से मुड़ी और घर आ गई। घृणा और दुःख से उसका सर्वांग कांप उठा। ऐसे गंदे ओर भंगेड़ी साधुओं के साथ गिरीबाबा कैसे बैठे रहते हैं? उसने नंदू को बुलाकर पूछा, "नंदू ये साधु कब जाएंगे?"

"वे तो यहीं रहेंगे बुआ, गिरीबाबा ने तो यही कहा है।"

"ठीक है, तो गिरीबाबा से कह दो जाकर अगर ये लोग यहां रहेंगे, तो मैं न रहूंगी।"

"पर बुआ वह तो भांग-पत्ती में मस्त रहते हैं। किसी को कुछ भी तो नहीं कहते।"

"जा, तू नहीं समझेगा। तिलकू के गले की माला पसन्द आई?"

"हां, बुआ तुमने खुद पिरोई है न?"

"हां, नंदू, चाचा के बैल की घंटी पड़ी थी। कौड़ियां भी थीं। बस, पिरो दी। तिलकू बड़ा शैतान है। तुमने कैसे उसके गले में घंटी बांधी?"

नंदू अपनी प्रशंसा सुन कर खुश हुआ, फिर ज़रा ताव में आकर बोला, "हम भी ठहरे संन्यासी आदमी। उसका कान मरोड़ दिया और माला पहना दी। उसके बाद उसने बड़ा सिर मारा, पर मैंने नहीं खोली। अब तो उसे माला अपने जिस्म का ही एक हिस्सा लगती है। अरे, बुआ, गिरीबाबा को उसका नाम बहुत पसंद आया। उसके माथे पर तिलक है न। पूछ रहे थे, किसने रखा।

"फिर तुमने क्या कहा,"

"मैंने कह दिया बुआ के सिवाय नाम रखने का अधिकार और किसे है।"

"फिर?"

"फिर क्या अपनी कोठरी में चले गए। आज-कल बहुत पढ़ते हैं। शायद कोई सिद्धी कर रहे होंगे। रात को मुझसे पांव भी नहीं दबवाते। हां बुआ अघोरी तो जाना ही चाहते हैं, पर गिरीबाबा जाने नहीं देते।" -

रेवती ने पूछा, तुमने मेरी बात कही थी?"

"कही थी, पर वह कुछ बोले नहीं। बुआ, तुम्हें पता है, तुम्हारी सास कल भंडारा करवा रही है। खूब बड़ा यज्ञ होगा।"

"हां, जानती हूं रे। घर तो मेरा उजड़ा है, उनका तो बस गया है।"

नंदू ने अनसुनी कर के कहा, "मैं तो कल सिर्फ़ मालपूए खाऊंगा।"

जलकर रेवती बोली, "तुमने कभी मालपूए नहीं खाए? क्या पहली बार खाएगा। भुक्खड़ कहीं का।"

नंदू स्तब्ध हो गया। बुआ ऐसे तो कभी नाराज़ न होती थी। मालपूए खाने पर क्यों नाराज़ हो रही है। उसे बडा दुःख हुआ। चुपचाप गिरीबाबा के पास गया। गिरीबाबा लेट कर पढ़ रहे थे। नंदू ने उनके पांव मलने शुरू किए। उन्होंने आपत्ति नहीं की। उसका चेहरा सूखा हुआ था। गिरीबाबा को दया आई। उन्होंने नंदू को प्यार से देखा, तो नंदू रुआंसी आवाज़ में कहने लगा, "महाराजा, मालपूए का नाम सुनकर बुआ नाराज़ क्यों हुई? मुझे भुक्खड़ कहा।"

गिरीबाबा ने सोचा ये भंडारा उस की सास करवा रही है। भतीजे का बेटा गोद लिया है। रेवती को दुःख तो होगा ही। वह नंदू से बोले "कल जो छोटे से बालक को लेकर आशीर्वाद लेने आई थी, वह रेवती की सास है। तुमने देखा था न?"

नंदू झट पांसा पलट गया, कहने लगा, "आपने फिर उसे आशीर्वाद क्यों दिया, वह तो बुआ की दुश्मन है।"

"यह तुमसे किसने कहां, हमारा कोई दुश्मन नहीं होता।"

"पर बुआ तो बहुत रो रही थी।"

गिरीबाबा ने एक निश्वास लेकर कहा, "सब कर्मों का फल है आनंद जी!"

नंदू ने कहा, "पर बुआ तो कभी कोई बुरा कर्म नहीं कर सकती, फिर यह फल कैसा!"

"तुम उसको बहुत प्यार करते हो न नंदू?"

"आप नहीं करते महाराज?"

"हम! ··· हम तो सभी से करते हैं।"

"फिर आपने बुआ की बात क्यों नहीं सुनी। अगर अघोरी यहां रहेंगे तो बुआ चली जाएगी।"

"उसकी इच्छा है नंदू, उसमें कोई कुछ नहीं कर सकता।"

नंदू ने हैरान होकर कहा, "पर बुआ।"

उसने देखा, गिरीबाबा जा चुके थे।

रेवती ने उड़ती-उड़ती खबर सुनी थी कि उसकी सास देवराज का लड़का गोद ले रही है, पर उसे विश्वास न आया था। एक दिन उसके ससुर लिवाने भी आए थे, पर वह नहीं गई। जब वह उनसे कोई सरोकार ही रखना नहीं चाहती, तो कैसा दुःख, कैसी आशा! देवराज का बेटा पालने वह ससुराल नहीं जाएगी। उसने जब सुना बेटा गोद लेने की खुशी में भंडारा हो रहा है, तब उसे बुरा लगा। पता नहीं कैसे-कैसे बुढ़िया ने उसके ससुर को मनाया होगा। देवराज भी वहां आता-जाता है और कल तो भंडारा ही है। दुःख के मारे मुकद्दम चाचा दूसरे गांव चले गए। चाची भी कह रही थी। मैं तो इस भंडारे की खुशबू भी सूंघू तो गाय की सौगन्ध। ऐसी मां नहीं देखी। बरस होते न होते सुन्दर का वारिस भी आ गया।

भंडारे में सारा गांव आया था, पर रेवती का ससुर नहीं आया। उसने मुकद्दम को कहा था, मैंने जो वसीयत की है, उसके मुताबिक सब कुछ रेवती का है। आधा घर और आधी ज़मीन तो मैंने उसी के नाम कर दी है। बैठी सोई खा सकती है। वसीयत की एक कापी भी उसने मन्दिर में रखवा दी है। उसने कहा था, "यह तो नासमझ है, पर ज़िन्दगी में कभी भी ज़रूरत पड़ सकती है।" मुकद्दम के पास यह कापी है। रेवती को पता चल गया था।

उस दिन वह मन्दिर नहीं गई। दुःख के मारे या मुक्ति की भावना से रसोई का

दरवाज़ा बन्द करके लेटी थी। चाची भी घर में न थी। वो साथ के गोसाइयों के घर जाकर रेवती की सास की बुराइयां कर रही थी। मालपूओं की महक नाक में घुसती तो अपने दुपट्टे को नाक के ऊपर रख लेती। अपने कौतुहल की गठरी खाली करते-करते उसे समय न लगा। क्योंकि दूसरों की बात तो उसने सुननी ही न थी। थोड़ी देर में वहीं उनके गोबर लिपे दालान पर बिछे तख्तपोश पर सो गई और खुर्राटे भरने लगी। गोसाइयों की बहू ने हुज्जत की, "अब चाची की आत्मा के भीतर मालपूओं की खुशबू बेखटके जा रही है।"

रेवती को लेटे-लेटे लगा कोई द्वार खटखटा रहा है। चाची हो नहीं सकती। वह तो बाहर से हाथ डाल कर दरवाज़े की कुण्डी खोल लेती है। फिर उसे बाहर का कुण्डा गिरने की आवाज़ आई। उसने उठ कर आंख पर पानी के छट्टे मारे और मुंह पोंछती बाहर आ गई। दरवाज़े पसार वाली ताईं खड़ी थी। रेवती को देख कर उसने उसे बाहों मे भर लिया। रोते-रोते ही बोली, तुम कुछ कहती, तो हम यह जुल्म न होने देते। तुम्हारी सास ने देवराज का लड़का गोद लिया है। लिखा पढ़ी भी कर ली है। देवराज सारे घर में हुंकारता हुआ घूमता हे। तेरे भाग बच्ची, तेरे ताये ने मुझे. ज़बरदस्ती भेजा है। नहीं तो क्या मैं इस कसाइन के कारज में आती? इसे कीड़े पड़ेंगे रेवती, यह देख लेना। तुलसीदास जी ने सच कहा है, स्त्री ही स्त्री की सब से बड़ी दुश्मन होती है।"

रेवती पत्थर-सी सुन्न हो रही, फिर धीरे से बोली, "वह और क्या करती ताई जी, अगर मैं ही रह जाती तो क्या हो जाता। इस बहाने घर में बच्चे की किलकारियां तो गूंजेंगी और ताई जी। पति के मरने पर उसकी पत्नी विधवा होती है मां नहीं। यह तो आप जानती ही हैं।"

"ओम्न नमः शिवाय! तुम्हें मन्दिर में आकर ज्ञान हो गया है। ठीक है बेटी, उस दिन जो थोड़ा सोना तेरी सास के चंगुल से निकलवा दिया था, वह भी तू नहीं पहनती। अभी तो तेरे भरे भराए ट्रंक वहीं पड़े हैं।"

उत्तर की प्रतीक्षा में ताई रेवती का मुंह देखने लगी।

रेवती ने कहा, "मुझे कोई लोभ नहीं है ताई जी, यहां साधु महात्माओं की सेवा कर रही हूं। जन्म अकारथ नहीं जाएगा। आप मुझे निक्की के बारे में बताइए।"

"उसकी तबियत ठीक नहीं है। इतनी जल्दी बच्चे हों, तो औरत का स्वास्थ्य गिर जाता है, पर उसके घर से इस भंडारे में कोई नहीं आया। हां, रेवती यह बताओ, यह बात कहां तक सच है कि तुम्हारी सास ने तुम्हें बुलाया था और तुम घर नहीं गईं। तुमने मना ही कर दिया।"

"हां ताई जी, मनसू आया था, पर मैंने कारज में जाना छोड़ दिया है। जब अपने मां जाए भाई के नामकरण पर ही नहीं गई, तो यहां कैसे जाती।"

"बेटी तू तो बड़ी ज्ञानन हो गई है। यह ज्ञान तो संसार छोड़ कर ही आता है। हम सुबह रोज शिवजी को जल ढालते हैं। घर जाकर फिर उसी गोरख धंदे में फंस जाते हैं। क्या करें, मोह-ममता से निकलना बड़ा मुश्किल है? नहीं तो क्या सुन्दर को मैंने बच्चे की तरह नहीं पाला। तेरी सास को तो उसकी सास दम नहीं लेने देती थी। उसी की निशानी हो तुम।"

रेवती ने उकता कर कहा, "ताई जी, चाय पिएंगी?"

"हां-हां क्यों नहीं बेटी, मैंने तो उस रांड का पुआ सूंघा भी नहीं। आना तो पड़ता है। साथ में कोई रोटी का टुकड़ां हो, तो वह भी दे देना। बूढ़ा पेट खाली नहीं रह सकता।"

रेवती थाली में रखा खाना ले आई। ताई ने खाया तो उसने खौलती चाय में ठंडे पानी का कटोरा डाला। पहाड़ी देसी चाय का रंग फूट निकला। रेवती ने ताई को चाय दी, फिर कहने लगी, "चाय पीकर लेटो ताई जी, दबा देती हूं।"

"नहीं बेटी, ओम्न नमः शिवाय! तू तो सच्ची भक्तिन है। नहीं तो क्या कोई स्वेच्छा से इतना सब छोड़ता है। तुझसे सेवा करवा के मैं पाप न कमाउंगी पर एक बात मैं जरूर कहूंगी रेवती, तेरी सास ने भरी बिरादरी में कहा हे, मेरी रेवती जब भी आए यह घर उसी का है। सुना है पढ़ा-लिखी भी हुई है। मुकद्दम भाऊ भी आया था, पर मैंने नहीं देखा, झूठ क्यों कहूं। सब पंचों के सामने बात हुई है। एक काग़ज़ तो मुकद्दम को भी दिया था। तुझे तो दिखाया ही होगा।"

रेवती चुप हो रही। उससे बोला भी न गया। क्या कहती? तभी रसोई के पास पिछवाड़े में ऊपर की पहाड़ी से एक प्रत्थर लुढ़क कर गिरा और उसकी आवाज़ से मौन टूट गया।

ताई ने डर कर कहा, "मैंने सुना है, उस पहाड़ी पर कभी-कभी शेर भी आता है। जब यहां आप शंभु प्रकट हुए थे तब भी यहां शेर घूमते थे।"

"मुझे शेर नहीं खाएगा ताई जी, मैं यहीं रसोई में ही सोती हूं। बड़ी फर-फर हवा चलती है। मैंने तो कभी गीदड़ की आवाज़ भी नहीं सुनी। चैन की नींद आती है।"

"चैन की नींद तेरे भाग में कहां बेटी, तो भी पिछवाड़े का दरवाज़ा बन्द कर लिया करे।"

रेवती चुप हो रही। उसे चाची के आने की आहट सुनाई दे रही थी। बुढ़िया बड़बड़ाती हुई भीतर घुसी।

ताई को देख कर बोली, "तो तुम दरवाज़ा खोल कर आई हो। सारे जगत की ताई

हो तुम।" यह कह कर हंसी। "तिलकू की भी ताई हो क्या? तुम्हारे पीछे-पीछे आया है। तलसी खाने चला था। मुझे देख कर डर गया। रेवती से बड़ा मोह है इसे।"

ताई ने ज़ोर से कहा, "मैं तो कब की आई हूं ये तेरे पीछे आया है।"

रेवती ने सोचा, आज इस दुख़ में मुझे तिलकू के आने की आहट भी न सुनाई दी।

उसने बाहर आकर देखा तिलकू जी नंगे खड़े थे। माला कहीं न थी। उसने तिलकू के लिए गौग्रास बना कर रखा था। उसे खिलाकर पूछा, "महाराज, गले की माला कहां है?" तिलकू ने मान में गर्दन हिलाई, फिर अपने छोटे-छोटे सींगों से रेवती को मारने लगा। मानो उठने को कह रहा हो।

रेवती ने कहा, "जाओ, शैतान कहीं के! अब अपनी मीठी गोली खा ली न! अब भाग जाओ।"

शाम को नंदू आया तो रेवती ने पूछा, "कहां थे नंदू महाराज?"

"तुम कहां थीं? सारा दिन नहीं दिखाई दीं। हम संन्यासी हैं। हमारा दुश्मन कोई नहीं है। तुमने अपनी सास के भंडारे में मालपूए क्यों नहीं खाए?"

"आपने खा लिए? बस, मेरा पेट भर गया।"

"नहीं बुआ, मैंने भी नहीं खाए। रसोई में कल रात की रोटियां रखी थीं। मैंने दही के साथ खा लीं। तुम्हारी सास हमें अच्छी नहीं लगती।"

"मैं कौन आपका ब्याह उसके साथ करवा रही हूं।"

"छि: छि: संन्यासियों के साथ ठट्ठा करती हो। अरे बुआ, जो अघोरी आए हैं, गिरीबाबा आज अपने कमरे में उनकी चिलम पी रहे थे। तभी मैं जा पहुंचा, तो डर के मारे चिलम हाथ से छूट गई, फिर बोले, नंदू अपनी बुआ को न कहना, पर बुआ सच कहता हूं उनकी आंखें लाल न हुई थीं।"

रेवती ने जैसे स्वप्न में कहा, "नंदू, सच कह रहे हो?"

"हां, बुआ, मैंने अपनी आंखों से देखा है।"

"तो जाओ, अभी जाकर गिरीबाबा से कहो, बुआ मन्दिर छोड़ कर जा रही है। गांव में इतने कूएं हैं, एक दूषित हो भी गया, पानी की कोई कमी न रहेगी। जा, अभी जा, नहीं तो मैं जाऊंगी।"

"पर बुआ, वह पूछेंगे, तुमने क्यों कहा।"

"क्या पूछेंगे? एक महीना उनको काशी से आए हो गया, क्या कभी कुछ पूछा उन्होंने? जा जल्दी, नहीं तो मैं जाऊंगी। जिस दिन यह अघोरी आए थे, उसी दिन मेरा माथा ठनका था। ये साधु मन्दिर को उजाड़ देंगे। नंदू, जा बेटा, अभी जा!"

नंदू चला गया, तो रेवती रसोई में आई। उसने सुबह से कुछ खाया भी न था। चाची और ताई पिछवाड़े में सब्जी उतार रही थीं। चाची को तो सुनाई नहीं देता, पर ताई ने सुना था, रेवती नंदू को निकाल रही है। उसने पूछा, "किसे डांट रही थी रेवती।"

"किसे डांट सकती हूं ताई जी, नंदू आज फिर कच्चे अमरूद खा कर आया है और सीधा इतना है कि बता भी देता है। अपनी उम्र के बच्चों के संग तो रहता नहीं, इसे झूठ बोलना कैसे आएगा।"

"ओन्ग नम: शिवाय!" कह कर ताई ने ऊपर सर्वशक्तिमान को कहा, "हे भगवान! इस बच्चे की खेलने की उम्र है, पर संन्यासी बन गया है। सब छोड़ना ही पड़ता है, तो रेवती मैं जा रही हूं बेटी, तेरी चाची ने देखो कितनी सब्ज़ी दे दी है। निक्की को तेरा संदेसा दे दूंगी।"

बुआ की मुद्रा देख कर नंदू चला तो गया था, पर गिरीबाबा के सामने जाकर उसकी घिग्घी बंध गई। कुछ बोला ही नहीं, तो गिरीबाबा ने सोचा, यह तो रेवती का गण है। चिलम वाली रिपोर्ट तो ज़रूर की होगी। हम तो देख रहे थे, क्या होता हे? उन्होंने पूछा, "रेवती के पास गए थे?"

नंदू डर गया। गर्दन नीची कर ली। कुछ नहीं बोला, फिर गिरीबाबा ने कहा, "क्या कहा रेवती ने?"

"कूएं में डूब कर मर जाएंगी।"

कब?

"मुझे नहीं मालूम, पर अगर बुआ काएं में डूब कर मरी, तो हम भी डूब जाएंगे। कहे देते हैं।"

"महन्त जी, कोई नहीं डूबेगा। कहीं कुछ न होगा। बुआ को कहो, शाम को पूजा में ज़रूर आए।"

पूजा में गिरीबाबा शान्त खड़े थे। रेवती के हाथों में पूजा की आरती अपनी बत्तियों के साथ

कांप रही थी। उन्होंने बड़े अधिकार और आत्म-विश्वास से उसके हाथ से आरती ली। मानों क्षमा मांग रहे हों। रेवती घूंघट काढ़े हाथ जोड़ कर खड़ी थी। उसे आज साधु कहीं नज़र न आए थे। दूसरे दिन उसने सुना। साधु मुंह अंधेरे ही किसी को कुछ कहे बग़ैर मन्दिर से चले गए। मुकद्दम चाचा ने बताया, उन्होंने भंडारे में इतने मालपूए खाए कि सबके पेट चलने लगे। गांव को कई प्रकार की गालियां देकर सुबह ही कहीं चले गए। अघोरियों का क्या सारी धरती अपनी है, पर बिटिया, वो तो यहां रहना ही नहीं चाहते थे। वह तो गिरीबाबा उन्हें जाने न दे रहे थे। पहली बार गिरीबाबा ने कुछ कहा और वह चले गए।"।

काशी से गिरीबाबा के लोटने के बाद रेवती उस दिन पहली बार दूध ख़ुद लेकर गई। गिरीबाबा ने देखा, रेवती बड़ी दुबली हो गई है। चौकी पोंछ कर रेवती ने दूध का बर्तन रक्खा। नीचे झुकी तो गिरीबाबा ने देखा, उसका रंग एकदम फीका हो गया है। मुंह दुबला और लंबा-सा लग रहा है। सकंटमोचन कमरे में नक़दी का चढ़ावा गिन रहे थे। खूब मग्न थे, पर रेवती ने गिरीबाबा से बात नहीं की। सिर्फ़ दूर से उनके सामने प्रणाम किया और चली गई।

संकटमोचन को दूध की महक आई, तो उसने अट्ठन्नियों की ढेरी पकड़े-पकड़े कहा।

"महाराज दूध पीजिए। बिटिया, अभी रख गई है।" फिर बोला, "संकट टल गया।"

"कैसा संकट?" गिरीबाबा ने पूछा।

संकटमोचन सकपका गया। उसका इशारा अघोरियों की तरफ़ था। पर खुल कर न कहना चाहता था। धीरे-धीरे चढ़ावे के मोह से उबर कर रसोई में गया। कुछ न कुछ दूध तो भक्तिन उसके लिये बचा कर आई ही होगी।

गिरीबाबा ने सोचा इतने दिन संकटमोचन को भी पूरी खुराक कहां मिली होगी। और फिर अपने से तगड़े भंगेड़ियों को देखकर ज़रूर संकट गहरा गया होगा। गिरीबाबा मुस्कराने लगे। संकटमोचन को वह बचपन से देख रहे हे। पेट के आगे-पीछे उन्हें कुछ नहीं दिखाई देता। बड़े महन्त भी कभी खाने पर कुछ नहीं कहते थे। वैसे भी संकटमोचन बड़े काम के आदमी रहे। सूबेदारनी के घर में राशन पट्टा पहुंचाने का काम यही करते थे। सूबेदारनी के घर इतने चक्कर लगाने पर भी कभी इन्होंने उसे आंख उठाकर नहीं देखा।

"पर रेवती, रेवती कैसी हो गई हो तुम?" अपनी ही आवाज़ से घबरा कर गिरीबाबा ने आस-पास देखा, कहीं कोई न था। उन्होंने दूध का बर्तन हाथों में यूं थामा, जैसे कोई चेहरा हो, फिर धीरे-धीरे घूंट भर कर पीने लगे।

रेवती हमेशा खाली मन्दिर में पूजा करने जाती थी, पर इधर उसने बन्द कर दिया था। आज बेहद निश्चिन्त होकर वह बुढ़ऊ शिव के कुण्ड के आगे बैठी, पर आज मन्त्र न जप सकी।

गिरीबाबा की दिनचर्या भी वैसी ही हो गई। सिर्फ़ धूप पहले दिन से ज्यादा मीठी लगने लगी। वह पहाड़ी पर जाकर एकान्ती पर बैठे सूरज का उगना देखते, तो उन्हें लगता, बावड़ी में से धीरे-धीरे किसी का मुंह ऊपर उठ रहा है। प्रकृति से अचानक प्यार होने लगा। दो-चार दिन उन्हें फिर रेवती कहीं न दिखाई दी, तो उन्होंने नंदू को पूछा, "क्यों महाराज आपकी बुआ कहां है?"

"यहीं तो है, वह कहां जाएंगी! अपनी सास के घर तो वह जाती नहीं। एक दिन अपने भाई को देखने गई थीं। दूसरे ही दिन आ गई। मैंने तो कह दिया, बुआ तुम जाओगी, तो मैं भी तुम्हारे साथ चलूंगा, फिर गिरीबाबा का ख्याल कौन रखेगा हां?"

गिरीबाबा चुप रहे। नंदू में हिम्मत आई। वो बोला, "सुबह आपने कढ़ी नहीं खाई, वह दीदी ने ही बनाई थी। आपको अच्छी नहीं लगी क्या?"

"हां, बहुत अच्छी थी, पर रेवती पूजा में तो आती ही नहीं।"

"पूजा में उसका मन नहीं लगता महाराज, शाम को खाना भी घर पर बनाती है। मुकद्दम चाचा की पत्नी एक शाम ठोकर खाकर गिर गई थी, तब से बुआ दोपहर के बाद घर पर ही रहती है। चाचा को तो आपने ही शहर से सामान लाने के लिए भेजा है। बुआ को ही सब देखना पड़ता है। तिलकू की भी माला खो गई थी। अब एक और बनानी पड़ेगी।"

गिरीबाबा ने कहा, "मुकद्दम जी को गए तो आज दो दिन हो गए।"

"हर महीने ही जाते हैं पर इस बार आपने उन्हें अस्पताल दिखा कर आने को कहा है। उनकी टांगों का दर्द जाड़ों में बढ़ जाता है, इसलिए पहले ही दिखा देना चाहिए।"

"हां, नंदू तुम अब सब कुछ याद रखा करो। हमें तो कुछ याद रहता नहीं।"

"हां, महाराज, बुआ भी यही कह रही थी। आप को कुछ याद नहीं रहता।"

गिरीबाबा होश में आए। उन्होंने नंदू को कहा, "जाइए, अब सो जाइए।"

नंदू अपनी कोठरी में जाकर सो गया, पर गिरीबाबा को नींद न आई। देर तक जागते रहे, फिर उठ कर बावड़ी की तरफ खुलने वाली खिड़की पर खड़े हो गए। इन्हीं सीढ़ियों पर उस रात वह रेवती को उठाकर मन्दिर में लाए थे। तब से कैसी दुनिया बदल गई है। गिरीबाबा ने पानी पिया, फिर बाहर आकर टहलने लगे। सामने कहीं से संकटमोचन की आवाज़ आ रही थी। वह अपनी कोठरी में चिल्ला रहे थे, "साधु महाराज, एक चिलम इधर भी। बड़े प्यासे हैं। अरे-अरे देखिए पतंग फिर उड़ गई। उड़ गई ऽ ऽ ऽ उड़ गई ऽ ऽ ऽ। किसके आंगन में गिरी! शिव! शिव! मलेच्छ कहीं की। चल भाग रांड! रोज़ द्वार पर आ जाती है।"

गिरीबाबा को घृणा हो आई। आंगन पार कर के धीरे-धीरे मन्दिर को लांघ गए। अचानक पाया पहाड़ी की ओर जा रहे हैं। नींद का नामो-निशान न था। धुला हुआ स्वच्छ आकाश तारों से जड़ा हुआ था। धीमी-धीमी रोशनी में मौन का स्वर मुखर था। उनकी अपनी खड़ाऊं का स्वर वातावरण में हथौड़े की तरह गिर रहा था। वह धीरे-धीरे एकान्ती के पास रुके। वहीं बैठ गए फिर पद्मासन लगाया, पर ध्यान नहीं लगा। बरगद के पत्ते किसी बूढ़े के हाथों की तरह कांप रहे थे। झर-झर झरती हवा उनके संग अठखेलियां कर रही थी। उन्होंने देखा सारे गांव पर नींद चादर ताने सो रही है। कभी-कभी किसी घर से आने वाली ढोलक की आवाज़ भी कहीं से नहीं आती। अचानक उन्हें लगा, वह इस दुनिया में कितने अकेले हैं। बाई ओर आम का बाग काली लोई की तरह बेदाग था। कहीं कोई नहीं बस, मौन और अंधेरा। गिरीबाबा ने मौन को तोड़ते हुए कहा, "कितने अकेले हैं हम! जैसे हम हैं ही नहीं। हमें कुछ हो जाए तो संकटमोचन नंदू को गद्दी पर बिठा कर निश्चिन्तता से भांग पीते रहेंगे। मन्दिर का काम चलता रहेगा। गांव में खुशी के मौकों पर भंडारे होंगे। संकटमोचन भर-पेट मालपूए खाकर रात को बड़बड़ाते रहेंगे। हम कहीं न होंगे। जैसे आज बड़े महन्त कहीं नहीं हैं। संसार मृगतृष्णा है, मोहजाल!

उन्होंने आसमान को देखा, तारे मानो उन्हीं के बारे में सरगोशियां कर रहे थे। जैसे कोई साज़िश धीरे-धीरे कहीं पनप रही थी। तभी एक गीदड़ की हुआं-हुआं से सारी निस्तब्धता भंग हो गई। उन्हें खराब लगा। कितना अच्छा है मौन! उन्होंने अचानक पाया, उनकी खड़ाऊं नहीं है। दूसरी पहन कर वह खड़ाऊं खोजने लगे। आंखें अंधेरे में अभ्यस्त हुईं तो सब दिखाई देने लगा। खड़ाऊं को झुक कर पकड़ने लगे, तो वह और थोड़ी नीचे की तरफ़ लुढ़क गई। गिरीबाबा थोड़ा और आगे खिसके, सूखे पत्ते हिले, तो खड़ाऊं नीचे ढलान पर लुढ़क गई। गिरीबाबा दरख्तों की टहनियों और झाड़ियों को पकड़ते नीचे लपके। थोड़ा घिसटे फिर एक मोटी टहनी को पकड़ लिया। हैरान होने लगे। खड़ाऊं की ठक की आवाज़ आई, वह नीचे गिर गई थी। अब गिरीबाबा इतना नीचे आ चुके थे कि अंधेरे में ऊपर जाना सहल[१] न था। उन्होंने टहनी को पकड़े रखा और नीचे एक झाड़ी को थाम लिया, फिर ज़मीन पर आने में कठिनाई न हुई। यह कहां आ पहुंचे वह। यह तो मुकद्दम चाचा का पिछवाड़ा था। कूए की जगत पर बैठ कर उन्होंने दम लिया और अपने लुढ़कने के बारे में सोचने लगे। सामने दिए की रोशनी थी। वह उधर गए। यह तो मुकद्दम चाचा की रसोई है और आगे बढ़े, तो पाया रेवती कपड़ा लिए बग़ैर सो रही है। पायताने एक खेस पड़ा था। दीया जल रहा था। गिरीबाबा को लगी तो न थी, पर कहीं-कहीं लगी खरोचों में अचानक दर्द बढ़ गया। कौन-सी शक्ति उनका हाथ पकड़ कर उन्हें यहां ले आई है, यह वह नहीं जान पाए, पर अब वह यहां खड़े हैं।

वह भूल गए वह कौन हैं! सिर्फ़ यह याद रहा कि रेवती सोई है। उस पर कपड़ा नहीं है। रात को पिछवाड़े से ओस-भरी हवा चली तो यह बीमार हो सकती है। वह वहीं खड़े रहे। हिलना मानों बड़ा कठिन कार्य था। वापिस जाने की कोई राह न थी। क्या

१- आसान

करें? उन्होंने पीछे मुड़ कर देखा रास्ते जैसा वहां कोई चिन्ह न था। जिन टहनियों को पकड़ते-पकड़ते वह आए थे, वह भी कांप कर स्तब्ध हो गई थीं। अकेले वह इस पिछवाड़े में खड़ें थे। सामने दीया जल रहा था, और रेवती सो रही थी। वह सोचने लगे, यह क्या हुआ? अब कैसे लोटें। धीरे-धीरे आगे बढ़े और रसोई के पास जाकर खड़े हो गए। उन्हें अपनी हथेली में कुछ टीसता-सा लगा। शायद कांटा हो! बाहों में भी कहीं-कहीं खरोचें थी। दर्द टीसने लगा था, पर सबसे बड़ा हाहाकार मन में उठ रहा था। उन्होंने दीये को देखा, उसके इर्द-गिर्द मैला-सा प्रकाश धूल में खेल कर आए किसी छोटे बच्चे के मुंह की तरह टिप-टिप फैला हुआ था।

गिरीबाबा को उस प्रकाश में रेवती और भी सूखी हुई लगी। किसके लिए सूख गई है यह, हमारे लिए? पर क्या यह पाप नहीं है? जो मानसिक यंत्रणा हम उसे दे रहे हैं, क्या वह पाप नहीं? क्या आधी रात को इस दहलीज़ पर आकर खड़े होना ही पाप है? पर यह मानसिक यंत्रणा क्या हम नहीं भोग रहे? एक-दो बार चिलम पीकर भी देखा, मुक्त होना चाहा, पर वह चेहरा, जिससे मुक्त होना चाहते थे, चिलम पीकर तो एकदम सजीव हो उठा।

कितना भागे हैं! कितनी बार भागे हैं! क्या करें कुछ समझ में नहीं आता! दीये के आस-पास आवाज़-सी हुई। कोई पतंगा उसमें जल मरा था। गिरीबाबा का ध्यान भंग हुआ। ठीक उसी वक्त रेवती भी जग गई। हाथ में पकड़ी किताब परे की, तो सामने देखा, गिरीबाबा खड़े हैं।

उन्हीं का ध्यान करते-करते सोई थी। उसने सोचा, तभी दिखाई दे रहे हैं। उसने आंखें

बन्द कीं फिर खोलीं, तो देखा, वह तो सच में खड़े थे। एकटक उसी को देख रहे थे। सारी चद्दर पर, धोती पर धूल थी। हाथों पर मिट्टी, खरोचें, बालों पर कहीं पत्ते, कहीं तिनके। उनकी सांस इतनी ज़ोर से चल रही थी कि वह सुन सकती थी। उसे चैतन्य हुआ। उठ कर देखा, गिरीबाबा उसी को देख रहे थे। रेवती ने पूछा, “यह क्या हुआ महाराज?”

“पहाड़ी से लुढ़क गए।”

उसने उनके बालों से पत्ते झाड़े। चादर झाड़ी और उन्हें बैठने को पीढ़ी दी। पानी लाकर दिया, तो गिरीबाबा ने कहा, हाथ में शायद कांटा चुभा है।” रेवती ने दीया पास ले जाकर देखा। कांटा ही था। उसने उठ कर चाची का खरबूजे के बीज निकालने वाला मोचना ढूंढा और कांटा खींच लिया।

“यह रहा महाराज कांटा।”

“यह तुम्हें भी चुभ सकता है। फेंक दो।”

"कांटों से कौन डरता है महाराज," उसने अपनी चादर गीली करके उनका मुंह, हाथ, बाहें सब पोंछ दिए। फिर गीले गमछे से उनके पांव पोंछे। गिरीबाबा मंत्र-मुग्ध से उसका यत्न देख रहे थे, फिर गिरीबाबा खड़े हो गए। रेवती को पूछा, "अब यहां से कैसे जाएं?" उनका गला अभी भी सूख रहा था। गिरीबाबा को उसने फिर एक गिलास पानी दिया। वह एक ही सांस में पी गए। उनकी आंखें रेवती को एकटक देख रही थीं।

कितनी देर दोनों खड़े रहे। जैसे दरिया के दो किनारे। निस्तब्ध रात्रि में तेज चलती सांसों का स्वर किसी आंधी से कम न था। रेवती ने मिरीबाबा की सांसों में भी ठंडक महसूस की। उसे लगा बेहद डर गये हैं। नीची नज़र किए ही उसने उनका हाथ पकड़ कर अपने बिस्तर पर बिठा कर खेस ओढ़ा दिया, फिर कहने लगी, चाय पिएंगे महाराज?" गिरीबाबा बोले नहीं। उसने आंख उठा कर देखा और उनकी आतुर बाहों में समा गई। उसके आंचल की हवा से दीया बुझ गया, फिर दरिया के दोनों किनारे मिलकर कैसे एक हो गए पता न चला। गिरीबाबा ने रोती हुई रेवती का मुंह अपने सीने में छुपा लिया, जैसे वो उन्हीं के जिस्म का हिस्सा हो। रेवती ने सोचा, वह हमेशा यह द्वार खोल कर सोती है पर पहाड़ी से इस तरह कोई और आ जाता तो। उसके जिस्म में सिहरन हुई। गिरीबाबा ने उसके लंबे बालों में अपनी उंगलियां फिराईं। दोनों ही रो रहे थे। रुलाई की इस बाढ़ में वो दीवार बैठ गई जो दोनों को अलग करती थी।

रेवती ने देखा यह खेस, जो उसके लिए जहाज़ जितना बड़ा था गिरीबाबा के ओढ़ने से एकदम छोटा हो रहा था। उसके भीतर एक पूरी दुनिया बोलने लगी। सोये हुए अंकुर धरती की गोद में से निकल कर आकाश को देखने लगे। लफ्ज़ ख़त्म हो गए। सांसों का दम फूलने लगा। रेवती गिरीबाबा के सीने में वैसे ही समा गई, जैसे बुढ़क शिवजी के मन्दिर में गौरी शिव के घुटने पर बैठी-बैठी सो गई हो।

एक ही शरीर हो गया। रेवती वहीं अर्धचेतन सी सो गई। थोड़ी देर बाद उसे अपनी गाल पर कुछ चुभता सा लगा। ओह! गिरीबाबा का जनेऊ। ठंड कुछ बढ़ गई थी। खेस में दुबकने से पहले उसने एक नज़र दरवाज़े पर डाली। काली चद्दर की जगह एक संवलाई-सी चद्दर ने ले ली थी। क्या करे रेवती? गिरीबाबा तो जैसे पूरी सृष्टि को बाहों में भींचे गाढ़ी नींद में बेखबर सो रहे थे। उसने देखा, सोए-सोए गिरीबाबा कितने अपने लगते हैं। धीरे-धीरे उसने देह अलग की। उन पर खेस अच्छी तरह से ओढ़ा दिया, फिर अन्दर जाकर देखा। चाची कोठरी में खर्राटे भर रही थी। अभी रात बाकी थी, तो भी उसने सोचा, अगर मेरी जाग न खुल जाती तो। जहां से घिसट कर महन्त जी आए हैं वहां से ऊपर जा सकते हैं क्या? वह धीरे-धीरे रसोई में आई। अपने ही कदमों की आहट से उसे भय लगने लगा। महन्त जी वैसे ही सो रहे थे जैसे रेवती उनकी बाहों में हो। उसका मन हुआ, फिर वहीं समा जाए। जैसे आसमान की परतों में कहीं बिजली समा जाती है। पिछवाड़े का पूरा द्वार उसने खोल दिया। धीरे-धीरे आकर खेस उढ़ाया, तो गिरीबाबा जग गए।

"क्या हुआ? कहां चली गई थी?" उन्होंने रेवती को खींच कर अपने सीने में छुपा लिया। रेवती फुसफुसाई, "बहुत नींद आ रही है क्या?"

"नहीं, पूर्णिमा?"

"मेरा नाम रेवती है। यह पूर्णिमा कौन है?"

"तुम्हीं हो, तुम्हीं रेवती हो, तुम्हीं पूर्णिमा हो।" उन्होंने उसे भींच लिया, फिर उसके कान में बोले, अब जाएंगे कैसे?"

"सीधे रास्ते से। इस वक्त कहीं कोई नहीं है।"

"और फिर आएंगे कैसे?"

रेवती को हंसी आ गई। गिरीबाबा ने उसके बालों में अपना मुंह छिपा लिया।

एक बार बांध टूट जाए फिर वापिस नहीं जाता।

"पिछवाड़े से एक दरवाज़ा गली की ओर जाता है। बरसों से खुला नहीं है। आज खोल कर देखूंगी।"

"आज तो आ सकते हैं। कल शायद मुकद्दम चाचा आ जायें।"

"आज मैं द्वार खोल लूंगी। आपको बता दूंगी।"

"मुकद्दम चाचा शहर जाएं तभी आ सकते हैं। आज तो वह आ जाएंगे।" फिर गिरीबाबा उसका मुंह अपने हाथ में लेकर बोले, "रेवती, यह क्या पाप है? इतना निच्छल, भोला, निष्पाप चेहरा।"

"नहीं, महाराज, यह पाप नहीं है। पाप तो पहले था, मैंने बड़ी तपस्या से आपको पाया है। विश्वास कीजिए। आप पर कभी आंच न आने दूंगी। यह अगर पाप है, तो भी मेरा है, अगर पुण्य है, तो भी मेरा है। अब चलिए उठिए।"

"पूर्णिमा हम न जाएं तो।"

"तो कुछ नहीं, मैं आपको लेकर दूर देश भाग जाऊंगी।"

"कहां?"

"जहां आपको क़ोई जानता न हो। जहां आप गिरीबाबा न हों। आपका घर का क्या नाम है?

"पता नहीं, हमें कुछ याद नहीं। बस, तुम्हीं याद हो, बाकी सब झूठ है।"

"महाराज, इतने दिन क्यों इतना तंग किया? बात करनी तो दूर देखा भी नहीं।"

"पूर्णिमा, हम चाहते थे यह विश्वास अपने आप को दिला सकें कि तुम नहीं हो। तुम्हारे आने से पहले जीवन तलैया के ठहरे हुए पानी जैसा था। अब चिनाब की उत्तंग उतावली दोड़ती लहरों की तरह हो गया है। तुम न होतीं, तो कितना अच्छा होता।"

पर रेवती उनके सामने कद्दावर सच की तरह खड़ी थी। गिरीबाबा उसे देखते रहे। रेवती को उनकी नज़र से भय हुआ। अंधेरे में भी उनकी आंखें चमक रही थीं रेवती ने उनकी चद्दर झाड़ी और उन पर लपेट दी, फिर बहुत संयम से कहा, "चलिए महाराज।"

गिरीबाबा रेवती के पीछे-पीछे साए की तरह चल पड़े। बीच-बीच में कुछ डरी-सी कुछ बेहोश सांसें मचल रहीं थीं। दरवाज़े पर रेवती उनसे लिपट गई। आकाश पर तारे ज़ोर से टिमटिमाए।

गिरीबाबा ने कहा, "हम आज ज़रूर आएंगे।" यह कह कर वह दरवाज़ा खोल कर निकल गए। कहीं कोई न था। रेवती ज़रा-सी फांक से देखती रही। गिरीबाबा के क़दम बहक से रहे थे। उन्होंने एक बार भी मुड़ कर न देखा, फिर वैसे ही खड़ाऊं से टक-टक करते हुए मन्दिर का चक्कर लगाते-लगाते अपने कक्ष में गए, जैसे कभी हमेशा जाते थे, खड़ाऊं की आवाज़ से ही उनकी तन्द्रा टूटी। उन्होंने एक दीर्घ निःश्वास लेकर सोचा। इसी खड़ाऊं ने आज हमारी शान्त झील जैसी ज़िन्दगी में कैसा बवंडर लाकर खड़ा कर दिया। कितना बल है प्रेम में। जिस भावना को भगवान ने इतना बल दिया है, वह पाप नहीं हो सकता। आज लगता है, हम ज़मीन पर नहीं, आसमान पर चल रहे हैं। प्रेम निश्चय ही आकाश है। उतना ही गंभीर उतना ही अटल। गिरीबाबा के कदमों में स्फूर्ति आई, वह जल्दी-जल्दी नित्य कर्म से छुटकारा पा लेना चाहते थे। उन्होंने सोचा, आज एक नगा मनुष्य एक पूर्ण मनुष्य शिव की पूजा करेगा, जो सिर्फ़ शिव नहीं पार्वती भी है।

रेवती धीरे-धीरे दरवाज़ा बंद करके उसी खेस में सो गई जिसमें एक पुरुष की देह की महक़ थी। उसने चारों तरफ़ से खेस दबा लिया। उसे लगा जैसे फांसी पर टंगे इंसान को छुटकारा मिल गया है। वह वहां से बाहर न आना चाहती थी। उसी में उसकी दुनिया सिमट गई, जिसमें वह थी और महन्त जी थे।

रेवती रोज़ मुंह अंधेरे उठ जाती थी। नहा-धोकर बावड़ी से गगरी भर कर गोबर से लिपी रसोई में रख देती थी। उस वक्त चाची पिछवाड़े के दरवाज़े पर बैठी अखरोट की दातुन अपनी जीभ पर मलती रहती और हंसती रहती। दांत तो उसके थे नहीं। पिछवाड़े में ही रेवती कुएं में से पानी निकाल कर उसे नहला देती। बुढ़िया मन्दिर चाय पीकर जाती थी। चाय की महा-शौकीन चाची चाय की चुस्कियां लेते वक्त रेवती को सारे मुहल्ले की

रिपोर्ट सुनाती थी। रेवती को बहुत अच्छा लगता। बिना कहीं गए, किसी से मिले वह सारे समाचार मानो खुद ही देख कर आती। चाय का अमल पूरा होने के बाद ही चाची मन्दिर जाती। कभी-कभी तृप्त होकर रेवती को कहती, "पहले पेट पूजा, फिर काम दूजा।"

आज चाची उठी, तो उजाला आंगन में आकर खड़ा था। उसने सोचा, रेवती बावड़ी पर गई होगी। वह दातुन लेकर बरामदे में बैठी उसकी राह देखने लगी। काफ़ी देर हो गई। रेवती न भीतर से निकली, न बाहर से आई। चाची को थोड़ा क्रोध आया। उसने सोचा, जवानी में तीन झटकों से ही कैसे में बड़ी गागर पानी की निकाल लेती थी। आज धीरे-धीरे निकाल लूंगी। वह जलाल[१] में उठ कर रसोई की तरफ़ से फिछवाड़े जाने लगी, तो उसकी नज़र पहले मुंह बाये ख़ाली चूल्हे पर पड़ी। पास में रेवती चौतरे पर सो रही थी। खेस के उठने-गिरने से उसने सोचा, ज़रूर बीमार हो गई होगी। बीमार होने में ही इसे कौन ज्यादा देर लगती है।

"शिवजी महाराज क्या करूं? अरी, रेवतू, तूने आज ही बीमार होना था। तेरा चाचा शहर अस्पताल में पड़ा है और तू यहां। दोनों बीमारों को मैं अकेली कैसे देखूंगी?"

रेवती सो रही थी। दोनों जुड़े हुए हाथ उसकी गोद में थे। उसे लगा एक हाथ महन्त जी का है, एक उसका। उसे शर्म आई उसने दोनों हाथ अलग कर लिए। चाची की आवाज़ उसे सुनाई दे रही थी। खेस उतार कर उसने अंगड़ाई ली, तो चाची बोलीं, " अच्छा-अच्छा, सुबह की नींद है। अमृत झोंका कहते हैं। इसे मैं समझी तुम बीमार हो गई।"

रेवती ने इशारे से समझाया कि मेरे सर में दर्द है।

"मर्द, कहां है, मर्द?··· मर्द तो शहर गया है।"

"चाची सर।" उसने हाथ लगाकर बताया, "सर में दर्द है।"

"ओह दर्द, मैं समझी मर्द, कहां सुबह से ही आ गए। वैसे तुम दरवाज़ा बंद करके सोया करो। ज्यादा दर्द है, तो ख़ाली पानी निकाल दे। चाय आज मैं ही बना लेती हूं।"

रेवती को हंसी आई। उसने सोचा, चाची चाय बनाएगी, तो हो गई चाय। वह गोबर लीप कर नहाने गई। आज उसे बदन से एक मीठी-सी खुशबू आ रही थी। बदन मलने में उसे शर्म आई। आस-पास देखा, कोई न था, फ़िर उसने बाल झटक कर कहा, "सच कहती है ताई, ये पुरुष कहीं एकदम शिशु से होते हैं।"

चाय पीते-पीते बुढ़िया ने कहा, "इस बार कार्तिक पूर्णिमा का व्रत मैं भी रखूंगी। बस आठ दिन रह गए हैं। रेवती तू भी पूर्णिमा का व्रत किया कर।"

१- आवेश

"पूर्णिमा?"

उसके कानों में महन्त जी की आवाज़ गूंजने लगी, "पूर्णिमा।"

उसने जल्दी-जल्दी काम करके मन्दिर की राह ली। भंडारे में बड़े मनोयोग से दूध औटा कर गिरीबाबा को देने चली, जैसे पहली बार सुहागिन अपने पति को उठाने जाती है। गर्व से, सुहाग से, मान से भरी रेवती के पांव मन-मन भारी हो उठे। चाल धीमी-धीमी होने लगी। सफ़ेद धोती में लिपटा बदन यूं लगा, जैसे भारी जोड़ा और ढेर सारे ज़ेवरात[१] पहने हों। धीरे-धीरे वह गिरीबाबा के कमरे में जाकर खड़ी हो गई। गिरीबाबा नंदू को पढ़ा रहे थे। रेवती दरवाज़े पर खड़ी होकर उन्हें देखने लगी। चाव के साथ निहारते-निहारते भूल ही गई। वह यहां क्यों आई है? आख़िर गिरीबाबा की नज़र पड़ी। चेहरे पर पहचान की एक चमक उभरी, फ़िर उन्होंने कहा, "आओ रेवती, आओ न।"

रेवती को विश्वास हो गया। हां, आज मैं ही नहीं बदली, महन्त जी भी पहले जैसे नहीं रहे।"

रेवती ने अपने आंचल में ढका दूध चोकी पर रखा। गिरीबाबा उसे ही देख रहे थे। उन्होंने नंदू को कहा, "महन्त जी, अपनी बुआ को प्रसाद न देंगे?"

नंदू रेवती के पास बना रहना चाहता था। कहने लगा, "वहां भीतर तो संकट बाबा समाधि लगा कर बैठे हैं।"

"जाइए नंदू जी, उनकी समाधि भंग न होगी।"

रेवती को आश्चर्य हुआ। गिरीबाबा के कक्ष में तो कोई नहीं आता। उसने पूछा, "कैसी समाधि, महाराज!

"आज रात संकटमोचन ने बड़ा हल्ला किया। अब हमारी कोठरी में प्रायश्चित कर रहे हैं। कल शायद भांग और गांजा चढ़ा गए थे। बैठोगी नहीं रेवती?"

"जी"

"रात सोई नहीं।"

"बहुत सुबह होने तक सोती रही। चाची ने जगाया।"

"हम भी बड़ी गहरी नींद सो गए थे, पर हल्ला सुनकर जाग जाना पड़ा। संकटमोचन

१-आभूषण

नशे में दीवार पर चल रहे थे। कोई पतंग पकड़ने का यत्न कर रहे थे। मन्दिर के सभी लोग जग गए। हमने कहा, इन्हें पकड़िए। नदी की ओर गिरे तो हड्डी भी न बचेगी। कुछ हाथ-पांव चलाने पर समाधि भंग हुई तो बड़े शर्मिन्दा हुए।"

रेवती उन्हें बोलते हुए सुन रही थी। कभी भी इतना नहीं बोलते हैं गिरीबाबा। वह उनके मुंह की तरफ़ देख कर मंद मंद मुस्करा रही थी। गिरीबाबा ने उसे देखा तो उसने झेंप कर नज़रें झुका लीं, फिर कहा, "मैं जाती हूं।"

गिरीबाबा ने कहा, "नहीं, थोड़ा बैठो न!"

रेवती बैठ गई। थोड़ी देर दोनों चुप रहे।

रेवती ने कहा, "पता नहीं क्या होगा? डर लगता है।"

"पूर्णिमा, तुम इतनी दुबली कैसे हो गई। बावड़ी से निकाल कर लाए थे, तब तो भरी-भरी सी थीं।"

रेवती चुप हो रही। कल की बीती रात जीवित होकर उनके बीच फाख्ता की तरह फड़फड़ा रही थी। तभी भागता-भागता नंदू आया, "लीजिए प्रसाद। आधा कोई खा गया है! ज़रूर संकट बाबा होंगे। जब मैं यह प्रसाद उठा रहा था, तो सच कहता हूं बुआ, उन्होंने एक आंख खोल कर मुझे देखा था।"

गिरीबाबा हंस पड़े। रेवती भी हंसी। नंदू ने झेंप कर कहा, "तिलकू की घंटी सुनाई दे रही हे। मैं अभी आया।"

रेवती ने पूछा, कब आएंगे?"

"पता नहीं कब तक–सब सो जाते हैं।"

दोपहर ढलते ही शाम आई, तो रेवती उतावली हो उठी। उसने रसोई को खूब साफ़ करके पीतल के बड़े लोटे को राख से चमका कर उसमें चाय बनाकर रख दी। चूल्हे की मद्धम आंच में लोटा आधा दबा दिया। उसने सोचा, दरवाज़ा तो खोल दिया है कितना जंग लगा था। सरसों का तेल देना पड़ा। सारा पिछवाड़ा चमकने लगा।

आसमान में चांद की पतली-सी फांक मानों छोटे से छेद में से झांक रहीं थी। एक मोटा-सा तारा पिछलग्गू की तरह चांद के पीछे लगा था। समय काटे न कट रहा था। रेवती ने दीये की रोशनी में सस्वर रामायण पढ़नी शुरू की। पर मन न लगा। रामायण की

चौपाइयों में चाची के खर्राटे उभर कर आ रहे थे। उसने घड़ी देखी, साढ़े दस बजे थे। कुएं पर जाकर उसने ठंडा पानी निकाला और मुंह-हाथ धोए, फिर पानी वहीं पर लगे मोतिये के पौधे में डाल दिया। पौधे के मुख में दोहरे मोतिए के दो फूल जुड़ कर उगे थे। उसने झुक कर उनकी खुशबू सूंघी। जाकर दरवाज़ा ज़रा-सा खोला। उस गली में कोई आता जाता न था। दरवाज़े के पलड़े भिड़ा कर वह फिर रसोई में आ गई। मन धड़-धड़ करने लगा घबराहट-सी हुई। उसने अपने आप से पूछा, "यह क्या कर रही हो रेवती?"

"इन्तज़ार।"

"यह तुम्हें कहां ले जाएगा?"

"मालूम नहीं, पर यहां से तो निकाल देगा।"

"हूं," इसका उत्तर रेवती के पास न था।

बाहर पिछवाड़े में खड़े पेड़ों से उसे डर-सा लगा। वह फिर पिछवाड़े में आ गई थी। फिर जाकर द्वार देखा, फिर बंद किया। फिर घबराहट हुई, प्रश्न उभरे। छी-छी विधवा स्त्री; और संन्यासी-ब्रह्मचारी का मिलन क्या इस धरती पर संभव है? कितनी देर वहीं खड़ी रही। फिर मन हुआ, हो सकता है न भी आएं, तो संकट छूटे।

फिर बुआ की समाधि याद आई। समाधि न होती, तो कोई शायद उसकी बात भी न करता। उसने भी तो प्रेम किया था। रामायण पढ़ना सीखते-सीखते ही मास्टर से प्रेम हुआ! मास्टर छोटी जाति का था। दादा जी ने समझा शाहों की बेटी को मर्यादा से पढ़ाएगा, पर सजग पहरेदारी में भी प्रेम का बीज फूटा। और बुआ का गला काट डाला गया, या उसने खुद गला काटा। कई कहानियां, जितने मुंह उतनी कहानियां। देहरी को याद करके रेवती कांप उठी।

रेवती को गिरीबाबा पर क्रोध आने लगा। क्यों बचा लिया था मुझे? अंधेरा जितना गहरा था विश्वास उतना ही उर्जला। आएंगे, गिरीबाबा ज़रूर आएंगे। उसने सोचा, आज द्वार के पास ही बैठूंगी। कहीं वहीं से न लोट जाएं। पता नहीं, कितनी घड़ियां बीतीं। द्वार पर ज़रा-सा दबाव पड़ा, रेवती का मन धड़का, भय ने सिर उठा लिया, कोई और हुआ तो? उसने द्वार खोला। गिरीबाबा खड़े थे। खड़ाऊ उनके हाथ में थी। इस घड़ी भी उसे हंसी आई।

रेवती ने उन्हें चाय पीने को दी, जल से पांव पोंछे, फिर पूछा, "महन्त जी, यह सब सच है?"

"हां पूर्णिमा, सच ही तो है। यही तो सच है।"

रसोई में उजाला हो गया।

अगले दिन मुकद्दम आ गए। दिन वैसे ही चढ़ता-उतर जाता, पर रेवती को लगता वट-वृक्ष की छांव बड़ी मोहक है। मीठी-मीठी धूप बड़ी कोसी है। गुलाब का फूल बोलता भी है। दुनिया कितनी सुन्दर है!

एक दिन निक्की उससे मिलने आई।

दोनों गले मिल कर रोई। जब बादल छंट गए तो रेवती ने पूछा, "छोटे को क्यों नहीं लाई?"

"अब उठाया नहीं जाता, फिर बैठ कर बात भी नहीं कर सकती। लो तुम्हारे लिए कुन्तो की चिट्ठी आई है।"

"क्या लिखा है?"

"मैंने नहीं पढ़ी। सच पूछो, पढ़ना तो चाहती थी, पर घर में समय ही नहीं मिलता। अब यह दूसरा भी आ जाएगा, फिर तो बस!"

"तू तो पूरी गृहस्थिन हो गई है।"

"और तू संन्यासिन, पढ़ो तो क्या लिखा है?"

रेवती का मन न था,पर वह पढ़ने लगी :

मेरी प्यारी रेवती,

गले मिलना!

रेवती तुम संन्यासिन हो गई हो। दिन-रात यह बात सोच कर मेरा कलेजा फटता है। मेरी सास बचपन में विधवा हो गई थी। तुम्हारे जीजा जी न होते, तो मर गई होती। वह भी तुम्हारे बारे में बड़ी चिन्तित हैं। ऐसे बात करती हैं, जैसे तुम्हें उन्होंने देखा है। यह भी तुम्हें याद करते हैं। मैं तो निकल नहीं सकती। डाक्टर ने सफर से मना किया है। तुम मेरे पास आ जाओ रेवती, मन्दिर में तो वह जाते हैं जिनका कोई नहीं होता। दुनिया छोड़ना क्या इतना सहल[१] है? और तीन महीने तक बच्चा आ जाएगा उसे मैं तुम्हारी ही गोद में डाल दूंगी। मेरी सास ने पांचवीं तक का स्कूल खोला है। तुम वहां भी अपना मन लगा सकती हो। रेवती, मुझे लिखो, कब आओगी। निक्की को प्यार देना।

तुम्हारी दुःखी बहन,

कुन्तो

१- आसान

पत्र पढ़ कर दोनों गुम हो गई, फिर निक्को ने ही कहा, "उसकी सास बड़ी परोपकारी है। जिसने दुःख देखा हो वह दुःख समझता है।"

"मुझे कोई दुःख नहीं है निक्की।"

"हां रेवती, वह तो मैं भी जानती हूं, पर पूरी उम्र क्या मन्दिर में ही निकाल सकती हो?"

"पता नहीं निक्की, अभी तो मेरी समझ में कुछ नहीं आता। फिर कब आओगी?"

"अब कहां आ पाऊंगी। सीढ़ियां चढ़ने में भी कष्ट होता है। बस, यह बच्चा हो जाए फिर मेरी तोबा!"

रेवती ने कहा, "बच्चे तो भगवान का रूप होते हैं।"

"दो दिन तुम्हारे भांजे को तुम्हारे पास छोड़ जाऊं, तो ऐसे न कहोगी। सारा दिन

पानी के साथ खेलता है। कल बड़े घड़े में हथौड़ी मारी, तो वहीं से पानी फूट पड़ा। इतना खुश हुआ कि नाचने लगा। उसे तो दादी कुछ नहीं कहती।"

"यही तो मोह-ममता है।"

"इसी में सुख है रेवती!"

रात को थक कर चूर हुई रेवती वहीं खेस लपेट कर सो गई। बस, सांस भर लेने को ज़रा सा सूराख छोड़ा। यही तो उसकी निजी दुनिया का साक्षी है। नहीं तो उसे भी कहां यकीन आता है। मन्दिर में तो वह महन्त जी के सामने ज्यादा नहीं पड़ती। कहीं कोई ताड़ ले तो।

गाढ़ी नींद का पहला झोंका टूटा, तो उसे लगा;उसकी रसोई में पला मोटा चूहा उधम मचा रहा है। उसने उसे निकाल कर दरवाज़ा बंद किया, तो जाग पूरी तरह खुल गई। रेवती की सोच की नाव चलने लगी।

बहाव पर नाव छोड़ देने के बाद प्राणों का मोह त्याग देना चाहिए।

मुकद्दम चाचा ने आज खाना नहीं खाया। चाय पीकर सो गये थे। रात को कई बार उठकर वह मन्दिर का चक्कर भी लगाते थे। रेवती को याद आया जब छोटी थी, तो उसके दादा कितनी बार जगते और बड़बड़ाते रहते थे, फिर उसे अपना भाई याद आया। अब तो

बैठ कर उठने का यत्न करता है, फिर उसनें गिरीबाबा का चेहरा याद करने की कोशिश की। सब धुंधला हो गया, कभी बड़ी-बड़ी भावपूर्ण आंखें, कभी घुंघराले बालों का मुकुट, कभी उनके रुई के गोले जैसे हाथ। उनकी दाढ़ी से निकलता सूर्य जैसा उनका मुंह। रेवती ने सोचा, दाढ़ी न हो, तो विवेकानन्द जैसे लगें। अपनी पुस्तक से उसने विवेकानन्द का चेहरा याद करने की कोशिश की, पर नहीं, कुछ भी याद न आया। ठीक कहती है निक्की। इतनी ठंड में भी गिरीबाबा एक ही धोती पहन कर पूजा करते हैं। उनके हाथों में या तो पुस्तक रहती है, या रुद्राक्ष की माला। बचपन से ही तो इसी रंग में ढाले गए हैं। जैसे नंदू तैयार हो रहा है, वैसे ही बड़े महन्त ने इन्हें भी इस मठ की गद्दी संभालने को तैयार किया होगा।

पिछवाड़े से उसे कुछ आहट सुनाई दी। वह चौंकी, कौन हो सकता है! कहीं दरवाज़ा तो नहीं खुला रह गया। उसने भीतर झांका। चाची सो रही थी। चाचा न थे, फिर वह अपना दरवाज़ा बंद कर के मुड़ी, तो देखा दहलीज़ पर गिरीबाबा खड़े थे।

रेवती घबराहट के मारे उससे लिपट गई। गिरीबाबा उसके बालों में मुंह छुपाकर बोले, "आज हमसे रहा न गया। मुकद्दम अपना सोटा लेकर कहीं ऊपर गए हैं। उनके जाते ही हम आ गये, पर तुमने द्वार कैसे खुला रखा था?"

"यह तो उसी दिन से खुला है महाराज।"

"रेवती पांव में कुछ चुभा है। शायद कांटा हो।"

रेवती ने दीया जलाया। पांव में कांटा काफी नीचे चला गया था। उसने सूई लेकर पांव अपनी गोदी में रखा और बड़ी कुशलता से कांटा निकाल दिया। गिरीबाबा ने उसका मुंह अपने हाथ में लेकर कहा, "दीया नहीं बुझाओगी?"

"आपको देखा कहां?"

गिरीबाबा ने अपना मुंह ऊपर किया, फिर उसे कहा, "देख लो।"

रेवती को शर्म आई। उसने दीया बुझा दिया।

इसी तरह अंधेरे-उजाले की आंख मिचोली में फागुन आ कर चला गया। सर्दियों से पहले के अलसाए दिन और कोसी होती रातें जादू की तरह रंग बदलने लगीं। मन्दिर में रेवती का रहना अब एक आम बात हो गई थी। सभी कहते, यह तो पार्वती मां के घर की गाय है।

एक दिन सुबह उससे उठा न गया। मुश्किल से पिछवाड़े जाकर खड़ी हुई, तो ज़ोर की उबकाई आई। उसने आवाज़ न होने दी। कुछ दिनों से उसे संदेह था, आज विश्वास

हो गया। उसने मुंह-हाथ धोकर झुटपुटे में ही अपने पौधों को देखा। कौन से पौधे में अंकुर आए हैं, कहां कलियां है, कहां फूल और फल? उसकी बग़ीची गुलज़ार थी। फिर उसने कुएं में झांका। नीचे तल पर पानी गोल चांद-सा चमक रहा था। उसने मुस्करा कर फिर झांका। हां, यह मेरे काम आ सकता है। गिरीबाबा पहले जितने डरपोक तो नहीं रहे, पर यह बोझ वह कभी नहीं उठा सकते। नहीं, फिर उठाएं भी क्यों? यह बोझ सिर्फ़ मेरा है। उसने आकाश की ओर देखकर आत्म-विश्वास से कहा, "हां, यह बोझ सिर्फ़ मेरा है।"

शहर जाकर किसी के घर नौकरी ही क्यों न करनी पड़े, मैं यह-बच्चा पैदा भी करूंगी और पालूंगी भी। उसके शरीर में एक नया बल दौड़ने लगा। कूएं पर नहा कर वह काम-काज में लग गई, पर आज उसे लगा दिन और तरह चढ़ा है। दुनिया बड़ी सजीव हो उठी है।

उसी शाम मनसू आया। रेवती को देखते ही बुक्का मार कर रो उठा। मनसू कभी-कभी उसे देखकर वैसे भी रोता था, इसलिए वह चुप ही रही, फिर मनसू ने वहीं ज़मीन पर नाक साफ करके कहा, "बुआ, मैं और कितनी सज़ा काटूं? तुम्हारी चाकरी करने आया . था। उस राक्षस का नौकर बन कर रहना पड़ रहा है। मैं वहां नौकरी नहीं कर सकता मैंने अपनी शादी भी अब बैसाख पर टाल दी है। लच्छी को मैं यहां नहीं रख सकता। वैसे भी उसका चाचा बीमार चल रहा है। हां, बुआ, तुम यहां मन्दिर में भजन कर रही हो। मुझे खूब सजा दे रही हो।"

रेवती ने भीतर से गुड़ की आधी भेली और लोटा भर पानी उसे देकर पूछा, "गांव गए थे? मेरा भाई कैसा है?"

"अरे, बुआ, अब तो देखते ही उछलने लगता है। मैं तो उसी की चाकरी करूंगा। कल सवेरे ही छोड़ दूंगा।"

"क्या छोड़ रहे हो?"

"देवराज की नौकरी।"

"मनसू, तुम मेरे भाई हो न? जहां इतने दिन काटे, बस दो-तीन महीने और बने रहे। भैया, पता नहीं कब मुझे तुम्हारी ज़रूरत पड़ जाए।"

"तुम्हें कैसे पता? तुम ज्योतिषी हो क्या?"

"हां, मनसू, यही समझो। तुम गांव जाओगे, तो ऊपर मेरे कमरे में पड़छत्ती पर मेरी पुरानी कपड़ों की गठरी पड़ी है, वह ले आना।"

"कपड़े किसे दोगी बुआ?"

"खुद पहनूंगी। अब सर्दियां आएंगी, तो ठंड बढ़ेगी। रात में पहन कर सोऊंगी।"

"पर तुम तो सफेद ही पहनती हो।"

"थोड़ा काला भी पहनू तो क्या डर है?"

"हां, वह ठीक है। मैला भी नहीं होता। कल ही जाकर ले आऊंगा। शाहनी भी तुम्हारा समाचार पाकर खुश होगी।"

"जल्दी नहीं है। जब भी जाओ, ले आना; और अभी यहीं पर रहो। बीच-बीच में आते भी रहा करो।"

मनसू ने कहा, "सत्त वचन।" और चला गया।

रेवती ने सोचा कितना सीधा है यह मनसू! कहने कुछ आया था, करने कुछ चला गया।

फिर उसने मन में पक्का कर लिया कि गिरीबाबा को अभी नहीं बताएंगी। अभी तो दो-चार महीने किसी को भी बिना जाने चल सकता है, फिर सर्दियों में शाल ओढ़ लूंगी। गिरीबाबा जान कर पता नहीं क्या करेंगे?

एक दिन उनका कमरा सहेजते हुए रेवती ने कहां, "महन्त जी, मैं कल अपने गांव हो आऊं?"

गिरीबाबा ने शंकित होकर पूछा, "क्यों?"

"भाई देखने को मन करता है।"

"हमें भी बच्चे बहुत अच्छे लगते हैं।" गिरीबाबा ने कहा। "जाओ, पर जल्दी आ जाना।

गांव जाने से पहले उसने मनसू को बुलवा भेजा, फिर सारे रास्ते में यूं चलती रही, जैसे मेले में जा रही हो। रास्ते में ममसू से बातचीत करती रही, "मनसू, इस पेड़ पर एक बार शहद की मक्खियों ने छत्ता लगाया था न। जब तुमने ढेला मारा था, तो मक्खियां कैसे भिनभिनाई थीं!"

"तुम्हें अब तक याद है बुआ?"

"हां, जब मुझे तुम्हारे बापू ने घोड़ी पर बिठाया था, तो तुम कितना रोए थे। तुम भी घोड़ी पर बैठना चाहते थे, पर दादा जी का डर था।

"हां, बुआ।"

"पर अब तो तुम घोड़ी पर बैठोगे ही। क्यों लच्छी क्या कहती है?"

"जाओ बुआ, तुम तो मसखरी करती हो।"

रेवती हंस पड़ी। मन में एक ही बात आ रही थी। यह उसका मैके में आखिरी बार आना भी हो सकता है। रेवती ने गांव की अमराई, तलैया, कूएं, मन्दिर चौगान सभी ठिकाने देख डाले। भाई को लिए-लिए एक दिन दो-चार दुकानों वाले बाज़ार से भी हो आई। भाई उसको छोड़ता ही न था, पर इस बार उसने देखा कि मां का उसे रोकने का आग्रह उतना प्रबल नहीं था। अपने लड़के की दुनिया में वह खूब प्रसन्न थी।

चलते समय रेवती को रोना आ गया। मां के गले लग रेवती फफक पड़ी। मां ने कहा, "अब आ जाओ रेवती, मुन्ना कितना हिल गया है तुमसे।"

"नहीं मां, मंदिर की जिम्मेदारी भी तो है। यहां कैसे रह सकती हूं?"

"फिर कब आओगी रेत्ती?"

"जब नसीब लाएगा।"

"ऐसे क्यों कहती हो!" मां रोने लगी।

रेवती ने कहा, "नसीब का क्या पता है?"

मनसू ने मुन्ना पकड़ा था। रेवती ने उसे गोदी में लेकर बहुत प्यार किया, वह रोने लगा। रेवती ने उसे हवा में उछाला तो वह फिर हंसने लगा। रेवती ने मां को देते हुए कहा, "गां, मेरे वीर का ख्याल रखना।"

रास्ते में रेवती ने मनसू को कहा, "तुम चलो मनसू मेरे लिए काफ़ी सारी रत्तियां बटोर लो। मैं बुआ की समाधि से होकर आती हूं।"

"रत्तियां क्या करोगी?"

"तुम्हारी लच्छी को रत्तियों में तोलूंगी।"

मनसू खीझ कर चला गया।

देहरी के ठंडे संगमरमर पर अपना माथा टेक कर वह रो पड़ी। अपने आंसू पोंछ कर उसने कहा, "बुआ, बुआ, तुम्हारे सीने में जो आग बरसों से लगी है, उसे मैं बुझाऊंगी। मैं

समाज से तुम्हारा बदला लूंगी बुआ, मैं मरूंगी नहीं बुआ, मैं अपने बच्चे को बड़ा करूंगी। मरने नहीं दूंगी। बुआ, तुम्हें भी तो गर्भ था न? कई लोग यह बात कहते हैं। तुम कैसे मर पाईं बुआ? मैं न मरूंगी। मैं पालूंगी अपना बच्चा।"

उसने देखा लाल किनारी के कपड़े में ढका चांदी का पत्तरा मुस्कराया है।

रेवती लौट पड़ी। मनसू भी फलियों में से रत्तियां बटोर रहा था। उसे देख कर बोली, "मेरी भाभी का तो एक हाथ भी इसमें नहीं तोला जा सकता। बस, यह इतनी ही रत्तियां मिली हैं?"

रेवती ने उन्हें कपड़े में बांध लिया।

रास्ते में उसने मनसू से कहा, "मनसू तुम्हें मेरा एक काम करना होगा।" उसकी आवाज़ से मनसू डर गया। अब पता नहीं क्या कहेंगी? रेवती ने कहा, "डरने की कोई बात नहीं है। थोड़ा सोना है, वह बेचना होगा।"

"वह क्यों दीदी?"

"यह मत पूछो।"

"कहो तो कुन्तो बुआ को साथ ले लूं। मेरे पास सोना देखकर कोई समझेगा मैं चोर हूं।"

"तो ठीक है रहने दो। मैं उसी को देकर बिकवा लूंगी।"

"तुम कब जा रही हो?"

रेवती को चेत हुआ, "मैं ···मैं क्यों जाऊंगी? वही यहां आएगी।"

"हां, तो ठीक है, पर बुआ, क्या करोगी पैसे। क्या हुआ है।"

"कुछ नहीं, अभी तो कुछ नहीं हुआ, पर कुछ होगा ज़रूर। तुम्हें अपनी बहन का ज़िम्मा लेना होगा।"

"सो तो लेंगे ही। क्यों नहीं लेंगे? क्या किसी की धौंस है?" मनसू अकड़ कर बोला।

रेवती धीरे-धीरे चल रही थी। मनसू ने कहा, "एक बात मानोगी?"

"क्या मनसू?"

"मेरे पास भी कुछ रुपए हैं। वे क्यों नहीं ले लेती हो?"

"वे तुम्हारी शादी के हैं, पर मुझे रुपए नहीं चाहिए।"

"फिर सोना क्यों बेचना चाहती हो?"

"काटता है मनसू, पर किसी से कहना नहीं।"

फिर दोनों चलने लगे। रेवती जगह-जगह बैठती और चारों तरफ हसरत से देखती। एक-एक दृश्य को मन में उतारती। मनसू थोड़ा घामड़ था। पूछने लगा, "इस तरह क्या देख रही हो बुआ, बूढ़ी हो गई हो क्या?"

"बूढ़ी होकर यह सब देख पाऊंगी, यह कौन जानता है।"

"और देर होने से जो तुम्हारी सास मेरा सर फोड़ेगी।"

"मैं उसे कहला भेजूंगी तुम अपने ससुराल गए थे।"

"कह दो, कह दो। मैं कौन उससे डरता हूं। तुमने अब रहने को कह दिया है। वरना कब का चला गया होता।"

चलते-चलते रेवती ने सोचा, 'अब तो कोई शक नहीं रहा। एक-न-एक दिन तो महन्त जी को बताना ही पड़ेगा। मनसू के साथ शहर जाऊंगी, तो जाने से पहले बता जाऊंगी। इस मामले में उन्हें न घसीटूंगी।'

मुकद्दम का घर आया, तो उसने उसे भी हसरत से देखा और सोचा अब यह ही कहां अपना घर रह गया है! पता नहीं अब कहां ठौर मिलेगी, पर मैं जीऊंगी। हां जीऊंगी मैं। घर में उसे मुकद्दम तैयार खड़े मिले। कहने लगे, "तुम्हारी ही राह देख रहा हूं। शहर जाना पड़ेगा। कल फिर अस्पताल दिखाना है। अब चलूं, बस अभी पकड़ सकता हूं।"

रेवती ने सोचा, गिरीबाबा को भी मालूम होगा।

रात को रेवती पिछवाड़े में ही बैठी रही। गिरीबाबा बहुत रात गए आए उसे वहां बैठे देख कर घबरा कर पूछा, "क्या हुआ, पूर्णिमा?"

"कुछ नहीं। मैंने सोचा, आज आपको यहीं से अपने मंदिर में ले चलूं।"

"देवता की स्थापना से पहले पूजा भी तो करते हैं।"

"वह तो करूंगी ही, आइए।"

रेवती का स्वर कुछ बदला हुआ था। गिरीबाबा ने कहा, "पूर्णिमा, क्या बात है? क्या है बताओ न?"

"कुछ भी तो नहीं।"

"क्या मुकद्दम चाचा को पता चल गया?"

रेवती को हंसी आ गई। उसने सोचा, इससे आगे यह कुछ नहीं सोच सकते। उसने कहा, "अभी तो नहीं लगा, पर लग जाए तो क्या आश्चर्य है।"

"यह तो अच्छा न होगा।"

"पर क्या और कुछ नहीं हो सकता?"

"और क्या होगा? हम तुम्हें देखे बिना रह नहीं सकते। हम क्या करें?"

रेवती ने कहा, "कुछ भी न करना होगा। क्यों चलेगा पता?" और रेवती भर्राई-सी आवाज़ को छुपाने के लिए गिरीबाबा की छाती के घने बालों में गुम हो गई।

एक-दो माह और बीत गए। एक दिन गिरीबाबा ने उसे उत्सुकता से देखा, फिर बोले, "तुम कुछ मोटी हो रही हो।"

"आजकल खाती ज्यादा हूं।"

तभी संकटमोचन ने आकर कहा, "मां अन्नपूर्णा, आज तुम्हारे इस बेटे के लिए भंडार में दूध तक नहीं हे। तुम चली गईं, तो हम भूखे ही मर जाएंगे। क्यों गिरीबाबा, हमें ही क्यों सब तंग करते हैं।"

रेवती भंडार की ओर जाने लगी, तो पालतू कुत्ते की तरह संकटमोचन पीछे-पीछे भागते गए।

गिरीबाबा मुस्कुराए फिर गर्व हुआ। कितनी चतुर है रेवती। मन्दिर में तो इसे सभी अन्नपूर्णा ही समझते हैं। हर काम कितनी कुशलता से कर लेती है, फिर उन्हें ख्याल आया,

आज तो मुकद्दम शहर में मन्दिर का सामान लेने गए हैं। दो-तीन दिन में लोटेंगे। गिरीबाबा रात घिरने का इन्तजार करने लगे, "रेवती, रेवती अगर तुम हमारी ज़िन्दगी में न आतीं, तो हम कभी जान ही न पाते स्त्री का सुख क्या है? मां कैसे जतन करती है, पत्नी कैसी हो सकती है। और प्रेमिका ··· प्रेमिका की टक्कर तो कोई नहीं कर सकता! स्वयं शंकर ही कहां बच पाए। मां गौरी ने अपनी तपस्या और निष्ठा से उन्हें जीत ही लिया।"

रात को अपनी बाहों में भर कर गिरीबाबा इन्तज़ार करने लगे, उस मौन का, उस क्षण का, जब वह निकल सकेंगे। नंदू पढ़ते-पढ़ते सो गया था। वह तो सुबह से पहले कभी नहीं जगता। जिस दिन संकटमोचन चिल्लाते, उस दिन भी नहीं। करवट बदलते-बदलते आंख लगी, फिर झटके से उठे। रेवती भी जग रही होगी। मुकद्दम चाचा का जाना ही तो मिलन का संकेत होता है।

रेवती द्वार पर खड़ी थी। गिरीबाबा ने कहा, "यहां मत खड़ी रहा करो। कोई देख लेगा।

"इस पहाड़ की ओट है। कोई नहीं देख सकता। इस गली में तो कभी कोई नहीं आता।"

"चाय नहीं पिलाओगी?"

"क्यों नहीं। अभी-अभी दोबारा गर्म की। आपने आने में इतनी देर क्यों कर दी?"

गिरीबाबा ने उसे आगोश में लेकर कहा, "सच में तुम मोटी हो रही हो।"

"हां, महाराज, मोटी तो होऊंगी ही।"

"क्यों, क्या हुआ?"

"आपको कोई कारण नज़र नहीं आता?"

"क्या हो सकता है? तुम काम तो बहुत करती हो।"

"हां, महाराज।" रेवती ने एक निःश्वास लिया, फिर उनके सीने से लग कर रोने लगी।

"बताओ न रेवती अब क्यों रोती हो। हम तो पूरी तरह तुम्हारे हैं। अब तो हमेशा मुकद्दम चाचा के जाने का इन्तज़ार रहता है। तुमने एक संन्यासी को पागल कर दिया है।"

"रोती क्यों हो रेवती, बताओ क्या बात है?" उन्होंने फिर पूछा।

"आप वायदा कीजिए, जब तक हो सके मुझे मिलने आना बंद न करेंगे।"

"वह तो अब हमारे बस में कहां है। तुम्हें देखे बिना हम एक दिन भी नहीं काट सकते पूर्णिमा, पर क्या हुआ है, बताओ न? ऐसे पहेलियां क्यों बुझाती हो?"

रेवती को बताने से पहले डर लगा। उसने सोचा बताना तो पड़ेगा। कहीं और से सुना तो कैसा लगेगा इन्हें। अब तो कुछ ही दिनों में पेट दिखाई देने लगेगा। पेट में अजीब तरह की हलचल होती है इन दिनों, पर क्या होगा? महा डरपोक हैं महन्त जी। उसने साहस बटोरने के लिए गिरीबाबा की छाती में मुंह छुपाया, फिर धीरे-धीरे बता ही दिया।

सुन कर गिरीबाबा ने रेवती को और ज़ोर से भींच लिया। बिनी हिले-डुले पत्थर से हो गए। रेवती ने ही कहा, "इतना डरने की कोई ज़रूरत नहीं। इतनी बड़ी दुनिया है। कहीं भी जा सकते हैं।"

गिरीबाबा ने एक निःश्वास लिया, फिर बोले, "इतना बड़ा कलंक लेकर हम जी न पाएंगे रेवती।"

"कलंक!… इसे आप कलंक क्यों कहते हैं महाराज? अगर कलंक ही है तो भी मेरा है। आपको कोई दोषी न ठहराएगा। मैं अपने बच्चे का ख्याल खुद रख सकती हूं।"

"तुम बड़ी बहादुर हो। यह हम जानते हैं, पर हमें कुछ सूझता नहीं। हम दोषी हैं। पूर्णिमा, हम तुम्हें प्यार करते हैं। तुम्हें कष्ट नहीं दे सकते, पर जो नज़रें हमें भगवान मानती हैं, उन नज़रों में तिरस्कार सहने से पहले हम शरीर त्याग देंगे। सब त्याग देंगे। हमने तो तुम्हें ही जाना है। दुनिया को नहीं जानते, पर इन भोले-भाले लोगों का विश्वास नहीं छीन सकते। लोगों ने तो हमें भगवान बना दिया था। इन्सान तो तुमने ही बनाया है। हम क्या करें रेवती?"

"आपको कुछ न करना होगा महाराज। लोगों की नज़रों के भांपने से पहले ही में कहीं चली जाऊंगी।"

"नहीं, हम तुम्हें कहीं जाने न देंगे पूनो, दोष तो हमारा है।"

"कैसा दोष महाराज, सृष्टि बनाने के लिए क्या आज तक किसी ने भगवान को दोषी ठहराया है?"

"तुम बड़ी-बडी बातें करती हो पूर्णिमा, पर हम क्या करें? बड़ी ग्लानि हो रही है।"

"वाह, महाराज, आप तो कितना भागे। मैंने हीं आपको भागने न दिया।" वह मुस्कराई।

"यह सच है हम अवश हो गए, लेकिन इसमें कितना सुख है! अगर हम यहां के भोले-भाले लोगों के विश्वास को तोड़ दें, तो क्या होगा रेवती, जानती हो?"

"नहीं महाराज,वह आप नहीं करेंगे। मैं ही न करने दूंगी।" उसने गिरीबाबा के चारों ओर बाहें फैला दीं, यूं—जैसे फूलों के ढेर को भरना चाह रही हो और फूल झर-झर गिर रहे हों।

गिरीबाबा ने उसके कान में कहा, "हम तुम्हें प्यार करते हैं, पूर्णिमा! तुम्हें अकेले नहीं छोड़ेंगे। हम साथ हैं हमेशा।"

रेवती पुलकित हो उठी। गिरीबाबा चले गए।

रेवती जाने के मन्सूबे बांधने लगी। सिर्फ़ यही न जानती थी, कहां जाएगी। कुन्तो के पास जा सकती है, पर सभी जान जाएंगे। नहीं भी जान सकते। वह इसी उधेड़-बुन में थी कि निक्की आ गईं। रेवती उससे गले लग कर एकदम पीछे हटी। उसने सोचा, मेरा पेट एकदम तो नहीं बढ़ा है, पर पहले जैसा तो नहीं है। उसने जल्दी से चाय चढ़ाई। निक्की ने कहा भी, "चाय की इतनी क्या जल्दी है?"

रेवती बोली, "देखो, निक्की इतने दिनों के बाद आई हो, चाय तो पियोगी ही, फिर यह देसी चाय कौन जल्दी बनती है। जितनी उबलेगी उतनी स्वादिष्ट होगी।"

निक्की ने कहा, "रेवती पहले से कितनी सुन्दर हो गई हो। थोड़ी भर भी गई हो। देखो, तपस्या में कितनी ताकत है। उसका नूर[१] तो चेहरे पर आ ही जाता है। तुम खुश तो हो न रेवती?"

"हां, निक्की अब तो इसी में खुशी है।"

"मैं गांव गई थी रेवती, तुम्हारों भाई अब चलने लगा है।"

"हां, मैं भी देख आई हूं।"

"निक्की तुम्हें अपनी चंपा मास्टरनी याद हैं?"

"हां, क्यों नहीं, शहर में रुपयों वाले मन्दिर के सामने ही रहती है, पर तुम क्यों पूछ रही हो?"

"चिट्ठी लिख कर पूछूंगी। आपने सारी ज़िन्दगी अकेले कैसे काट दी।"

"रेवती, तेरे जीजी जी कहते हैं, उनके दफ्तर में एक लड़का है। आज-कल के विचारों वाला। तुम हां करो, तो वह बात चलाएं.।"

१-आभा

"नहीं, निक्की, यह तो कभी नहीं हो सकता, पर तुम्हें मेरा ख्याल है, यह मैं न भूलूंगी।"

"ऐसे क्यों कह रही हो रेवती?"

"ज़िन्दगी का क्या भरोसा है। जो सांस आती है, केवल वही सच है। आज तुम बच्चों को क्यों नहीं लाई?"

"फिर बात कहां कर सकते हैं। तुमसे बात किए तो एक ज़माना हो गया। सुना है मनसू शादी करवा कर चला जाएगा। तुम्हारी सास बड़ी नाराज़ है।"

"मनसू की मर्ज़ी है। मैं क्या कर सकती हूं।"

दोनों सब भूल कर चाय पीने लगीं।

गिरीबाबा पिछले आठ-दस दिन से नहीं दिखाई दिए। नंदू ने बताया था, "बुआ, पहाड़ी पर घंटों बैठे रहते हैं। कभी-कभी खाना भी भूल जाते हैं।"

रेवती कुछ न बोली, तो नंदू ने कहा, "तुम कुछ कहती क्यों नहीं बुआ?"

"क्या कहूं नंदु, संन्यासियों का मन कौन जानता है?"

"पर मन्दिर में लोग कहते हैं, गिरीबाबा फिर समाधि लेंगे। नहीं तो कहीं बाहर भी जा सकते हैं।"

"अच्छा! कहां जाएंगे?"

"क्या पता काशी ही जाएं। मैं भी जाऊं बुआ?"

रेवती ने उसे डांटा, "तुम क्यों अभी से काशी जाओगे? बड़े होओगे, तो पढ़ने के लिए जाना।"

रेवती ने सोचा, अब देर ठीक नहीं है। मोह को त्यागना होगा। गिरीबाबा के कमरे में गई। उनका पीला चेहरा देख, उसे डर लगा। उसके देखते ही गिरीबाबा सीधे होकर बैठ गए। रेवती ने कहो, "मैं आपको ऐसे नहीं देख सकती महाराज, लोगों को पता चलने से पहले मैं कुछ-न-कुछ कर लूंगी।"

गिरीबाबा घबरा कर बोले, “क्या करोगी?”

“मरूंगी नहीं महन्त जी, पर आप पर आंच भी नहीं आने दूंगी। मुकद्दम चाचा तो गए हैं। अब, सिर्फ़ आज-भर आइए, काम है।”

गिरीबाबा ने हां में सिर हिलाया। रेवती चली गई।

रात के अंधेरे में दोनों को ही कोई बात न सूझ रही थी। गिरीबाबा की गोदी में सिर रखे-रखे रेवती ने कड़ाई से अपना रोना रोका। उनकी गोदी में सिर रखे-रखे ही बोली, “मैं चली जाऊंगी। मेरे पास पैसे हैं। अपना बच्चा पैदा करके उसे पालूंगी। आप चिन्ता न करें।” फिर उसने सिर ऊंचा करके कहा, “आपको यूं देख कर मेरा कलेजा फटता है।”

महन्त जी ने संयत होकर कहा, “कुछ सूझ नहीं रहा। इस समस्या के हम बराबर के हकदार हैं। हम क्या करें रेवती?”

“आप अपने मन्दिर में रहिए। मैं यह लड़ाई खुद लड़ लूंगी। आपकी दया बनी रहे, बस।··· और अब कुछ मत सोचिए।” गिरीबाबा का चेहरा अंधेरे में रेवती पढ़ न सकी, बोली, “यह रास्ता मैंने खुद चुना है। उस दिन आपने मरने दिया होता, तो मां बनने के सुख के बिना ही मैं इस धरती से चली जाती। आपको जितना थोड़ा भी देखा-जाना है, उतने से ज़िन्दगी काटने में मुझे बल की कोई कमी न रहेगी। पुरुष क्या होता है, यह तो मैंने आपको मिल कर ही जाना। आपने तो कभी जानना न चाहा, पर मैं बताना चाहती हूं, आज के बाद तो हम न मिलेंगे। शायद कभी न मिल पाएंगे। मैं आज आपको सब बताऊंगी, सुन्दर कितना डरता था! उसकी मां सोचती, एक घर में दीया जलाने वाला पैदा करने के लिए अगर एक लड़की की बलि देनी पड़ती है, तो कोई बड़ी बात नहीं। मैं तो एक मोहरा थी, जो चल न सका। मेरे सिवाय सभी जानते थे, सुन्दर बचेगा नहीं। डाक्टर आता तो सबके हाथ-पांव फूल जाते। डाक्टर सुन्दर के कमरे में सब को डांटता रहता, इसकी शादी क्यों की? उस दिन उसके घर में मुझसे कोई नज़रें न मिलाता था, जो दिन गुज़रता हम भगवान का शुक्र करते। मैंने कई बार भगवान से कहा, मेरी ज़िन्दगी हम दोनों में आधी-आधी बांट दो, पर कहां सुना उसने! मेरा कोई भाई बहन भी न था। सब जगह अंधेरा-ही-अंधेरा था।” उसने गिरीबाबा का हाथ अपने दोनों हाथों में पकड़ लिया।

“आप मेरी ज़िन्दगी में ज्योति-पुंज बन कर आए। मुझे सुख से भर दिया। अब मैं मां बनूंगी। मां के लिए ही स्त्री धरती पर जन्म लेती है। मेरा जन्म सुधर गया। फिर जबसे आप ज़िन्दगी में आए तब कोई और चीज़ आपसे कीमती न रही। रोईए नहीं महन्त जी, मैं वैसे ही मर जाऊंगी। अब हमारा बच्चा मुझे बल देगा।”

गिरीबाबा ने उसका हाथ अपने माथे पर लगाया, "हम अपराध बोध से मरे जा रहे हैं रेवती, तुम कहो तो मुकद्दम चाचा को कहें।"

"नहीं, आप किसी के आगे भी छोटे नहीं पड़ेंगे। चिन्ता न कीजिए मैं जहां कहूंगी, मनसू वहीं पहुंचा देगा और कभी ज़बान नहीं खोलेगा।"

"तुम हमें क्षमा करो रेवती। तुम जो कहोगी हम वही करेंगे।"

रेवती ने कुछ नहीं कहा।

पर यह संकल्प ज्यादा देर टिका नहीं। मन्दिर में जाकर गद्दी पर बैठते ही गिरीबाबा महंत हो गए। बचपन में एक-बार गिरीबाबा ने किताबें कूएं में फेंक दी थीं। तफतीश[१] करने मुकद्दम ही आये थे। वही भाव आज फिर गिरीबाबा की आंखों में था। वही भाव स्थायी हो गया। एक दिन मुकद्दम कहने लगा, "गिरीबाबा क्या दुविधा है?"

"हम प्रायश्चित करना चाहते हैं। हमसे अपराध हुआ है। हम जीवित समाधि लेंगे। हम कायर हैं, हालात का सामना नहीं कर पाएंगे।"।

मुकद्दम ने दुनिया देखी थी। ज्यादा हैरान नहीं हुए, कहा, "वही कीजिए महाराज, जो आत्मा को शान्ति दे, पर चिन्ता की कोई बात नहीं। जो हमारे ज़िम्मे होगा, उसे हम देख लेंगे।"

"मैं निश्चिन्त हुआ मुकद्दम चाचा। अब समाधि की बात ही ठीक लगती है।"

गिरीबाबा के जीवित समाधि लेने की ख़बर दूर-दूर तक फैल गई। कारण कोई न जानता था सब कहें, शिव का रूप हैं। उसी में समा जाना चाहते हैं॥

रेवती ने सुना, तो सन्न रह गई। उसने मन में सोचा, मैं इन्हें बचाने के लिए सब छोड़ कर जा रही हूं। और यह क्या कर रहे हैं। डरपोक कहीं के! समाधि लेना क्या डरपोक होने का सबूत नहीं है। उसने गिरीबाबा से मिलने का यत्न किया, पर उन्होंने मौन धारण कर लिया था।

अकेले में रेवती ने रोकर कहा, "महाराज, यह मत कीजिए। मुझे क्यों जीते जी मार डालना चाहते हैं।"

१- छानबीन

गिरीबाबा ने आंखें खोल कर उसे देखा। यह वो प्यार से छलकती आंखें न थी। किसी तपस्वी की तेज बरसाती आंखें थी। मानो वह रेवती को पहचान ही नहीं रहे थे। रेवती के सारे ख्वाब भस्म हो गए।

"महाराज, यह क्या करने की ठानी है।" उसने उनके चरणों पर सिर रखना चाहा। गिरीबाबा पीछे हट गए, फिर उसे हाथ से वर्जित कर के जाने को कहा।

रेवती रोती हुई घर आई। उसने नंदू को बुला कर कहा, "नंदू बेटा, मनसू को बुला लाओ।

नंदू रोने लगा, "बुआ गिरीबाबा समाधि लेंगे, तो तुम हमें छोड़ कर नहीं जाना।"

"नहीं जाऊंगी नंदू, तुम मनसू को बुला लाओ।"

लोग मन्दिर में आकर सत्संग करने लगे। स्वेच्छा से कौन मृत्यु का वरण करता है। लोगों के मन में उनके प्रति श्रद्धा बढ़ गई। गिरीबाबा ने समाधि में जाने से एक दिन पहले अन्न त्याग दिया।

ख़बर पहाड़ी आग की तरह फैल गई।

गिरीबाबा अपने कक्ष में थे। बाहर प्रांगण में कीर्तन होने लगा। रेवती दरवाज़े पर खड़ी होकर सोचती, बस, यही उसने न सोचा था कि यह भी हो सकता है। गिरीबाबा का चेहरा सूर्य की तरह-तप्ता रहता। यूं लगता, सारे कमरे में सूर्य की किरणें बिखर गई हैं। पासा पलट चुका था। रेवती फिर हार गई थी।

शाम को मनसू आया। उसे देखते ही रेवती रो पड़ी।

"क्या हुआ बुआ, संन्यासियों की मर्जी है। कोई पहली बार तो है नहीं। इसी मठ में कहते हैं, बड़े महन्त से पहले एक प्रतापी महन्त हुए। उन्होंने भी जीवित समाधि लीं थी।"

"मनसू तुम्हें मैंने इसलिए नहीं बुलाया। क़मस खाओ जो कहूंगी, वह करोगे और पूछोगे कुछ नहीं।"

"मैंने तुम्हारा हुक्म कब टाला है बुआ?"

दूसरे दिन एक खुली पालकी में गिरीबाबा को तैयार करवा के, स्नान करवा के, फूलों से सजा के समाधि देने ले जाया जा रहा था। गांव-का-गांव उमड़ा था। कई दिनों से दूसरे गांव के लोग भी जमा थे। समाधि बन चुकी थी। बस, गिरीबाबा को उसमें उतार कर उसे पूरा करना बाक़ी था।

चाचा-चाची सब चले गए थे। रेवती घर में अकेली थी। जाती बार चाचा से पूछा था, तुम नहीं चलोगी रेवती?"

नहीं, ज़िन्दगी से भागने वालों के लिए मेरे मन में कोई श्रद्धा नहीं है। कायर!. . . उसने मन-ही-मन कहा।

मुकद्दम चाचा ने एक निःश्वास लिया।

बावड़ी से होकर ही गिरीबाबा की पालकी ले जाई रही थी। वह पद्मासन लगा कर बैठे थे। मनसू ने आकर बताया। रेवती को गिरीबाबा की आवाज़ सुनाई दी।

कमल पर बूंद नहीं ठहरती। तपस्वी के मन में कोई विकार नहीं ठहरता।

कीर्तन की आवाज़ें मद्धिम पड़ती जा रही थीं। गांव पूरा का पूरा ख़ाली था। रेवती घर में क्या पूरे गांव में अकेली थी। उसने अपनी गठरी बांध के रखी थीं। अपना कुंआरेपन का सूट पहन कर मोटा खेस ओढ़ लिया। मनसू से कहा, "चलो!"

वह आगे-आगे चलने लगी है। मनसू को डर लगा–कौन है यह, बुआ तो नहीं लगती। रेवती अपने मैके की राह हो ली। मनसू ने उसके पास आकर कहा, "रोते हुए नंदू को संकटमोचन लिए जा रहा था। उसका सिर पूरा मुंडा कर एक कोपीन पहना दी है। उसका क्या होगा बुआ?"

रेवती ने उत्तर नहीं दिया। उसे पता था। महन्त जी नंदू को अपना उत्तराधिकारी बना कर गए हैं। रेवती का मन कचोटने लगा, पर वह बढ़ती गई। अपनी बुआ की समाधि के पास जाकर रुकी। आज उसने वहां मत्था नहीं टेका। समाधि के सामने बैठ कर रोई भी नहीं। सिर्फ़ कहा, "बुआ मैं ज़िन्दा रहने को निकली हूं। मरूंगी नहीं। मैं जिऊंगी बुआ, मैं जिऊंगी। अब हमारे ख़ानदान में कभी किसी की देहरी न बनेगी। अब न बनेगी देहरी बुआ, कभी न बनेगी।"।

मनसू स्तब्ध होकर सुनता रहा। उसने सोचा, बुआ पर ज़रूर इसकी बुआ की आत्मा सवार हो गई है।

• • •

श्रेष्ठ लेखिकाओं की अन्य उत्कृष्ट कृतियाँ भी उपलब्ध

शिवानी की मार्मिक लेखनी से……!

कालिंदी (उपन्यास)

शिकवानी की मुग्ध कर देने वाली लेखनी से उपजा है यह उपन्यास। इसमें नारी संवेदना और उसकी नियति का यथार्थ चित्रण है, जो मर्म को छूकर उद्वेलित कर देता है। डॉक्टर थी कालिंदी। मामा ने शादी तय की, पर दहेज के कारण टूट गई। वितृष्णा-सी उपजी उसके मन में, फिर कुछ और घटनाओं ने उसे पुरुष मोह के खिलाफ खड़ा कर दिया।

स्मृति-कलश (संस्मृतियां)

नवीनतम पुस्तक। शान्तिनिकेटन में शिवानी जी के साथ पढ़े सहपाठी और गुरुजनों के साथ गुजारे नौ वर्षो के समय और फिर बाद के भी अंतरंग सम्बन्धों की आत्मीयता-भरी यादें, तो इसमें हैं ही। कुछ अन्य प्रसिद्ध हस्तियों के हृदयस्पर्शी व्यक्ति-चित्र भी दिए गए हैं।

गुरुदेव रवीन्द्रनाथ ठाकुर, सत्यजित राय, शरद जोशी, बेगम अख़्तर, मारी बांग, सुशीला, अरुंघती, गिरघारी लाल और बनारसीदास चतुर्वेदी रेखाचित्रों में मुख्य रूप से हैं, परन्तु साथ ही ढेरों और चेहरे भी शिवानी जी की स्म्रतियों में कौंधते चले जाते हैं।